112

Patrick Süskind
Il profumo

Opere di Patrick Süskind
pubblicate in questa collana:

Ossessioni
Il piccione
Il profumo
Storia del signor Sommer

PATRICK SÜSKIND

IL PROFUMO

Romanzo

Traduzione di
Giovanna Agabio

TEA - Tascabili degli Editori Associati S.p.A.
Corso Italia 13 - 20122 Milano

Copyright © 1985 by Diogenes Verlag AG, Zürich
Longanesi & C. © 1985 - 20122 Milano, corso Italia, 13
Edizione su licenza della Longanesi & C.

Titolo originale
Das Parfum

Prima edizione TEA febbraio 1988
Prima edizione TEADUE giugno 1992

Ristampe: 20   19   18   17   16   15
             2002   2001   2000   1999

IL PROFUMO

PARTE PRIMA

1

NEL diciottesimo secolo visse in Francia un uomo, tra le figure più geniali e scellerate di quell'epoca non povera di geniali e scellerate figure. Qui sarà raccontata la sua storia. Si chiamava Jean-Baptiste Grenouille, e se il suo nome, contrariamente al nome di altri mostri geniali quali de Sade, Saint-Just, Fouché, Bonaparte ecc., oggi è caduto nell'oblio, non è certo perché Grenouille stesse indietro a questi più noti figli delle tenebre per spavalderia, disprezzo degli altri, immoralità, empietà insomma, bensì perché il suo genio e unica ambizione rimase in un territorio che nella storia non lascia traccia: nel fugace regno degli odori.

Al tempo di cui parliamo, nella città regnava un puzzo a stento immaginabile per noi moderni. Le strade puzzavano di letame, i cortili interni di orina, le trombe delle scale di legno marcio e di sterco di ratti, le cucine di cavolo andato a male e di grasso di montone; le stanze non aerate puzzavano di polvere stantia, le camere da letto di lenzuola bisunte, dell'umido dei piumini e dell'odore pungente e dolciastro di vasi da notte. Dai camini veniva puzzo di zolfo, dalle concerie veniva il puzzo di solventi, dai macelli puzzo di sangue rappreso. La gente puzzava di sudore e di vestiti non lavati; dalle bocche veniva un puzzo di denti guasti, dagli stomaci un puzzo di cipolla e dai corpi, quando non erano più tanto giovani, veniva un puzzo di formaggio vecchio e latte acido e malattie tumorali. Puzzavano i fiumi, puzzavano le piazze, puzzavano le chiese, c'era puzzo sotto i ponti e nei palazzi. Il contadino puzzava come il prete, l'apprendista come la moglie del maestro, puzzava tutta la nobiltà, perfino il re puzzava, puzzava come un animale feroce, e la regina come una vecchia capra, sia d'estate sia d'inverno. Infatti nel diciottesimo secolo non era stato ancora posto alcun limite all'azione disgregante dei batteri, e così non v'era attività umana, sia costruttiva sia distruttiva, o manifestazione di vita in ascesa o in declino, che non fosse accompagnata dal puzzo.

E naturalmente il puzzo più grande era a Parigi, perché Parigi era la più grande città della Francia. E all'interno di Parigi c'era poi un luogo dove il puzzo regnava più che mai infernale, tra Rue aux Fers e Rue de la Ferronnerie, e cioè il Cimetière des Innocents. Per ottocento anni si erano portati qui i morti dell'ospedale Hôtel-Dieu e delle parrocchie circostanti; per ottocento anni, giorno dopo giorno, dozzine di cadaveri erano stati portati qui coi carri e rovesciati in lunghe fosse; per ottocento anni in cripte e ossari si erano accumulati, strato su strato, ossa e ossicini. E solo più tardi, alla vigilia della Rivoluzione Francese, quando alcune fosse di cadaveri smottarono pericolosamente e il puzzo del cimitero straripante indusse i vicini non più a semplici proteste, bensì a vere e proprie insurrezioni, il cimitero fu definitivamente chiuso e abbandonato, e milioni di ossa e di teschi furono gettati a palate nelle catacombe di Montmartre, e al suo posto sorse una piazza con un mercato alimentare.

Qui dunque, nel luogo più puzzolente di tutto il regno, il 17 luglio 1738 nacque Jean-Baptiste Grenouille. Era uno dei giorni più caldi dell'anno. La calura pesava come piombo sul cimitero e spingeva i miasmi della putrefazione, un misto di meloni marci e di corno bruciato, nei vicoli circostanti. La madre di Grenouille, quando le presero le doglie, si trovava all'esterno di un bugigattolo di pescivendolo in Rue aux Fers e stava squamando dei pesci bianchi che aveva appena sventrato. I pesci, pescati presumibilmente nella Senna la mattina stessa, puzzavano già tanto che il loro odore copriva l'odore dei cadaveri. Ma la madre di Grenouille non percepiva né l'odore dei pesci né quello dei cadaveri, perché il suo naso era in larghissima misura insensibile agli odori e a parte questo il suo corpo era dolorante, e il dolore soffocava ogni capacità di ricevere impressioni dall'esterno. Voleva una cosa sola, che il dolore finisse, voleva liquidare il più presto possibile quel parto disgustoso. Era il suo quinto. I quattro precedenti li aveva sbrigati fuori del bugigattolo di pescivendolo e tutti e quattro i bambini erano nati morti o mezzo morti, perché la carne sanguinolenta che usciva da lei non era molto diversa dalle interiora del pesce là sul banco, e la sera tutto insieme veniva spalato via e trascinato col carro al cimitero o giù al fiume. Così sarebbe andata anche òggi, e la madre di Grenouille – che era ancora una giovane donna, giusto sui venticinque, che era ancora molto carina e aveva ancora quasi tutti i denti in bocca e un po' di capelli in testa, e tranne la gotta e la sifilide e una leggera tisi non aveva nessuna malattia grave; che sperava ancora di vivere a lungo, forse cinque o dieci anni, e forse persino di arrivare a sposarsi e avere figli veri come moglie rispettabile di un artigiano vedovo o qualcosa di simile –, la madre di Grenouille avrebbe voluto che tutto fosse già passato. E quando cominciarono le dòglie, si accucciò sotto il banco da macello e partorì là, come le quattro volte precedenti, e con il coltello da pescivendolo troncò il cordone ombelicale alla cosa appena nata. Ma subito dopo, a causa della calura e del puzzo, che lei non percepiva in quanto tali, bensì soltanto come qualcosa di insopportabile, che la stordiva – come un campo di gigli o una camera angusta in cui ci siano troppi narcisi –, perse i sensi, si rovesciò su un fianco, scivolò da sotto il banco in mezzo alla strada e là giacque, con il coltello in mano.

Grida, un gran correre di gente, la folla in cerchio con tanto d'occhi, si chiama la polizia. La donna con il coltello in mano è ancora là sulla strada, a poco a poco ritorna in sé.

Che cosa le è successo?

« Niente. »

Che cosa fa con il coltello?

« Niente. »

Da dove viene il sangue che ha sulle gonne?

« Dai pesci. »

La donna si alza, getta via il coltello e va a lavarsi.

In quel momento, inaspettatamente, là sotto il banco la cosa appena nata comincia a urlare. Vanno a vedere, sotto uno sciame di mosche e fra interiora e teste di pesci troncate scoprono il neonato, lo tirano fuori. Lo consegnano d'ufficio a una balia, la madre è arrestata. E poiché è rea confessa, e ammette senz'altro che avrebbe di certo lasciato crepar quella cosa, come del resto ha già fatto con le quattro precedenti, le fanno il processo, la condannano per infanticidio plurimo e qualche settimana dopo le tagliano la testa in Place de Grève.

A questo punto il bambino aveva già cambiato balia tre volte. Nessuna voleva tenerlo più di qualche giorno. Era troppo vorace, dicevano, succhiava per due, sottraeva il latte agli altri poppanti e con ciò il sostentamento a loro, le balie, dal momento che un solo poppante non poteva costituire un allattamento redditizio. L'ufficiale di polizia competente, un certo La Fosse, si stancò ben presto della faccenda, e aveva già l'intenzione di far portare il bambino al luogo di raccolta per trovatelli e orfani nella periferica Rue Saint-Antoine, da dove ogni giorno partivano trasporti di bambini diretti al Grande Brefotrofio statale di Rouen. Ma poiché questi trasporti erano eseguiti da facchini per mezzo di gerle di vimini in cui per motivi di funzionalità si ficcavano fino a quattro lattanti alla volta; poiché di conseguenza il tasso di mortalità per strada era straordinariamente alto; poiché per questo motivo gli uomini con le gerle erano tenuti a trasportare soltanto lattanti battezzati e soltanto quelli muniti di una regolare bolla di trasporto, che doveva essere poi timbrata a Rouen; poiché il piccolo Grenouille non era stato battezzato, né ancora possedeva un nome che si potesse registrare come prescritto sulla bolla di trasporto, poiché infine sarebbe stato un po' sconveniente per la polizia deporre in incognito un bambino davanti alla porta del luogo di raccolta – sola cosa che avrebbe reso superfluo l'adempimento delle restanti formalità... – per una serie di difficoltà di natura burocratica e tecnico-amministrativa dunque, che sembravano sorgere per il trasferimento del neonato, e poiché anche il tempo stringeva, l'ufficiale di polizia La Fosse pensò bene di desistere dal suo intendime-to d'origine e diede ordine di consegnare il fanciullo a q alche istituto religioso, affinché là lo battezzassero e decidessero della sua sorte. Riuscirono a liberarsi di lui al convento di Saint-Merri, in Rue Saint-Martin. Là il bambino ricevette il battesimo e il nome di Jean-Baptiste. E giacché il priore quel giorno era di buon umore e i suoi fondi per la beneficenza non erano ancora esauriti, anziché spedire il bambino a Rouen si decise di nutrirlo e allevarlo a spese del convento. A tal fine lo consegnarono in Rue Saint-Denis a una balia di nome Jeanne Bussie, che fu ricompensata per le sue fatiche con tre franchi la settimana fino a nuovo ordine.

2

Qualche settimana dopo, la balia Jeanne Bussie era davanti alla porta del convento di Saint-Merri con un canestro infilato al braccio, e quando padre Terrier, un monaco cinquantenne, calvo, che emanava un lieve odore d'aceto, le aprì la porta, disse: « Ecco qua! » e depose il canestro sulla soglia.

« Che cos'è? » chiese Terrier, e si chinò sul cesto e lo annusò, poiché sperava che contenesse qualcosa di commestibile.

« Il bastardo dell'infanticida di Rue aux Fers! »

Il frate frugò col dito nel canestro e scoprì la faccia del lattante che dormiva.

« Ha un bell'aspetto. Roseo e ben nutrito. »

« Perché si è ingozzato a mie spese. Perché mi ha prosciugata fino all'osso. Ma adesso basta. Adesso potete continuare a nutrirlo con latte di capra, pappe, succo di rape. Fa fuori tutto, il bastardo! »

Padre Terrier era un uomo alla buona. Di sua competenza erano l'amministrazione dei fondi per beneficenza del convento e la distribuzione del denaro a poveri e bisognosi, e per questo si aspettava che gli dicessero grazie e poi smettessero d'importunarlo. Dettagli tecnici gli erano invisi, perché dettagli significavano sempre difficoltà, e difficoltà significavano un disturbo della sua pace interiore, e questo non poteva sopportarlo. Si arrabbiò già per aver aperto la porta. Desiderava che questa persona si prendesse il suo canestro e andasse a casa e lo lasciasse in pace coi suoi problemi di lattanti. Si rizzò lentamente e aspirò in una sola volta il profumo di latte e di cacio e di lana di pecora che emanava dalla balia. Era un profumo gradevole.

« Io non capisco che cosa vuoi. Proprio non capisco dove vuoi andare a parare. Posso soltanto supporre che a questo lattante non farebbe affatto male stare attaccato al tuo petto ancora per un bel pezzo. »

« A lui no », strepitò la balia di rimando, « ma a me sì. Dieci libbre ho perso, eppure ho mangiato per tre. E per che cosa? Per tre franchi la settimana! »

« Ah, capisco », disse Terrier con un certo sollievo, « adesso mi è chiaro: dunque si tratta ancora di soldi. »

« No! » disse la balia.

« Ma certo! Sempre si tratta di soldi. Quando bussano a questa porta, si tratta di soldi. Ogni tanto vorrei venire ad aprire e che qui davanti ci fosse una persona con cui si trattasse di qualcos'altro. Qualcuno per esempio che portasse un piccolo presente. Per esempio un po' di frutta o un po' di noci. D'autunno ci sono una quantità di cose che si potrebbero portare. Fiori, magari. O solo che venisse qualcuno e dicesse cordialmente: 'Lode a Dio, padre Terrier, le auguro una buona giornata!' Ma è una cosa che non mi capiterà probabilmente mai più. Se non è un mendicante, è un commerciante, e se non è un commerciante, è un artigiano, e se non chiede l'elemosina, presenta però un conto. Non posso neanche più farmi vedere per strada. Quando vado in strada, dopo tre passi sono assediato da individui che vogliono denaro! »

« Non io », disse la balia.

« Ti dirò comunque una cosa: non sei la sola balia nel circondario. Ci sono centinaia di madri adottive di prim'ordine che per tre franchi la settimana si faranno in quattro per attaccarsi al petto questo grazioso lattante o per somministrargli pappe, succhi o qualsiasi altro cibo... »

« Allora datelo a una di queste! »

« ... D'altra parte non è giusto sbattere un bambino di qua e di là in questo modo. Chissà se crescerebbe così bene con un latte diverso dal tuo. È abituato al profumo del tuo petto, sappilo, e al battito del tuo cuore. »

E di nuovo inspirò a fondo il caldo odore che diffondeva la balia e poi, quando si accorse che le sue parole non le avevano fatto nessuna impressione, disse:

« Adesso prendi il bambino e portalo a casa! Parlerò della faccenda col priore. Gli proporrò di darti quattro franchi la settimana per l'avvenire ».

« No », disse la balia.

« E va bene, allora: cinque! »

« No. »

« Ma quanto vuoi ancora? » la sgridò Terrier. « Cinque franchi sono un mucchio di soldi per il compito insignificante di allattare un neonato! »

« Non voglio affatto soldi », disse la balia. « Voglio togliermi di torno il bastardo. »

« E perché mai, cara la mia donna? » disse Terrier, e armeggiò di nuovo con le dita nel canestro. « È proprio un bimbo graziosissimo. È tutto roseo, non piange, dorme tranquillo ed è battezzato. »

« È posseduto dal demonio. »

Terrier tolse di scatto le dita dal canestro.

« Impossibile! È assolutamente impossibile che un lattante sia posseduto dal demonio. Un lattante non è un uomo, bensì un embrione di uomo, e possiede un'anima ancora incompleta. Di conseguenza non è interessante per il demonio. Parla già forse? Ha le convulsioni? Sposta oggetti nella stanza? Ha un cattivo odore? »

« Non ha nessun odore », disse la balia.

« Ecco, vedi? Questo è un segno inequivocabile. Se fosse posseduto dal demonio, dovrebbe puzzare. »

E per tranquillizzare la balia e nel contempo dar prova

del proprio coraggio, Terrier sollevò il canestro e se lo mise sotto il naso.

« Non sento niente di particolare », disse, dopo aver annusato per un momento, « proprio niente di particolare. A ogni modo mi sembra che dalle fasce provenga un certo odore. » E le tese il canestro, perché lei gli desse una conferma.

« Non è questo », disse la balia, brusca, e allontanò il canestro da sé. « Non intendo parlare di quello che c'è nelle fasce. I suoi escrementi hanno un buon odore. È lui, il bastardo, che non ha odore. »

« Perché è sano », gridò Terrier, « perché è sano, ecco perché non ha odore! Soltanto i bambini malati hanno odore, questo si sa. Com'è noto, i bambini che hanno il vaiolo sanno di sterco di cavallo, quelli che hanno la scarlattina di mele vecchie, e i bambini tisici sanno di cipolla. Lui non ha malanni, ecco che cosa non ha. Perché dovrebbe puzzare? Puzzano i tuoi figli? »

« No », disse la balia. « I miei figli hanno l'odore che tutti i bambini devono avere. »

Terrier ridepose il canestro a terra con cautela, poiché sentiva salire in lui le prime ondate di rabbia per la caparbietà di quella persona. Non era da escludersi che, nel seguito della disputa, avesse bisogno di tutte e due le braccia per gesticolare più liberamente e non voleva con questo danneggiare il lattante. Per il momento incrociò le mani dietro la schiena, protese il suo ventre a punta verso la balia e chiese, severo: « Dunque tu affermi di sapere che odore dovrebbe avere un bambino, che comunque è pur sempre — questo vorrei ricordartelo, tanto più quando è battezzato — una creatura di Dio? »

« Sì », disse la balia.

« E affermi inoltre che, qualora non avesse l'odore che tu pensi dovrebbe avere — tu, la balia Jeanne Bussie di Rue Saint-Denis! — significherebbe che è un figlio del diavolo? »

Protese in avanti la mano sinistra che teneva dietro la schiena e in gesto di minaccia le portò davanti al viso l'indice curvo, come un punto di domanda. La balia rifletté.

Non le andava bene che tutt'a un tratto la conversazione si trasformasse in un interrogatorio teologico, nel quale lei non poteva che soccombere.

« Come non detto », rispose evasiva. « Che la faccenda abbia o no a che fare col diavolo deve deciderlo lei, padre Terrier, non è di mia competenza. Io so soltanto una cosa: che questo lattante mi fa ribrezzo, perché non ha l'odore che i bambini devono avere. »

« Ecco », disse Terrier soddisfatto, e lasciò ricadere il braccio. « Questa storia del diavolo lasciamola perdere. Bene. Ma adesso dimmi, per favore: che odore ha un lattante, quando ha l'odore che tu ritieni debba avere? Eh? »

« Un odore buono », disse la balia.

« Che cosa significa 'buono'? » la investì Terrier gridando. « Tante cose hanno un buon odore. Un mazzolino di lavanda ha un buon odore. Il lesso ha un buon odore. I giardini d'Arabia hanno un buon odore. Che odore ha un lattante, voglio sapere! »

La balia esitò. Sapeva bene che odore avevano i lattanti, lo sapeva benissimo, ne aveva nutriti, curati, cullati, baciati già a dozzine... di notte poteva trovarli a naso, l'odore del lattante l'aveva chiaro anche adesso nel naso. Ma non l'aveva mai definito con parole.

« Allora? » tuonò Terrier, e fece schioccare con impazienza la punta delle dita.

« Dunque », cominciò la balia, « non è molto facile dirlo, perché... perché non hanno lo stesso odore dappertutto, benché dappertutto abbiano un buon odore, padre, capisce, prendiamo i piedi ad esempio, lì hanno un odore come di pietra calda liscia... no, piuttosto di ricotta... oppure di burro, di burro fresco, sì, proprio così, sanno di burro fresco. E i loro corpi hanno l'odore di... di una galletta quando è inzuppata nel latte. E la testa, in alto, dietro, dove i capelli fanno la rosa, qui, guardi, padre, dove lei non ne ha più... » e toccò la pelata di Terrier, che per un attimo era rimasto senza parole di fronte a quel mare di stupidità in dettagli e aveva chinato docilmente la testa « ... qui, proprio qui, hanno l'odore migliore. Qui hanno un odore di caramello, così dolce, così squisito. Lei non può immaginare, padre! Una volta sentito quest'odore, bisogna amarli, che siano figli propri o di altri. E questo è l'odore che devono avere i neonati, questo e nessun altro. E se non hanno quest'odore, se sulla testa non hanno nessun odore, ancor meno dell'aria fresca, come questo qui, il bastardo, allora... Può spiegarsela come vuole, padre, ma io », e incrociò decisa le braccia sotto il petto e gettò uno sguardo talmente nauseato sul canestro ai suoi piedi, come se contenesse rospi, « io, Jeanne Bussie, questo qui non me lo riporto più a casa! »

Padre Terrier rialzò il capo lentamente e si passò un paio di volte il dito sulla pelata come per sistemarsi i capelli, si mise il dito sotto il naso come casualmente e annusò pensieroso.

« Un odore di caramello... » disse, e cercò di riprendere il suo tono severo... « Caramello! Che ne sai tu del caramello? Ne hai forse mai mangiato? »

« Non proprio », rispose la balia. « Ma una volta sono stata in un grande albergo in Rue Saint-Honoré e sono stata a guardare come si faceva, con zucchero fuso e crema di latte. Aveva un odore così buono che non l'ho più dimenticato. »

« Già, già. D'accordo », disse Terrier, e tolse il dito dal naso. « Ora taci, per favore! Per me è oltremodo stancante intrattenermi ulteriormente con te a questo livello. Prendo atto che tu rifiuti, quali che siano le ragioni, di continuare a nutrire il lattante Jean-Baptiste Grenouille che ti è stato affidato, e con ciò lo restituisci al suo tutore provvisorio, il convento di Saint-Merri. Trovo il fatto spiacevole, ma non posso farci niente. Sei licenziata. »

Dopodiché prese il canestro, inspirò a fondo ancora una volta il caldo odore di latte e di lana che si andava dileguando e chiuse la porta con il chiavistello. Quindi si recò nel suo studiolo.

3

Padre Terrier era un uomo colto. Non soltanto aveva studiato teologia, aveva anche letto i filosofi e si occupava, tra l'altro, di botanica e di alchimia. Aveva una certa considerazione del proprio spirito critico. Di sicuro non sarebbe arrivato al punto, come facevano alcuni, di mettere in dubbio i miracoli, gli oracoli o la veridicità dei testi della Sacra Scrittura, anche se tutte queste cose in realtà non erano spiegabili soltanto con la ragione, anzi spesso la contraddicevano decisamente. Preferiva non immischiarsi in problemi di questo genere, gli risultavano troppo sgradevoli e l'avrebbero soltanto gettato nella più penosa incertezza e inquietudine laddove, proprio per far uso della sua ragione, aveva bisogno di certezza e di quiete. Ma quello che combatteva in assoluto erano le fantasticherie superstiziose della gente semplice: stregoneria e cartomanzia, uso di amuleti, malocchio, scongiuri, magie di luna piena e quant'altro riuscivano a escogitare... Era ben deprimente constatare come simili usanze pagane non fossero ancora state sradicate dopo il solido insediamento, più che millenario, della religione cristiana! Anche la maggior parte dei casi di cosiddetta ossessione diabolica e lega satanica a un più attento esame si rivelavano una commedia spettacolare della superstizione. Certo, proprio negare l'esistenza di Satana, dubitare del suo potere... Terrier non voleva arrivare a tanto; a dirimere questi problemi, che toccavano i cardini della teologia, erano chiamate ben altre istanze, non un semplice, umile frate. D'altra parte era evidente che, se una persona semplice come quella balia affermava di aver scoperto uno spirito diabolico, mai e poi mai il diavolo poteva averci le mani in pasta. Proprio il fatto che lei credesse di averlo scoperto dimostrava con certezza che lì non c'era niente di diabolico da scoprire, perché il diavolo non era poi così sciocco da farsi smascherare dalla balia Jeanne Bussie. E per di più con il naso! Con l'organo primitivo dell'olfatto, il più volgare dei sensi! Come se l'inferno sapesse

di zolfo e il paradiso di incenso e mirra! La peggiore delle
superstizioni, come nella preistoria più oscura e più paga-
na, quando gli uomini vivevano ancora come bestie, quando non possedevano ancora una vista acuta, non conoscevano il colore, ma credevano di poter annusare il sangue,
pensavano di distinguere al fiuto l'amico dal nemico, di essere fiutati da cannibali giganteschi e da lupi mannari e di
essere riconosciuti all'odore da Erinni, e portavano ai loro
dèi mostruosi olocausti puzzolenti e fumanti. Spaventoso!
« Il matto vede col naso » più che con gli occhi, e probabilmente la luce della ragione concessa da Dio ha dovuto
brillare per altri mille anni prima che gli ultimi residui della fede primitiva fossero dissipati.

« Ahimè, e questo povero piccolo! Questa creatura innocente! Sta nel suo canestro ed è assopito, senza presentimento alcuno dei disgustosi sospetti che sorgono contro
di lui. Tu non avresti l'odore che i bambini devono avere,
osa affermare quell'insolente. Ebbene, che cosa ne diciamo? Cicci cicci! »

E fece dondolare pian piano il canestro sulle ginocchia,
accarezzò il lattante sulla testa col dito e di tanto in tanto
diceva « cicci cicci », espressione che riteneva tenera e di
effetto calmante sui bambini. « Dovresti avere un odore di
caramello, che assurdità, cicci cicci! »

Poco dopo tirò indietro il dito, se lo mise sotto il naso,
fiutò, ma non sentì altro se non l'odore dei crauti che aveva mangiato a mezzogiorno.

Esitò un attimo, si guardò attorno per vedere se nessuno lo osservava, sollevò il canestro e vi affondò dentro il
grosso naso. Si chinò sulla testa del lattante finché la rada
peluria rossiccia del bimbo gli solleticò le narici e annusò,
aspettandosi di aspirare qualche odore. Non sapeva bene
che odore dovesse avere la testa di un lattante. Naturalmente non di caramello, questo era certo, infatti il caramello era zucchero fuso, e come poteva un lattante, che
fino allora aveva inghiottito solo latte, sapere di zucchero
fuso? Di latte poteva sapere, di latte di balia. Di capelli

poteva sapere, di pelle e di capelli, e forse di un leggero sudore infantile. E Terrier annusò e si preparò a sentire odore di pelle, di capelli e di un leggero sudore infantile. Ma non sentì niente. Con tutta la buona volontà, niente. Probabilmente un lattante non ha odore, pensò, sarà così. Un lattante, se è tenuto pulito, non ha per l'appunto odore, così come non parla, non corre o non scrive. Queste cose vengono soltanto con l'età. In verità l'uomo comincia ad avere un odore soltanto nel periodo della pubertà. Così è, e non altrimenti. Non scrive forse Orazio: « Sa di capro il giovinetto, la vergine in boccio profuma come bianco narciso... »? E i Romani se ne intendevano! L'odore dell'uomo è sempre un odore carnale, quindi un odore peccaminoso. E dunque che odore dovrebbe avere un lattante, che non conosce il peccato carnale neanche per sogno? Che odore dovrebbe avere? Cicci cicci? Proprio nessuno!

Si rimise il cesto sulle ginocchia e lo fece dondolare lievemente. Il bambino continuava a dormire sodo. Il suo pugno destro sporgeva da sotto la coperta, piccolo e rosso, e talvolta, di scatto, batteva contro la guancia in modo commovente. Terrier sorrise e d'un tratto si sentì in uno stato d'animo molto gradevole. Per un momento si concesse la fantasia di essere il padre del bambino. Non si era fatto frate, era un normale cittadino, un onesto artigiano magari, aveva sposato una donna con un caldo odore di lana e di latte, e con lei aveva generato un figlio e ora lo faceva dondolare sulle ginocchia, suo figlio, cicci cicci cicci... Provava un senso di benessere a questo pensiero. Era un pensiero così ammodo. Un padre che fa dondolare suo figlio sulle ginocchia, cicci cicci, era un'immagine vecchia come il mondo e tuttavia sempre nuova e giusta finché il mondo fosse esistito, ah sì! Terrier sentì che gli si scaldava il cuore e che stava diventando sentimentale.

In quel momento il bambino si svegliò. Si svegliò dapprima con il naso. Il piccolo naso si mosse, si tese verso l'alto e fiutò. Inspirò l'aria e la soffiò fuori a piccoli colpi, come avviene con uno starnuto incompleto. Poi il naso si arricciò e il bambino aprì gli occhi. Gli occhi erano di colore indeterminato, tra il grigio-ostrica e il bianco-crema opalino, ricoperti da una specie di membrana ed evidentemente ancora non molto adatti alla vista. Terrier aveva l'impressione che non lo vedessero affatto. Ben diverso era il naso. Mentre gli occhi scialbi del bambino sbirciavano nel vago, il naso sembrava puntare verso una meta precisa e Terrier aveva la stranissima sensazione che questa meta fosse lui stesso, la sua persona. Le minuscole pinne nasali attorno ai due minuscoli fori in mezzo al viso del bambino si dilatavano come fiori in sboccio. O piuttosto come le cupole di quelle piccole piante carnivore che tenevano nell'orto botanico del re. E come da queste, dalle pinne nasali del bambino sembrava fuoriuscire un risucchio inquietante. Per Terrier era come se il bambino lo vedesse con le sue narici, come se lo guardasse attento. e inquisitore in modo più penetrante di quanto avrebbe potuto fare con gli occhi, come se con il naso divorasse qualcosa che proveniva da lui, Terrier, e che lui non poteva trattenere né nascondere... Quel bambino senza odore lo stava annusando spudoratamente, così era! Lo fiutava! E d'un tratto Terrier si sentì puzzare, di sudore e di aceto, di crauti e di vestiti non lavati. Si sentì nudo e brutto, come fissato da qualcuno che, per parte sua, non rivelava nulla di sé. Era come se il bambino penetrasse con l'olfatto anche attraverso la sua pelle, fin nel suo intimo più profondo. I suoi sentimenti più teneri, i suoi pensieri più turpi erano nudi davanti a quel piccolo, avido naso, che non era ancora un vero e proprio naso, bensì soltanto un accenno, un minuscolo organo con buchi che si arricciava, si gonfiava e vibrava di continuo. Terrier rabbrividì. Si sentiva nauseato. Per parte sua storse il naso come di fronte a qualcosa di maleodorante, con cui non voleva aver nulla a che fare. Sparita l'idea familiare che si trattasse della propria carne e sangue. Svanito l'idillio sentimentale di padre e figlio e madre calda di odori. Come strappato quel velo di pensieri piacevolmente avvolgenti fantasticati attorno al bambino e a se stesso: sulle sue ginocchia giaceva un essere estraneo, freddo, un animale ostile, e se lui non avesse avuto un carattere così posato e governato dal timor di Dio e da un giudizio razionale, in un accesso di disgusto l'avrebbe scagliato lontano da sé come un ragno.

Di colpo Terrier si alzò e depose il canestro sul tavolo. Voleva liberarsi della cosa, il più in fretta possibile, ora, subito.

E in quel momento il bambino cominciò a urlare. Strinse gli occhi, spalancò la sua gola rossa e diede uno strillo così acuto e ripugnante che a Terrier si gelò il sangue nelle vene. Scosse il canestro con il braccio teso e gridò « cicci cicci » per far smettere il bambino, ma quello urlò ancora più forte e diventò tutto blu in faccia, e sembrava che stesse per scoppiare dalle urla.

Via! pensò Terrier, bisogna mandar via all'istante questo... stava per dire « demonio » e fece uno sforzo, e si frenò... via questo mostro, questo bambino insopportabile! Ma dove? Conosceva dozzine di balie e di orfanotrofi nel quartiere, ma erano tutti troppo vicini a lui, erano giusto a un passo, bisognava mandare quella cosa più lontano, così lontano da non sentirne più parlare, così lontano che non potessero riportarla ogni momento davanti alla porta, se possibile in un altro distretto, sull'altra riva ancor meglio, e meglio di tutto *extra muros*, in Faubourg Saint-Antoine, ecco! là doveva andare il marmocchio strillante, lontano, verso est, al di là della Bastiglia, dove di notte chiudevano le porte.

E sollevò la sua sottana, afferrò il canestro urlante e corse via, corse attraverso il labirinto di vicoli fino a Rue du Faubourg Saint-Antoine, risalì la Senna verso est, fuori della città, sempre più fuori, percorse Rue de Charonne sino alla fine, dove, nei pressi del monastero di Madeleine de Trenelle, aveva l'indirizzo di una certa Madame Gaillard, la quale accettava bambini a pensione di qualsiasi età e di qualsiasi specie finché c'era qualcuno che pagasse per loro, e là consegnò il neonato sempre urlante versando l'anticipo di un anno e poi volò di nuovo verso la città, e, arrivato al convento, gettò a terra i propri vestiti come se fossero sudici, si lavò dalla testa ai piedi e s'infilò a letto nella sua stanza dove si fece ripetutamente il segno della croce, pregò a lungo e infine, sollevato, si addormentò.

4

Madame Gaillard, sebbene non avesse neppure trent'anni, aveva già vissuto la propria vita. Esteriormente dimostrava l'età che in realtà aveva, e nello stesso tempo due, tre, cento volte di più, proprio come la mummia di una ragazza; ma interiormente era già morta da tempo. Quando era bambina suo padre le aveva dato un colpo sulla fronte con l'attizzatoio, poco più su della radice del naso, e da allora lei aveva perso l'olfatto e qualsiasi senso di calore umano e di freddezza umana e soprattutto qualsiasi passione. Quell'unico colpo l'aveva resa estranea alla tenerezza come all'avversione, estranea alla gioia come alla disperazione. In seguito, quando andò a letto con un uomo, non provò nulla, e nulla provò quando partorì i propri figli. Non portò il lutto per quelli che le morirono e non si rallegrò per quelli che le restarono. Quando il marito la picchiava non si scomponeva, e non provò nessun sollievo quando lui morì di colera all'Hôtel-Dieu. Le uniche due sensazioni che conosceva erano un lievissimo offuscamento dell'animo quando si avvicinava l'emicrania mensile, e un lievissimo rasserenamento dell'animo quando l'emicrania se ne andava. Per il resto questa donna insensibile non provava nulla.

D'altra parte... e forse proprio a causa della sua totale mancanza di emozioni, Madame Gaillard possedeva un senso spietato dell'ordine e della giustizia. Non prediligeva nessuno dei bambini a lei affidati e non ne trascurava nessuno. Somministrava tre pasti al giorno e non un solo boccone di più. Cambiava le fasce ai piccoli tre volte al giorno e solo fino a quando compivano due anni. Dopo questo termine, chi continuava a farsela addosso riceveva un ceffone senza alcun rimprovero e un pasto in meno. Madame Gaillard spendeva la metà esatta della retta per i suoi pupilli, e teneva per sé l'altra metà esatta. Nei tempi buoni non cercava di aumentare il suo guadagno, ma nei tempi duri non lasciava perdere neppure un soldo, neanche quando si trattava di vita o di morte. Diversamente il mestiere non sarebbe più stato redditizio. Aveva bisogno di denaro. Aveva fatto i suoi conti con precisione estrema. Da vecchia voleva assicurarsi un vitalizio e inoltre avere abbastanza da potersi permettere di morire in casa, anziché crepare all'Hôtel-Dieu come suo marito. Anche la morte di lui non le aveva fatto né caldo né freddo. Ma aveva orrore di quella morte pubblica, assieme a centinaia di estranei. Voleva potersi permettere una morte privata, e per questo le occorreva tutto il margine di guadagno proveniente dalla retta. C'era l'inverno, è vero, e in quel periodo su due dozzine di piccoli pensionanti ne morivano tre o quattro. Tuttavia anche così se la cavava sempre molto meglio della maggior parte delle altre madri adottive, e il suo reddito superava di gran lunga quello dei grandi brefotrofi statali o religiosi, la cui percentuale di perdite spesso ammontava a nove decimi. Poi c'era anche molto ricambio. Ogni anno Parigi produceva più di diecimila nuovi trovatelli, bastardi e orfani. In tal modo era possibile consolarsi di più d'un ammanco.

Per il piccolo Grenouille l'istituto di Madame Gaillard fu una benedizione. Probabilmente non sarebbe riuscito a sopravvivere da nessun'altra parte. Ma lì, accanto a quella donna dal cuore sterile, crebbe bene. Era dotato di una costituzione robusta. Chi, come lui, era sopravvissuto alla propria nascita fra i rifiuti non si lasciava più strappare dal mondo così facilmente. Poteva nutrirsi per giorni con zuppe acquose, si sosteneva con il latte più magro, tollerava la verdura più appassita e la carne più guasta. Nel corso della sua infanzia sopravvisse al morbillo, alla dissenteria, alla varicella, al colera, a una caduta di sei metri in un pozzo e a un'ustione al petto con acqua bollente. Ne riportò comunque cicatrici, screpolature e croste e un piede leggermente deforme che lo faceva zoppicare, tuttavia visse. Era tenace come un batterio resistente e parco come una zecca, che se ne sta quieta su un albero e sopravvive con una minuscola goccia di sangue succhiata anni prima. Per il suo corpo aveva bisogno di un minimo di cibo e di abiti. Per la sua anima non aveva bisogno di nulla. Sicurezza, dedizione, tenerezza, amore – o comunque si chiamino tutte quelle cose che si presume occorrano a un bambino – al bambino Grenouille non erano affatto necessari. O piuttosto, ci sembra, lui stesso aveva fatto in modo che non gli fossero necessari per riuscire a vivere, fin dal primo momento. Il grido dopo la sua nascita, il grido emesso sotto il banco da macello, con il quale aveva dato notizia di sé e aveva portato sua madre al patibolo, non era stato un grido istintivo di pietà e d'amore. Era stato un grido ben meditato, si potrebbe quasi dire lungamente meditato, con cui il neonato si era pronunciato *contro* l'amore e tuttavia *per* la vita. Nelle circostanze in questione quest'ultima era possibile anche senza l'amore, e se il bambino avesse preteso entrambi, senz'altro avrebbe fatto ben presto una fine miseranda. Allora avrebbe certo potuto cogliere al volo anche la seconda possibilità che gli si offriva, avrebbe potuto tacere e scegliere la via diretta dalla nascita alla morte senza deviare per la vita, e con ciò avrebbe risparmiato una quantità di sciagure al mondo e a se stesso. Ma per uscire di scena così discretamente avrebbe dovuto avere un minimo di gentilezza innata, cosa che Grenouille non possedeva. Fin dall'inizio fu un mostro. Si decise a favore della vita per puro dispetto e per pura malvagità.

Naturalmente non decise come decide un adulto, che per scegliere fra varie opzioni usa la sua più o meno grande ragionevolezza ed esperienza. Ma decise al modo di un vegetale, così come un fagiolo gettato via decide se deve germogliare o se è meglio lasciar perdere.

Oppure come quella zecca sull'albero, cui la vita non

ha altro da offrire se non un continuo sopravvivere. La zecca piccola e brutta, che modella il suo corpo grigio-piombo come una palla, per offrire al mondo esterno la minima superficie possibile; che rende la sua pelle compatta e dura per non lasciar fuoriuscire nulla, per non lasciar traspirare nemmeno una minima parte di sé. La zecca che diventa piccolissima e insignificante, perché nessuno la veda e la calpesti. La zecca solitaria, che, raccolta in sé, sta rannicchiata sul suo albero, cieca, sorda e muta e si limita a fiutare, a fiutare per anni, a distanza di miglia, il sangue di animali di passaggio che con le proprie forze non raggiungerà mai. La zecca potrebbe lasciarsi cadere. Potrebbe lasciarsi cadere a terra nel bosco, con le sue sei minuscole zampette potrebbe strisciare qua e là per un paio di millimetri e poi aspettare la morte sotto le foglie, non sarebbe una gran perdita per lei, Dio sa che non lo sarebbe. Ma la zecca, testarda, ostinata e ripugnante, sta rannicchiata e vive e aspetta. Aspetta, finché il caso estremamente improbabile le porta il sangue sotto forma di un animale direttamente sotto l'albero. E soltanto allora abbandona il suo ritegno, si lascia cadere, e si aggrappa e scava e si attacca con unghie e denti alla carne altrui...

Una simile zecca era il bambino Grenouille. Viveva come incapsulato in sé e aspettava tempi migliori. Al mondo non dava nulla se non i suoi escrementi; non un sorriso, non un grido, non un guizzo degli occhi, neppure un proprio odore. Qualsiasi altra donna avrebbe scacciato questo bambino mostruoso. Non così Madame Gaillard. Infatti non sentiva che lui non aveva odore, e non si aspettava da lui nessun moto dell'anima, perché la sua stessa anima era sigillata.

Gli altri bambini invece avvertirono subito che in Grenouille c'era qualcosa che non andava. Fin dal primo giorno il nuovo arrivato sembrò loro sospetto. Evitarono la cesta in cui giaceva e accostarono l'uno all'altro i telai dei loro letti, come se la stanza fosse diventata più fredda. La notte, talvolta, i più piccoli strillavano: avevano l'impres-

sione che una corrente d'aria fosse passata per la camera.
Altri sognavano che qualcosa togliesse loro il respiro. Una
volta i più grandi si riunirono e cercarono di soffocarlo.
Ammucchiarono vestiti, coperte e paglia sulla sua faccia e
caricarono il tutto con mattoni. La mattina seguente, quando Madame Gaillard lo liberò, lui era pesto, malconcio e
blu, ma non morto. Ci provarono ancora un paio di volte,
ma inutilmente. Strozzarlo addirittura, stringendolo al collo con le loro stesse mani, o tappargli la bocca o il naso,
sarebbe stato un metodo più sicuro, ma non osarono. Non
volevano toccarlo. Provavano ripugnanza di fronte a lui
come di fronte a un grosso ragno, che non si ha il coraggio
di schiacciare con le proprie mani.

Quando fu più grande, rinunciarono ai tentati omicidi.
Si erano convinti che non c'era modo di eliminarlo. Si li-
mitarono a sfuggirlo, a stargli lontani, a evitare qualsiasi
contatto con lui. Non lo odiavano. Non erano neppure ge-
losi o invidiosi del suo cibo. In casa Gaillard non ci sarebbe stata la minima ragione per coltivare sentimenti simili. Semplicemente li disturbava il fatto che lui esistesse.
Non riuscivano a sentire il suo odore. Avevano paura di lui.

5

Ciò nonostante, da un punto di vista obiettivo, in lui non
c'era proprio nulla che suscitasse paura. Quando crebbe,
non era particolarmente alto, non forte, brutto sì, tuttavia
non così brutto da doverne provare spavento. Non era ag-
gressivo, non falso, non subdolo, non provocava. Preferiva
stare per conto proprio. Anche la sua intelligenza sembrava essere tutt'altro che temibile. Soltanto a tre anni cominciò a reggersi su tutte e due le gambe, a quattro disse la
sua prima parola, era la parola « pesci », che in un momento di eccitazione improvvisa gli uscì fuori come l'eco
di un ricordo, mentre da lontano un venditore di pesci ri-
saliva Rue de Charonne e annunciava gridando la sua mer-

ce. Le parole che mise fuori in seguito furono « pelargonio », « caprile », « cavolo verzotto » e « Jacqueslorreur », quest'ultima il nome di un aiuto-giardiniere della vicina opera pia Filles de la Croix, il quale all'occasione sbrigava i lavori più rozzi e più pesanti per Madame Gaillard e si distingueva per non essersi mai lavato una volta in vita sua. Con i verbi, gli aggettivi e le particelle espletive aveva qualche difficoltà. Eccetto « sì » e « no » – che del resto pronunciò molto tardi – cacciava fuori soltanto sostantivi, anzi in verità soltanto nomi propri di oggetti concreti, piante, animali e persone, e anche allora solo quando questi oggetti, piante, animali o persone lo sconvolgevano all'improvviso con il loro odore.

Nel sole di marzo, mentre era seduto su una catasta di ceppi di faggio che scricchiolavano per il caldo, avvenne che egli pronunciasse per la prima volta la parola « legno ». Aveva già visto il legno centinaia di volte, aveva sentito la parola centinaia di volte. La capiva anche, infatti d'inverno era stato mandato fuori spesso a prendere legna. Ma il legno come oggetto non gli era mai sembrato così interessante da darsi la pena di pronunciarne il nome. Ciò avvenne soltanto quel giorno di marzo, mentre era seduto sulla catasta. La catasta era ammucchiata a strati, come una panca, sul lato sud del capannone di Madame Gaillard, sotto un tetto sporgente. I ceppi più alti emanavano un odore dolce di bruciaticcio, dal fondo della catasta saliva un profumo di muschio, e dalla parete d'abete del capannone si diffondeva nel tepore un profumo di resina sbriciolata.

Grenouille era seduto sulla catasta con le gambe allungate, la schiena appoggiata contro la parete del capannone, aveva chiuso gli occhi e non si muoveva. Non vedeva nulla, non sentiva e non provava nulla. Si limitava soltanto ad annusare il profumo del legno che saliva attorno a lui e stagnava sotto il tetto come sotto una cappa. Bevve questo profumo, vi annegò dentro, se ne impregnò fino all'ultimo e al più interno dei pori, divenne legno lui stesso, giacque sulla catasta come un pupazzo di legno, come un

Pinocchio, come morto, finché dopo lungo tempo, forse non prima di una mezz'ora, pronunciò a fatica la parola « legno ». Come se si fosse riempito di legno fin sopra le orecchie, come se il legno gli arrivasse già fino al collo, come se avesse il ventre, la gola, il naso traboccanti di legno, così vomitò fuori la parola. E questa lo riportò in sé, lo salvò, poco prima che la presenza schiacciante del legno, con il suo profumo, potesse soffocarlo. Si alzò a fatica, scivolò giù dalla catasta, e si allontanò vacillando come su gambe di legno. Per giorni e giorni fu preso totalmente dall'intensa esperienza olfattiva, e quando il ricordo saliva in lui con troppa prepotenza, borbottava fra sé e sé « legno, legno », a mo' di scongiuro.

Così imparò a parlare. Con le parole che non indicavano un oggetto dotato di odore, quindi con concetti astratti, soprattutto di natura etica e morale, aveva le difficoltà maggiori. Non riusciva a ritenerle, le scambiava tra loro, persino da adulto le usò malvolentieri e spesso in modo sbagliato: diritto, coscienza, Dio, gioia, responsabilità, umiltà, gratitudine ecc., tutto ciò che queste parole dovevano esprimere per lui era e restò oscuro.

D'altro canto la lingua corrente ben presto non sarebbe più bastata a definire tutto ciò che aveva immagazzinato sotto forma di concetti olfattori. Presto riconobbe all'odore non soltanto il legno, bensì diverse specie di legno, legno d'acero, legno di quercia, legno di pino, legno d'olmo, legno di pero, legno vecchio, giovane, putrido, marcio, muscoso, persino singoli ceppi di legno, frammenti e schegge di legno: e all'odore ne percepiva le diversità con una chiarezza che altri non sarebbero mai riusciti ad avere con gli occhi. Similmente avveniva con altre cose. Che quella bevanda bianca che Madame Gaillard somministrava ogni mattina ai suoi pupilli venisse comunque chiamata latte, quando per la sensibilità di Grenouille ogni mattina aveva un odore e un sapore del tutto diversi, a seconda che fosse più o meno calda, a seconda della mucca da cui proveniva, di quello che la mucca aveva mangiato, della crema che vi era stata lasciata e così via... che il fumo, una struttura olfattiva in cui si riflettevano centinaia di singoli aromi, che di minuto in minuto, anzi di secondo in secondo si trasformava in un miscuglio nuovo, come il fumo del fuoco, possedesse appunto soltanto quell'unico nome « fumo »... che la terra, il paese, l'aria, che a ogni passo e a ogni respiro erano colmi di un odore diverso e quindi animati da un'identità diversa, potessero essere definiti soltanto da quelle tre grossolane parole... tutte queste disparità grottesche tra la ricchezza del mondo percepito con l'olfatto e la povertà del linguaggio facevano sì che il ragazzo Grenouille dubitasse del senso del linguaggio in genere, e si rassegnasse a farne uso soltanto quando i rapporti con altri esseri umani lo rendevano indispensabile.

A sei anni aveva già una percezione totale del suo ambiente dal punto di vista olfattivo. In casa di Madame Gaillard non c'era oggetto, a nord di Rue de Charonne non c'era luogo, né persona, né pietra, albero, cespuglio o steccato, né pezzo di terra così piccolo che non conoscesse e riconoscesse all'olfatto e che non custodisse per sempre nella memoria con la sua particolare unicità. Aveva collezionato diecimila, centomila odori peculiari e specifici, e li teneva a sua disposizione, con tale chiarezza, quando lo desiderava, che non soltanto li ricordava quando li percepiva di nuovo, ma li sentiva concretamente ogni volta che li ricordava; anzi, più ancora, sapeva persino combinarli tra loro soltanto con la fantasia, e in tal modo creava dentro di sé odori che nel mondo reale non esistevano. Era come se possedesse un gigantesco vocabolario di odori appresi automaticamente che lo metteva in grado di formare, quasi a suo piacere, una quantità di proposizioni olfattive nuove; e questo a un'età in cui altri bambini, con le parole inculcate in loro a fatica, balbettavano le prime frasi convenzionali, del tutto inadeguate a descrivere il mondo. Tutt'al più il suo talento si poteva paragonare a quello di un bambino-prodigio in fatto di musica, che avesse carpito alle melodie e alle armonie l'alfabeto dei singoli toni e ora componesse da sé melodie e armonie del tutto nuove... naturalmente con la differenza che l'alfabeto degli odori era di gran lunga più vasto e più differenziato di quello dei toni, e inoltre con la differenza che l'attività creativa del bambino-prodigio Grenouille si svolgeva soltanto dentro di lui e non poteva essere percepita da altri che da lui stesso.

Nei confronti del mondo esterno divenne sempre più chiuso. Di preferenza andava a passeggiare da solo verso nord, in Faubourg Saint-Antoine, attraverso orti, vigneti, prati. Talvolta la sera non tornava a casa, restava assente per giorni. Sopportava il castigo previsto, col bastone, senza manifestare dolore. Il divieto di uscire, la privazione di cibo, il lavoro assegnato per punizione non modificavano affatto il suo comportamento. Una sporadica frequenza di un anno e mezzo alla scuola parrocchiale di Notre-Dame de Bon Secours non provocò alcun visibile effetto. Imparò a sillabare un poco e a scrivere il proprio nome, nient'altro. Il suo insegnante lo giudicò deficiente.

Madame Gaillard invece si accorse che il ragazzo possedeva determinate capacità e caratteristiche che erano molto insolite, per non dire soprannaturali: ad esempio la paura infantile del buio e della notte sembrava essergli totalmente estranea. Si poteva sempre mandarlo a fare una commissione in cantina, dove gli altri bambini si azzardavano a scendere a malapena con una lampada, oppure fuori fino al capannone a prender legna quand'era buio pesto. E mai Grenouille aveva con sé un lume e tuttavia si orientava, e portava subito ciò che gli era richiesto, senza prendere la cosa sbagliata, senza inciampare o rovesciare qualcosa. Ma ancor più straordinario era il fatto che lui, come Madame Gaillard pensava di aver appurato, riusciva a vedere attraverso la materia, la carta, il legno, persino attraverso le pareti di muro pieno e le porte chiuse. Sapeva quanti e quali allievi si trovassero nel dormitorio senza esservi entrato. E sapeva che nel cavolfiore c'era un bruco prima ancora che l'aprissero. E una volta, dopo che lei aveva nascosto i soldi così bene da non riuscire più a ritrovarli (perché cambiava i suoi nascondigli), senza cercare neppure un secondo lui le indicò un posto dietro la trave del camino ed ecco, erano proprio là! Sapeva persino leggere nel futuro, ad esempio quando annunciava la visita di una persona molto prima del suo arrivo, oppure sapeva pronosticare immancabilmente l'avvicinarsi di un temporale prima ancora che in cielo si vedesse la più piccola nuvola. Il fatto che lui ovviamente non vedesse tutte queste cose, non le vedesse con gli occhi, ma le fiutasse con il suo naso sempre più raffinato e preciso nel cogliere gli odori – il bruco nel cavolo, i soldi dietro la trave, le persone attraverso le pareti e a una distanza di parecchi tratti di strada –, Madame Gaillard non l'avrebbe immaginato neppure in sogno, anche se quel colpo con l'attizzatoio avesse lasciato intatto il suo nervo olfattorio. Era convinta che il ragazzo – deficiente o no – fosse dotato della seconda vista. E poiché sapeva che i veggenti portano sventura e morte, Grenouille divenne per lei una presenza inquietante. Ancor più inquietante, addirittura intollerabile, le era il pensiero di vivere sotto lo stesso tetto con qualcuno che aveva il dono di vedere il denaro nascosto con cura attraverso pareti e travi. Dopo aver scoperto questa capacità spaventosa di Grenouille cercò di liberarsi di lui, e fu una fortuna che all'incirca nello stesso periodo – Grenouille aveva otto anni – il convento di Saint-Merri sospendesse i suoi pagamenti annuali senza dichiararne i motivi. Madame non chiese nulla. Aspettò per decoro ancora una settimana, e poiché il denaro dovuto continuava a non arrivare, prese per mano il ragazzo e si recò con lui in città.

In Rue de la Mortellerie, accanto al fiume, conosceva un conciatore di nome Grimal, che notoriamente aveva bisogno di manodopera giovane: non di apprendisti o garzoni regolari, bensì di braccianti a poco prezzo. In quell'attività c'erano appunto lavori – spolpare pelli di animali in decomposizione, mescolare liquidi di concia e coloranti, preparare cortecce da concia corrosive – talmente pericolosi per la vita, che un padrone conscio delle proprie responsabilità possibilmente non impiegava per questi i suoi aiutanti qualificati, bensì marmaglia disoccupata, vagabondi o appunto bambini abbandonati dei quali in caso di dubbio nessuno più chiedeva notizia. Naturalmente Madame Gaillard sapeva che, a giudizio d'uomo, Grenouille non aveva nessuna possibilità di sopravvivere nella conceria di Grimal. Ma non era il tipo di donna da preoccuparsene. Il suo dovere lo aveva pur fatto. Il rapporto d'assistenza era terminato. Come sarebbe stato l'avvenire del ragazzo non la riguardava. Se sopravviveva, bene, se moriva, bene ugualmente... l'importante era che tutto avvenisse in modo lecito. E quindi si fece attestare per iscritto la consegna del ragazzo da Monsieur Grimal, dal canto suo firmò la ricevuta di quindici franchi di provvigione e ritornò verso casa in Rue de Charonne. Non avvertiva neppure un'ombra di rimorso. Al contrario, riteneva di aver agito non soltanto in modo lecito, ma anche giusto, poiché la permanenza di un bambino per cui nessuno pagava avrebbe gravato necessariamente sugli altri bambini, o addirittura su di lei, e avrebbe potuto compromettere l'avvenire degli altri piccoli pensionanti o addirittura il suo futuro personale, e cioè la sua morte privata, appartata, l'unica cosa che desiderasse ancora nella vita.

Dal momento che a questo punto della storia lasciamo Madame Gaillard e anche più tardi non la incontreremo più, descriveremo in poche frasi la fine dei suoi giorni. Sebbene già da bambina fosse interiormente morta, per sua disgrazia Madame divenne molto, molto vecchia. Nell'anno 1782, a quasi settant'anni, lasciò il suo mestiere, si assicurò un vitalizio, come si era prefissa, si ritirò nella sua casetta e aspettò la morte. Ma la morte non venne. In sua vece venne qualcosa che nessuno al mondo avrebbe potuto prevedere e che nel paese non s'era mai avuto, e cioè una rivoluzione, vale a dire una rapidissima trasformazione di tutti i rapporti sociali, morali e trascendentali. In un primo tempo questa rivoluzione non ebbe ripercussioni sul destino personale di Madame Gaillard. Ma in seguito – lei aveva ormai quasi ottant'anni – dall'oggi al domani risultò che colui che le passava il vitalizio dovette emigrare, fu espropriato e i suoi beni furono venduti all'asta a un fabbricante di pantaloni. Per un certo tempo sembrò che neanche questo mutamento provocasse conseguenze fatali per Madame Gaillard, perché il fabbricante di pantaloni continuò a pagare puntualmente la rendita. Ma poi venne il giorno in cui lei ricevette il denaro non più in moneta sonante, bensì sotto forma di foglietti di carta stampata, e questo fu l'inizio della sua fine materiale.

Nel giro di due anni la rendita non bastò più neppure a pagare la legna da ardere. Madame si vide costretta a vendere la sua casa a un prezzo ridicolmente basso, perché d'un tratto oltre a lei c'erano altre migliaia di persone costrette ugualmente a vendere la loro casa. E di nuovo, come controvalore, ricevette soltanto quegli stupidi foglietti, che di nuovo due anni dopo non valevano più nulla, e nell'anno 1797 – ormai si avviava ai novanta – aveva già perso tutto il suo patrimonio, accumulato a fatica con un lavoro secolare, e prese dimora in una minuscola camera ammobiliata in Rue des Coquilles. E soltanto allora, con dieci, vent'anni di ritardo, venne la morte, e venne sotto forma di una lunga e complessa malattia tumorale, che prese Madame alla gola e la privò prima dell'appetito e poi della voce, dimodoché, quando fu trasportata all'Hôtel-Dieu, non poté spendere neppure una parola per sollevare obiezione. Là la portarono nella stessa sala, affollata da centinaia di persone in fin di vita, in cui già era morto suo marito, la misero in un letto assieme ad altre cinque vecchie donne del tutto estranee, dove giacque a corpo a corpo con le altre, e là la lasciarono a morire per tre settimane, sotto gli occhi di tutti. Poi misero il suo corpo in un sacco che fu ricucito, alle quattro del mattino lo gettarono su un carro da trasporto insieme con altri cinquanta cadaveri, e al fievole tintinnio di una campanella lo portarono al nuovo cimitero di Clamart, a un miglio di distanza dalle porte della città, e là l'adagiarono in una fossa comune per l'estremo riposo, sotto uno spesso strato di calce viva.

Questo avvenne nell'anno 1799. Grazie a Dio, in quel giorno dell'anno 1747, quando Madame tornò a casa e abbandonò il ragazzo Grenouille e la nostra storia, non sospettò nulla di questo destino incombente su di lei. Avrebbe potuto perdere la fede nella giustizia, e quindi nell'unico concetto della vita a lei comprensibile.

6

Al primo sguardo rivolto a Monsieur Grimal – no, alla prima inspirazione dell'aura olfattiva di Grimal – Grenouille seppe che alla minima insubordinazione quell'uomo avrebbe potuto picchiarlo a morte. La sua vita valeva esattamente tanto quanto il lavoro che lui era in grado di sbrigare, consisteva ormai soltanto nell'utilità che Grimal gli attribuiva. E così Grenouille si piegò, senza fare neppure per una volta un tentativo di ribellione. Da un giorno all'altro isolò di nuovo in sé tutta l'energia della sua ostinazione e della sua scontrosità, la usò soltanto per sopravvivere, alla maniera di una zecca, in quel periodo di anni bui che gli stava dinanzi: tenace, parco, senza dare nell'occhio, tenendo la fiamma della speranza di vivere bassa, ma ben protetta. Era un modello di arrendevolezza, di discrezione e di solerzia, eseguiva gli ordini alla lettera, si adattava a qualsiasi cibo. La sera si lasciava chiudere docilmente in una rimessa, costruita a fianco della conceria, in cui si custodivano gli attrezzi e si appendevano le pelli salate da trattare. Qui dormiva sulla nuda terra battuta. Durante il giorno lavorava finché c'era luce, d'inverno otto ore, d'estate quattordici, quindici, sedici ore: spolpava le pelli che puzzavano in modo bestiale, le metteva a bagno, le privava dei peli, le calcinava, le trattava con acidi, le batteva, le spalmava con la concia, spaccava la legna, scortecciava betulle e tassi, scendeva nelle fosse per conciare piene di vapori caustici, ammucchiava a strati una sopra l'altra pelli e cortecce come gli ordinavano i garzoni, vi spalmava sopra noci di galla schiacciate e ricopriva l'orribile catasta con rami di tasso e terra. Molto tempo dopo doveva dissotterrarla e togliere dalla fossa quei cadaveri di pelli ormai mummificati in cuoio conciato.

Quando non sotterrava e dissotterrava le pelli, trasportava l'acqua. Per mesi portò su acqua dal fiume, ogni volta due secchi, centinaia di secchi al giorno, perché il mestiere richiedeva enormi quantità d'acqua per lavare, per ammorbidire, per bollire e per colorare. Per mesi non ebbe più una sola fibra asciutta in corpo dal gran portare acqua, la sera i suoi vestiti grondavano acqua e la sua pelle era fredda, molle e gonfia come cuoio lavato.

Dopo un anno di quest'esistenza più bestiale che umana si prese il carbonchio, una temuta malattia da conciatore che in genere ha un decorso mortale. Grimal aveva già rinunciato a lui e si guardava attorno per cercare un sostituto: non senza rimpianto del resto, perché non aveva mai avuto un lavorante modesto e redditizio come questo Grenouille. Ma contro ogni aspettativa Grenouille superò la malattia. Gli rimasero solo le cicatrici dei grandi carbonchi neri dietro le orecchie, sul collo e sulle guance, che lo sfigurarono e lo resero ancor più brutto di quanto già non fosse. Inoltre gli rimase – vantaggio incalcolabile – una resistenza al carbonchio, dimodoché da allora persino con le mani screpolate e sanguinanti poté spolpare le pelli più dure senza correre il rischio di infettarsi di nuovo. In questo si distingueva non soltanto dagli apprendisti e dai garzoni, ma anche dai suoi potenziali successori. E poiché adesso non era più tanto facile come un tempo sostituirlo, il valore del suo lavoro aumentò, e con esso il valore della sua vita. D'un tratto non fu più costretto a dormire sulla nuda terra, ma ebbe il permesso di costruirsi una lettiera di legno e ricevette della paglia da ammucchiarvi sopra e una coperta personale. Per dormire non lo rinchiudevano più. Il cibo era sufficiente. Grimal non lo teneva più come un animale qualsiasi, bensì come un animale domestico utile.

Quando compì dodici anni, Grimal gli concesse mezza giornata di libertà la domenica, e a tredici persino nei giorni feriali, la sera dopo il lavoro, ebbe il permesso di assentarsi per un'ora e di fare quello che voleva. Aveva vinto, poiché viveva, e possedeva una porzione di libertà, che bastava per continuare a vivere. I tempi in cui il problema era superare l'inverno erano passati. Grenouille, la zecca, si ridestò. Fiutò l'arrivo di tempi nuovi. Fu preso dal piacere della caccia. Dinanzi a lui si apriva l'area olfattiva più grande del mondo: la città di Parigi.

7

Era come nel paese di Bengodi. Già solo i quartieri confinanti di Saint-Jacques-de-la-Boucherie e di Saint-Eustache erano un paese di Bengodi. Nei lontani vicoli di Rue Saint-Denis e di Rue Saint-Martin, gli uomini vivevano così stretti l'uno all'altro, le case erano così pigiate l'una contro l'altra, alte cinque, sei piani, che non si vedeva il cielo, e giù a terra l'aria stagnava come in canali umidi, piena di odori. Si mescolavano odori di uomini e di animali, esalazioni di cibi e malattie, d'acqua e pietra e cenere e cuoio, di sapone e pane appena sfornato e uova fatte bollire in aceto, di pasta e ottone lucidato, di salvia e birra e lacrime, di grasso e paglia umida o asciutta. Migliaia e migliaia di odori si condensavano in una poltiglia invisibile che riempiva i buchi dei vicoli, e al disopra dei tetti si dileguava di rado, giù a terra mai. Le persone che vivevano lì non sentivano nessun odore particolare in questa poltiglia; era pur nata da loro e li aveva impregnati di continuo, era come un vestito caldo portato a lungo di cui non si sente più l'odore e che non si avverte più sulla pelle. Ma Grenouille sentiva tutti gli odori come per la prima volta. E non soltanto percepiva l'insieme di questo miscuglio di odori, ma lo suddivideva in modo analitico nelle sue minime e più indistinte parti e particelle. Il suo naso raffinato sbrogliava quel groviglio di esalazioni e di fetori in singoli fili di odori fondamentali che non si potevano scomporre ulteriormente. Per lui era un indicibile divertimento dipanare questi fili e avvolgerli sul fuso.

Spesso stava immobile, appoggiato al muro di una casa o addossato a un angolo buio, a occhi chiusi, la bocca semiaperta e le narici dilatate, muto come un pesce predatore in un corso d'acqua grande e oscuro dal lento fluire. E quando infine un alito di vento gli portava davanti l'estremo di un esile filo di aroma, allora lo ghermiva e non lo lasciava più andare, non annusava altro se non quest'unico odore, lo teneva stretto, lo risucchiava in sé e in sé lo custodiva per sempre. Poteva essere un odore che conosceva da tempo, oppure una sua variante, ma poteva anche essere del tutto nuovo, senza nessuna somiglianza o quasi con tutto ciò che aveva annusato fino allora e tanto meno visto: l'odore della seta stirata, ad esempio, l'odore di un infuso di timo, l'odore di un pezzo di broccato ricamato d'argento, l'odore del tappo di una bottiglia di vino raro, l'odore di un pettine di tartaruga. Grenouille rincorreva questi odori a lui ancora sconosciuti, li inseguiva con la passione e la perseveranza di un pescatore con la lenza e li accumulava in sé.

Quando aveva annusato a sazietà la grassa poltiglia dei vicoli, andava in una zona più ariosa, dove gli odori erano più rarefatti, si mescolavano al vento e si diffondevano, quasi come un profumo: e cioè nella piazza dei mercati generali, dove di sera negli odori continuava a vivere il giorno, invisibile, ma così evidente, come se là tra la folla si affrettassero ancora su e giù i mercanti, come se ci fossero ancora i panieri stracolmi di verdure e di uova, le botti piene di vino e di aceto, i sacchi di spezie, patate e farina, le casse di chiodi e di viti, i banchi della carne, i banchi pieni di stoffe e stoviglie e suole da scarpe e tutte le altre cento cose che si vendevano di giorno... tutto quel viavai era presente fino al minimo particolare nell'aria che si era lasciato dietro. Grenouille vedeva tutto il mercato con l'olfatto, se così si può dire. E con l'olfatto lo vedeva più precisamente di quanto altri avrebbero potuto vederlo con gli occhi, giacché lo percepiva in un secondo tempo e quindi in modo più elevato: come essenza, come lo spirito di qualcosa che c'era stato, qualcosa di non turbato dagli attributi usuali del presente quali il rumore, i suoni striduli, la promiscuità disgustosa degli uomini in carne e ossa.

Oppure si recava nel luogo in cui avevano decapitato sua madre, in Place de Grève, che andava a lambire il fiume come una grossa lingua. Qui, ancorate a riva oppure ormeggiate ai pali, c'erano le navi, e sapevano di carbone e grano e fieno e cime umide.

E da ovest, da quell'unica pista tagliata dal fiume attraverso la città, veniva una grande corrente d'aria e portava gli odori del paese, dei prati vicini a Neuilly, dei boschi tra Saint-Germain e Versailles, delle città più lontane come Rouen o Caen e talvolta persino del mare. Il mare aveva l'odore di una vela gonfia di vento in cui rimaneva un sentore d'acqua, di sale e di un sole freddo. Aveva un odore semplice, il mare, ma nello stesso tempo così vasto e unico nel suo genere, che Grenouille esitava a suddividerlo in odore di pesce, di sale, di acqua, di alga, di fresco e così via. Preferiva lasciare intatto l'odore del mare, lo custodiva intero nella memoria e lo godeva indiviso. L'odore del mare gli piaceva tanto che avrebbe desiderato una volta averlo puro, non mescolato e in quantità tale da potersene ubriacare. E in seguito, quando apprese dai racconti com'era grande il mare e come si poteva percorrerlo con navi per giorni interi senza vedere terra, nulla gli fu più gradito che immaginare di trovarsi su una di quelle navi, molto in alto nella coffa dell'albero più a prua, e di volare attraverso l'odore senza fine del mare, che in realtà non era più un odore, ma un respiro, un espirare, la fine di tutti gli odori, e gli pareva di dissolversi, in questo respiro, dal piacere. Ma era destino che non si arrivasse a tanto, perché Grenouille, che stava sulla riva in Place de Grève, espirando e inspirando più volte il soffio leggero del vento marino che gli passava sotto il naso, non avrebbe mai visto in tutta la vita il mare, il vero mare, il grande oceano che si stendeva a occidente, e non avrebbe mai potuto confondersi con quell'odore.

In breve tempo aveva annusato così a fondo il quartiere tra Saint-Eustache e l'Hôtel de Ville, che ci si orientava anche nella più buia delle notti. E quindi ampliò il suo terreno di caccia, dapprima a ovest, in Faubourg Saint-Honoré, poi in Rue Saint-Antoine su fino alla Bastiglia, e infine persino sulla riva opposta del fiume, nel quartiere della Sorbona e in Faubourg Saint-Germain, dove abitavano i ricchi. Dalle inferriate delle porte carraie veniva l'odore dei sedili in pelle delle carrozze e della cipria delle parrucche dei paggi, e al di sopra delle alte mura si diffondeva dai giardini il profumo della ginestra e delle rose e dei ligustri appena potati. Fu anche qui che Grenouille per la prima volta annusò profumi nel vero senso della parola: semplice acqua di lavanda o di rose, con cui in occasione delle feste si alimentavano le fontane a zampillo dei giardini, ma anche aromi più pregiati e più complessi, di tintura di muschio mista a olio di neroli e tuberosa, giunchiglia, gelsomino o cannella, che di sera le carrozze eleganti si lasciavano dietro come una pesante scia. Grenouille registrava questi aromi così come registrava odori profani, con curiosità, ma senza particolare ammirazione. Certo, si accorgeva che il profumo aveva lo scopo di creare un effetto inebriante e avvincente, e riconosceva la bontà delle singole essenze di cui erano composti i profumi. Ma nell'insieme gli sembravano piuttosto rozzi e grossolani, più raffazzonati che non combinati, e sapeva che sarebbe stato in grado di produrre profumi buoni ben diversi, se solo avesse potuto disporre degli stessi elementi.

Molti di questi elementi li conosceva già dalle bancarelle di fiori e spezie del mercato; altri gli risultavano nuovi, e questi ultimi li filtrava dalle miscele di aromi e li custodiva senza nome nella memoria: ambra, zibetto, patchouli, sandalo, bergamotto, vetiver, opoponaco, benzoino, fior di luppolo, castoreo...

Non era schizzinoso. Tra quello che comunemente era definito un buono o un cattivo odore non faceva distinzioni, non ancora. Era avido. L'unico scopo delle sue battute era quello di possedere tutto ciò che il mondo aveva da offrire in odori, e l'unica condizione era che gli odori fossero nuovi. L'odore di un cavallo sudato per lui era come l'odore delicato e acerbo delle gemme di rosa in fioritura, il puzzo acre di una cimice equivaleva all'odore di vitello lardellato che usciva dalle cucine dei signori. Divorava tutto, risucchiava tutto dentro di sé. E anche nella sintetizzante cucina di odori della sua fantasia, nella quale combinava di continuo aromi nuovi, non regnava ancora un principio estetico. Erano bizzarrie, che creava e ben presto distruggeva, come un bambino che gioca con i cubetti per costruzioni, ricco di inventiva e distruttivo, senza un principio creativo riconoscibile.

8

Il 1° settembre 1753, l'anniversario dell'avvento al trono del re, la città di Parigi allestì i fuochi d'artificio sul Pont Royal. Non furono spettacolari come i fuochi d'artificio per la festa dello sposalizio del re o come i leggendari fuochi d'artificio in occasione della nascita del Delfino, ma furono pur sempre fuochi d'artificio molto imponenti. Agli alberi delle navi avevano fissato girandole d'oro a forma di sole. Dal ponte, i cosiddetti tori di fuoco riversavano nel fiume una pioggia di stelle ardenti. E mentre ovunque in un fragore assordante scoppiavano petardi e sul selciato guizzavano mortaretti, razzi salivano al cielo e dipingevano gigli bianchi sul firmamento nero. Una moltitudine di migliaia di teste, raccolte sia sul ponte sia sulle banchine delle due rive del fiume, accompagnava lo spettacolo con entusiasti ah e oh e bravo e persino con evviva... sebbene il re fosse salito al trono ben trentotto anni prima e avesse superato da tempo l'apice della sua popolarità. Tale era il potere dei fuochi d'artificio.

Grenouille stava muto all'ombra del Pavillon de Flore, sulla riva destra, di fronte al Pont Royal. Non muoveva neppure le mani per applaudire, non guardava neppure i razzi che salivano al cielo. Era venuto perché credeva di poter fiutare qualcosa di nuovo, ma ben presto fu chiaro che, dal punto di vista olfattivo, i fuochi d'artificio non avevano niente da offrire. Tutto ciò che in abbondanza e con spreco sfavillava e sprizzava ed esplodeva e fischiava si lasciava dietro un odore estremamente uniforme misto di zolfo, olio e salnitro.

Era già in procinto di abbandonare quel pubblico spettacolo per tornarsene a casa lungo la galleria del Louvre, quando il vento gli portò qualcosa, un'inezia, appena avvertibile, un frammento, un atomo di odore, no, ancor meno: piuttosto il presentimento di un odore che non un odore vero e proprio – ma nello stesso tempo anche il sicuro presentimento di qualcosa di mai annusato. Ritornò verso il muro, chiuse gli occhi e dilatò le narici. L'odore era così straordinariamente delicato e fine che Grenouille non riusciva a trattenerlo, di continuo esso si sottraeva alla sua percezione, era sovrastato dal fumo polveroso dei petardi, bloccato dalle esalazioni della folla, smembrato e annientato dagli altri mille odori della città. Ma poi, d'un tratto, eccolo di nuovo, una lieve esalazione soltanto, da annusare per un breve secondo come splendida traccia... e subito dopo svaniva. Grenouille era in preda a tormenti. Per la prima volta non era soltanto il suo carattere avido a subire un'offesa, era proprio il suo cuore a soffrire. Aveva la strana impressione che quell'odore fosse la chiave per classificare tutti gli altri odori, che non si capisse nulla degli odori senza aver conosciuto quello, e che lui, Grenouille, avrebbe sprecato la sua vita, se non fosse riuscito a possedere quell'odore unico. Doveva averlo, non per amore del mero possesso, bensì per la pace del suo animo.

Stava quasi male per l'eccitazione. Non era ancora riuscito a scoprire neppure la direzione da cui veniva l'odore. Talvolta, prima che un minimo soffio gli alitasse incontro, passavano minuti, e ogni volta era sopraffatto dall'orribile angoscia di averlo perso per sempre. Infine lo salvò l'estrema speranza che l'odore arrivasse dall'altra riva del fiume, da qualche luogo in direzione sud-est.

Si staccò dal muro del Pavillon de Flore, s'immerse tra la folla e si fece strada attraverso il ponte. Ogni due passi si fermava, si alzava sulle punte dei piedi per poter annusare oltre le teste delle persone, dapprima non sentiva nulla, tanto era agitato, poi percepiva finalmente qualcosa, fiutava l'odore, anche più forte di prima, capiva di essere sulla strada giusta, s'immergeva di nuovo, di nuovo si seppelliva tra la moltitudine di curiosi e di pirotecnici che tenevano sempre le fiaccole vicine alle micce dei razzi, perdeva il suo odore nel fumo acre della polvere, era colto dal panico, di continuo urtava qualcuno e dava spintoni e s'immergeva di nuovo tra la folla: dopo minuti interminabili raggiunse l'altra riva, l'Hôtel de Mailly, il Quai Malaquest, lo sbocco di Rue de Seine...

Qui si fermò, si concentrò e annusò. Eccolo. Lo teneva stretto. Come un nastro, l'aroma si srotolava giù per Rue de Seine, inconfondibilmente chiaro e tuttavia sempre molto delicato e molto fine. Grenouille sentì che gli batteva il cuore, e seppe che non era lo sforzo della corsa a farlo battere, bensì la sua eccitata impotenza in presenza di quell'odore. Tentò di ricordare qualcosa che gli si potesse paragonare, e dovette scartare tutti i paragoni. Quell'odore aveva in sé una freschezza: ma non la freschezza dei limoncelli o delle arance amare, non la freschezza della mirra o della scorza di cannella o della menta verde o delle betulle o della canfora o degli aghi di pino, non quella della pioggia di maggio o del vento gelido o dell'acqua di fonte... e nello stesso tempo aveva un calore: ma non come il bergamotto, il cipresso o il muschio, non come il gelsomino o il narciso, non come il legno di rosa e non come l'iris... Quell'odore era un miscuglio di fugace e di intenso, no, non un miscuglio, un tutto unico, e inoltre era debole e lieve e tuttavia forte e deciso, come una pezza di sottile seta cangiante... ma no, neppure come seta, bensì come un latte dolcissimo, in cui il biscotto si scioglie... cose che con tutta la buona volontà possibile non andavano d'accordo: latte e seta! Indescrivibile, quell'odore, indescrivibile, impossibile classificarlo in qualche modo, in realtà non poteva esistere. E tuttavia era là, nella sua splendida naturalezza. Grenouille lo seguì, con il cuore che batteva ansioso, poiché sentiva che non era lui a seguire il profumo, bensì il profumo ad averlo catturato, e ora lo attirava irresistibilmente a sé.

Risalì Rue de Seine. Per strada non c'era nessuno. Le case erano vuote e silenziose. La gente era giù al fiume nei pressi dei fuochi d'artificio. Nessun odore umano febbrile disturbava la quiete, nessun puzzo acre di polvere. La strada sapeva dei consueti odori d'acqua, di escrementi, di ratti e di scarti di verdura. Ma al di sopra fluttuava, tenue e chiaro, il nastro che guidava Grenouille. Dopo pochi passi, la scarsa luce notturna del cielo fu inghiottita dalle case alte, e Grenouille proseguì al buio. Non aveva bisogno di vedere nulla. L'odore lo conduceva con sicurezza.

Dopo cinquanta metri piegò a destra in Rue des Marais un vicolo se possibile ancora più buio, largo appena una spanna. Stranamente l'odore non divenne molto più intenso. Divenne soltanto più puro, e per questo, per la sua purezza in continuo aumento, acquisì una forza d'attrazione sempre maggiore. Grenouille camminava senza volontà propria. A un certo punto l'odore lo portò decisamente a destra, apparentemente al centro del muro di una casa. Si aprì un passaggio basso, che conduceva nel cortile interno. Come un sonnambulo, Grenouille entrò nel passaggio, attraversò il cortile interno, svoltò un angolo e arrivò in un secondo cortile interno più piccolo, finalmente illuminato: il luogo era un quadrato grande soltanto qualche passo. Dal muro sporgeva una tettoia di legno obliqua. Sotto la tettoia, su un tavolo, era appiccicata una candela. Una fanciulla era seduta a questo tavolo e puliva mirabelle. Prendeva i frutti da un canestro alla sua sinistra, li privava del gambo e del nocciolo con un coltello e li gettava in un secchio. Poteva avere tredici o quattordici anni. Grenouille si fermò. Capì subito qual era la fonte dell'odore che aveva annusato per più di mezzo miglio fino all'altra riva del fiume: non questo sudicio cortile interno, non le mirabelle. La fonte era la fanciulla.

Per un attimo fu talmente confuso che credette realmente di non aver mai visto in vita sua una cosa bella come quella fanciulla. Tuttavia vedeva solo il suo contorno da dietro, contro la candela. Naturalmente pensò di non aver mai sentito un odore così buono. Ma poiché conosceva gli odori umani a migliaia, odori di uomini, di donne, di bambini, non riusciva a comprendere come un essere umano potesse emanare un odore tanto squisito. In genere le persone avevano odori insulsi o miserabili. I bambini avevano un odore insipido, gli uomini un odore di orina, di sudore acre e di formaggio, le donne di grasso rancido e di pesce in via di decomposizione. Di nessunissimo interesse, del tutto ripugnanti erano gli odori delle persone. E dunque, per la prima volta in vita sua, Grenouille non si fidò del suo naso e dovette chiamare in aiuto gli occhi per credere a quello che stava annusando. Ma la confusione dei suoi sensi non durò a lungo. In realtà gli servì soltanto un attimo per accertarsi con i suoi occhi, dopo di che si abbandonò senza riserva alcuna alle percezioni del suo senso olfattivo. E *annusò* che era una persona, annusò il sudore delle sue ascelle, il grasso dei suoi capelli, l'odore di pesce del suo sesso; annusò tutto col massimo piacere. Il suo sudore aveva un profumo fresco come la brezza del mare, il sebo dei suoi capelli dolce come olio di noce, il suo sesso come un mazzo di ninfee bianche, la pelle come fiori d'albicocco... e l'insieme di tutte queste componenti dava un profumo così ricco, così equilibrato, così affascinante, che tutto ciò che Grenouille aveva annusato fino allora in fatto di profumi, anche tutto ciò che per gioco aveva creato dentro di sé come costruzioni olfattive, d'un tratto divenne puro nonsenso. Centinaia di migliaia di odori sembravano non valere più nulla di fronte a quest'unico odore. Questo solo era il principio superiore secondo il quale si dovevano classificare gli altri profumi. Era la pura bellezza.

Per Grenouille era chiaro che senza il possesso di quel profumo la sua vita non aveva più alcun senso. Doveva conoscerlo fin nei minimi dettagli, fin nell'ultima e più minuta delle sue particelle: ricordarlo soltanto nel suo insieme non gli bastava. Voleva imprimere come con un marchio questo profumo da apoteosi nel caos della sua anima nera, analizzarlo con la massima esattezza e da allora in poi pensare, vivere, annusare soltanto secondo le strutture interne di questa formula magica.

Si avviò lentamente verso la fanciulla, sempre più vicino, finché, sotto la tettoia, si fermò a un passo dalle sue spalle. Lei non lo udì.

Aveva capelli rossi e portava un vestito grigio senza maniche. Le sue braccia erano di un bianco candido, e le mani erano gialle per il succo delle mirabelle tagliate. Grenouille stava curvo sopra di lei e aspirava il suo odore ora totalmente puro, così come saliva dalla sua nuca, dai suoi capelli, dalla scollatura del suo vestito, e lo lasciava scorrere dentro di sé come una lieve brezza. Non si era mai sentito così bene. Ma la fanciulla provò una sensazione di freddo.

Non vedeva Grenouille. Ma fu colta da un senso d'angoscia, da uno strano brivido, come avviene d'un tratto quando si è assaliti da una vecchia paura dimenticata. Era come se una corrente fredda le stesse alle spalle, come se qualcuno avesse aperto con una spinta una porta che conduca in un'enorme cantina fredda. E mise da parte il suo coltello da cucina, strinse le braccia al petto e si girò.

Quando lo vide, s'irrigidì a tal punto per lo spavento da dargli tutto il tempo di metterle le mani attorno al collo. Lei non tentò neppure di gridare, restò immobile, non fece un movimento di difesa. Da parte sua lui non la guardò.

Non vide il suo bel viso cosparso di lentiggini, la bocca rossa, i grandi occhi verdi brillanti, poiché teneva i propri occhi ben chiusi mentre la strozzava, e la sua sola preoccupazione era quella di non perdere neppure la minima parte dell'odore di lei.

Quando l'ebbe uccisa, la depose a terra tra i noccioli delle mirabelle, le strappò il vestito e il flusso di profumo divenne una marea, che lo sommerse con la sua fragranza. Affondò il viso nella sua pelle e passò le sue narici dilatate dal ventre al petto, al collo, sul suo viso e tra i capelli e di nuovo sul ventre, poi giù fino al suo sesso, sulle sue cosce, sulle sue gambe bianche. S'imbevve di lei dalla testa ai piedi, raccolse gli ultimi resti del suo odore sul mento, nell'ombelico e tra le pieghe dell'incavo del gomito.

Quando l'ebbe annusata fino allo sfinimento, restò accovacciato accanto a lei ancora un momento per riprendersi, perché era stracolmo di lei. Non voleva sprecare nulla del suo odore. Prima doveva bloccare i suoi compartimenti interni. Poi si alzò e spense con un soffio la candela.

A quell'ora le prime persone che rincasavano risalivano Rue de Seine cantando e lanciando evviva. Grenouille si lasciò guidare dal naso fin sul vicolo e attraversò Rue des Petits Augustins, una parallela di Rue de Seine che portava al fiume. Poco dopo scoprirono la morta. Ci fu un gran clamore. Si accesero fiaccole. Arrivò la guardia. Grenouille era da tempo sull'altra riva.

Quella notte la sua rimessa gli sembrò un palazzo e il suo tavolaccio un letto a baldacchino. In vita sua fino allora non aveva mai saputo che cosa fosse la felicità. Tutt'al più conosceva stati molto rari di ottusa contentezza. Ma ora tremava di felicità, la sua beatitudine era tale che non riusciva a dormire. Gli sembrava di essere nato per la seconda volta, no, non per la seconda, per la prima volta, poiché finora aveva vissuto un'esistenza puramente animale, con una conoscenza estremamente nebulosa del suo sé. Ma con oggi gli sembrava di sapere finalmente chi era in realtà, e cioè null'altro che un genio; e che la sua vita avesse senso e scopo e fine e un destino più alto, vale a dire niente di meno che rivoluzionare il mondo degli odori; e che lui solo al mondo avesse i mezzi per farlo, e cioè il suo raffinatissimo naso, la sua prodigiosa memoria e, cosa più importante di tutte, l'odore-modello di questa fanciulla di Rue des Marais, nel quale, come in una formula magica, era contenuto tutto ciò che costituiva un grande aroma, un profumo: delicatezza, vigore, durata, varietà e una spaventosa, irresistibile bellezza. Aveva trovato la bussola per dirigere la sua vita futura. E come tutti i mostri geniali, ai quali un evento esterno lascia un solco dritto nel caos a spirale delle loro anime, Grenouille non si discostò più da ciò che credeva di aver individuato come direzione del suo destino. Adesso gli era chiaro il motivo per cui era attaccato così tenacemente e rabbiosamente alla vita: doveva essere un creatore di profumi. E non uno qualsiasi, bensì il più grande profumiere di tutti i tempi.

Quella stessa notte, prima da sveglio e poi in sogno, passò in rassegna l'immenso campo di rovine dei suoi ricordi. Analizzò i milioni e milioni di elementi costruttivi aromatici e diede loro una classificazione sistematica: buono con buono, cattivo con cattivo, raffinato con raffinato, rozzo con rozzo, puzzo con puzzo, ambrosio con ambrosio. Nel corso della settimana successiva questa classificazione divenne sempre più minuziosa, il catalogo degli aromi sempre più ricco e più differenziato, la gerarchia sempre più chiara. E ben presto poté cominciare a erigere le prime metodiche costruzioni olfattive: case, muri, gradini, torri, cantine, camere, stanze segrete... una cittadella interna fatta delle più deliziose composizioni di aromi, che si ampliava di giorno in giorno, che si abbelliva di giorno in giorno, costruita alla perfezione.

Che l'inizio di questa magnificenza fosse stato segnato da un delitto gli era del tutto indifferente, se mai ne era conscio. Già non riusciva più a ricordare l'immagine della fanciulla di Rue des Marais, il suo viso, il suo corpo. Ma di lei aveva serbato la parte migliore e l'aveva fatta propria: il principio del suo profumo.

9

A quel tempo a Parigi c'erano almeno una dozzina di profumieri. Sei di loro vivevano sulla riva destra, sei sulla riva sinistra e uno proprio nel mezzo, e cioè sul Pont au Change, che collegava la riva destra con l'Ile de la Cité. Su questo ponte avevano costruito da entrambi i lati case a quattro piani, così fitte che attraversandolo non si riusciva a vedere il fiume in nessun punto, e si aveva invece l'impressione di trovarsi in una strada del tutto normale, con solide fondamenta e per di più estremamente elegante. In effetti il Pont au Change era considerato un centro commerciale tra i più raffinati della città. Qui si trovavano i negozi più rinomati, qui c'erano gli orafi, gli ebanisti, i migliori produttori di parrucche e di borse, i fabbricanti di biancheria intima e delle calze più fini, corniciai, venditori di stivali da cavallerizzo, ricamatori di spalline, fonditori di bottoni d'oro e banchieri. E qui c'erano anche il negozio e l'abitazione del profumiere e guantaio Giuseppe Baldini. Sopra la sua vetrina si stendeva un lussuoso baldacchino laccato di verde, e lì accanto era appeso lo stemma di Baldini, tutto in oro, un flacone d'oro dal quale usciva un mazzo di fiori d'oro, e davanti alla porta c'era un tappeto rosso, che ugualmente riportava lo stemma di Baldini sotto forma di ricamo in oro. Quando si apriva la porta, risuonava un carillon persiano, e due aironi d'argento cominciavano a sprizzare dai becchi acqua di viole in una coppa dorata, anch'essa con la forma a flacone dello stemma di Baldini.

Poi, dietro al banco in legno di bosso chiaro, c'era Baldini in persona, vecchio e rigido come una colonna, in parrucca incipriata d'argento e giacca blu gallonata d'oro. Una nuvola d'acqua di frangipani, con cui si spruzzava tutte le mattine, lo avvolgeva in modo quasi visibile e spostava la sua figura in una vaga lontananza. Nella sua immobilità sembrava l'inventario di se stesso. Solo quando risuonava il carillon e gli aironi cominciavano a sprizzare – entrambe le cose non avvenivano molto di frequente – d'un tratto la vita si risvegliava in lui, la sua figura si ammorbidiva, diventava piccola e irrequieta e volava fuori, tra ripetuti inchini, da dietro il banco, talmente in fretta che la nuvola d'acqua di frangipani riusciva a malapena a seguirlo, per pregare i clienti di accomodarsi e di assistere all'esibizione dei profumi e dei cosmetici più pregiati.

Baldini ne aveva a migliaia. La sua offerta partiva dalle *essences absolues*, da olii di fiori, tinture, estratti, secrezioni, balsami, resine e altre droghe in forma secca, fluida o cerosa, passava a diverse pomate, paste, ciprie, saponi, creme, *sachets*, bandoline, brillantine, creme da barba, gocce antiverruca e finti nei, per finire con acque da bagno, lozioni, sali profumati, aceti da toilette e una serie infinita di profumi veri e propri. Ma Baldini non si accontentava di questi prodotti della cosmesi tradizionale. La sua ambizione consisteva nel radunare nel suo negozio tutto ciò che in genere emanava un profumo o che in qualche modo serviva al profumo. E così, accanto alle pasticche, ai coni e ai nastri d'incenso, si trovavano anche tutte le spezie possibili, dai semi d'anice alla scorza di cannella, sciroppi, liquori e distillati di frutta, vini di Cipro, Malaga e Corinto, miele, caffè, tè, frutta secca e candita, fichi, caramelle, cioccolato, marroni, persino capperi, cetrioli e cipolle in salamoia e tonno marinato. E poi ancora ceralacca odorosa, carta da lettera profumata, inchiostro per lettere d'amore all'olio di rose, cartelle da scrivania di pelle spagnola, portapenne in legno di sandalo bianco, cassettine e cassapanche in legno di cedro, pot-pourri e coppe per petali di fiori, incensieri d'ottone, flaconi e vasetti di cristallo con tappi d'ambra molata, guanti profumati, fazzoletti, cuscinetti per aghi da cucito imbottiti di fiori di macis e tappeti impregnati di aroma di muschio, che potevano riempire una stanza di profumo per più di cent'anni.

Naturalmente tutte queste merci non avevano posto nel lussuoso negozio che si affacciava sulla strada (o sul ponte), e così, in mancanza di una cantina, non soltanto il solaio della casa, ma tutto il primo e il secondo piano come pure quasi tutte le stanze del piano terra che davano sul fiume dovevano servire da magazzino. Di conseguenza, in casa Baldini regnava un indescrivibile caos di odori. Tanto era scelta la qualità dei singoli prodotti – Baldini acquistava infatti soltanto merci di primissima qualità – altrettanto intollerabile era la consonanza olfattiva dei medesimi, simile a un'orchestra composta da mille membri, in cui ciascun musicista suoni fortissimo una diversa melodia. Baldini stesso e i suoi impiegati erano divenuti insensibili a questo caos come certi vecchi direttori d'orchestra, i quali appunto sono tutti duri d'orecchio, e anche sua moglie, che abitava al terzo piano e lo difendeva strenuamente da un'ulteriore avanzata delle merci, non percepiva quasi più la moltitudine di odori come un disturbo. Non così avveniva al cliente che entrava per la prima volta nel negozio di Baldini. Il miscuglio di profumi che vi regnava lo colpiva come un pugno in faccia, lo esaltava o lo stordiva a seconda della sua costituzione, e comunque confondeva i suoi sensi al punto che spesso non ricordava neppure più la ragione per cui era entrato. I fattorini dimenticavano le ordinazioni. Signori dall'aspetto imponente si sentivano poco bene. E più di una signora era colta da un attacco a metà di isteria e a metà di claustrofobia, perdeva i sensi e tornava in sé soltanto con un potentissimo sale aromatico di olio di garofano, ammoniaca e alcool canforato.

In simili circostanze non c'era proprio da meravigliarsi che il carillon persiano davanti alla porta del negozio di Baldini risuonasse sempre più di rado e che sempre più di rado gli aironi d'argento sprizzassero acqua di viole.

10

« Chénier! » gridò Baldini da dietro il banco, dove era rimasto seduto per ore rigido come una colonna fissando la
porta, « si metta la parrucca! » E tra barili d'olio d'oliva
e prosciutti di Bayonne pendenti dal soffitto comparve Chénier, il garzone di Baldini, un po' più giovane di quest'ultimo ma anche lui già anziano, e avanzò verso il reparto
più elegante del negozio. Tolse la parrucca dalla tasca della giacca e se la calcò in testa. « Esce, signor Baldini? »

« No », disse Baldini, « mi ritiro per qualche ora nel
mio studio e desidero non essere disturbato per nessun
motivo. »

« Ah, capisco! Sta per creare un nuovo profumo. »

BALDINI   È così. Servirà a profumare una pelle spagnola
                per il conte Verhamont. Vuole qualcosa di to-
                talmente nuovo. Qualcosa come... come... credo
                si chiamasse « Amore e psiche » quello che vo-
                leva, e sembra che provenga da quel... quel gua-
                stamestieri di Rue Saint-André des Arts, quel...
                quel...

CHÉNIER   Pélissier.

BALDINI   Già. Pélissier. Giusto. Così si chiama il guasta-
                mestieri. « Amore e psiche » di Pélissier. Lo
                conosce?

CHÉNIER   Ma sì. Certo. Adesso lo si sente dappertutto.
                Lo si sente a ogni angolo di strada. Ma se vuole
                il mio parere: niente di speciale! Non si può
                comunque paragonare a quello che comporrà
                lei, signor Baldini.

BALDINI   Naturalmente no.

CHÉNIER   È un profumo estremamente comune, questo
                « Amore e psiche ».

BALDINI   Volgare?

CHÉNIER   Proprio volgare. Come tutto quello che fa Pé-
                lissier. Credo che contenga olio di limoncello.

BALDINI   Davvero? E che altro?

CHÉNIER   Essenza di fiori d'arancio, forse. E forse tintura
di rosmarino. Ma non posso dirlo con certezza.

BALDINI   Mi è anche del tutto indifferente.

CHÉNIER   Naturalmente.

BALDINI   Me ne infischio di quello che ha diluito nel suo
profumo quel guastamestieri di Pélissier. E neppure me ne lascerò ispirare!

CHÉNIER   In questo ha ragione, Monsieur.

BALDINI   Come sa, non mi lascio mai ispirare. Come sa,
elaboro io stesso i miei profumi.

CHÉNIER   Lo so, Monsieur.

BALDINI   Li produco soltanto da me!

CHÉNIER   Lo so.

BALDINI   E sto meditando di creare qualcosa per il conte
Verhamont che faccia davvero furore.

CHÉNIER   Di questo sono convinto, signor Baldini.

BALDINI   Si occupi del negozio. Ho bisogno di quiete.
Tenga tutti alla larga da me, Chénier...

E con ciò si allontanò strascicando i piedi, non più sta-
tuario, bensì, come si conveniva alla sua età, curvo, quasi
come se l'avessero picchiato, e salì lentamente la scala fino al primo piano, dove si trovava il suo studio.

Chénier prese posto dietro al banco, assunse esattamente la stessa posizione del suo padrone in precedenza, e si
mise a fissare la porta. Sapeva che cosa sarebbe successo
nelle prossime ore: in negozio assolutamente niente, e su
nello studio di Baldini la solita catastrofe. Baldini si sarebbe tolto la giacca blu, impregnata d'acqua di frangipani, si
sarebbe seduto allo scrittoio e avrebbe atteso un'ispirazione. Quest'ispirazione non sarebbe venuta. Si sarebbe diretto rapidamente verso l'armadio che conteneva centinaia di
bottigliette di campioni e avrebbe miscelato qualcosa a ca-
saccio. La miscela non sarebbe riuscita. Lui avrebbe impre-
cato, avrebbe aperto la finestra e gettato la miscela giù nel
fiume. Ne avrebbe provata un'altra, anche quella non sarebbe riuscita, avrebbe gridato e si sarebbe infuriato, e in
quella stanza che già emanava un odore stordente avrebbe

avuto una crisi di pianto. Verso le sette di sera sarebbe
sceso in uno stato pietoso, tremante e piangente, e avrebbe detto: « Chénier, non ho più naso, non riesco a creare
il profumo, non posso consegnare la pelle spagnola per il
conte, sono perduto, sono morto dentro, voglio morire, la
prego, Chénier, mi aiuti a morire! » E Chénier avrebbe
proposto di mandare a prendere da Pélissier una boccetta
di « Amore e psiche », e Baldini avrebbe acconsentito a
condizione che nessuno venisse a sapere di questa vergogna. Chénier avrebbe giurato, e la notte in segreto avrebbero trattato la pelle per il conte Verhamont con il profu
mo altrui. Così sarebbe andata e non altrimenti, e Chéniei
desiderava soltanto che tutta quella commedia fosse già fi
nita. Baldini non era più un grande profumiere. Sì, un
tempo, da giovane, trenta, quarant'anni prima, aveva creato « Rosa del sud » e « Bouquet galante di Baldini », due
profumi veramente riusciti, ai quali doveva il suo patrimonio. Ma adesso era vecchio e logoro, non conosceva più le
mode del tempo e i nuovi gusti della gente, e quando comunque riusciva a raffazzonare un profumo suo, era roba
completamente fuori moda e invendibile, che l'anno dopo
diluivano dieci volte tanto e smerciavano come additivo per
l'acqua delle fontane a zampillo. Peccato per lui, pensò
Chénier, esaminando nello specchio la posizione della propria parrucca, peccato per il vecchio Baldini, peccato per
il suo bel negozio, perché lo manderà in rovina; e peccato
per me, perché quando l'avrà rovinato io sarò troppo vecchio per rilevarlo...

11

In effetti Baldini si era tolto la giacca profumata, ma soltanto per una vecchia consuetudine. Già da tempo non lo
disturbava più sentire l'aroma dell'acqua di frangipani, già
da decenni se lo portava in giro e non lo avvertiva nemmeno più. Aveva anche chiuso a chiave la porta dello studio

e aveva preteso di essere lasciato in pace, ma non si era seduto allo scrittoio per meditare e attendere un'ispirazione, poiché sapeva molto meglio di Chénier che non avrebbe avuto ispirazione alcuna; in verità non ne aveva mai avute. Era, sì, vecchio e logoro, questo era vero, e non era più un grande profumiere; ma sapeva di non esserlo mai stato in vita sua. « Rosa del sud » l'aveva ereditato da suo padre e la ricetta del « Bouquet galante di Baldini » l'aveva acquistata da un droghiere genovese di passaggio. Gli altri suoi profumi erano miscele arcinote. Non aveva mai inventato niente. Non era un inventore. Era un fabbricante coscienzioso di aromi sperimentati, era come un cuoco, che con la pratica e con buone ricette fa una grande cucina, e tuttavia non ha mai inventato un piatto suo. Tutte quelle buffonate del laboratorio, dello sperimentare e dell'ispirazione e del fare in segreto le recitava soltanto perché questo faceva parte dell'immagine professionale di un *maître parfumeur* e *gantier*. Un profumiere era un mezzo alchimista che faceva miracoli, questo voleva la gente... e va bene! Che la sua arte fosse un mestiere come qualsiasi altro lo sapeva lui solo, e questo era il suo motivo d'orgoglio. Non voleva affatto essere un inventore. L'invenzione gli era molto sospetta, poiché significava sempre l'infrazione di una regola. Non si sognava neanche d'inventare un nuovo profumo per il conte Verhamont. Né certo la sera si sarebbe lasciato convincere da Chénier a procurarsi « Amore e psiche » da Pélissier. L'aveva già. Eccolo lì: sullo scrittoio davanti alla finestra, in un flaconcino di vetro con il tappo smerigliato. L'aveva acquistato già da qualche giorno. Naturalmente non di persona. Non poteva certo andare di persona da Pélissier e acquistare un profumo! Ma tramite un mediatore, il quale a sua volta tramite un mediatore... Bisognava essere prudenti. Infatti Baldini non voleva usare il profumo soltanto per la pelle spagnola, per quella non sarebbe neppure bastata la scarsa quantità. Aveva in mente qualcosa di peggio: voleva copiarlo.

Del resto non era una cosa proibita. Era soltanto oltremodo sconveniente. Imitare in segreto il profumo di un concorrente e venderlo sotto il proprio nome era sconveniente fuor di misura. Ma ancor più sconveniente era lasciarsi cogliere in fallo, e per questo Chénier non doveva saperne nulla, perché Chénier era ciarliero.

Ah, che brutto che un uomo dabbene si vedesse costretto a prendere vie così traverse! Che brutto dover insudiciare la cosa più preziosa che si possedeva, il proprio onore, in modo così meschino! Ma che cosa poteva fare? Il conte Verhamont era pur sempre un cliente che lui non poteva assolutamente permettersi di perdere. Già non aveva quasi più clienti. Anzi, doveva di nuovo rincorrere la clientela come nei primi anni venti, quando era all'inizio della sua carriera e girava per le strade con la cassetta appesa al collo. Dio sa che lui, Giuseppe Baldini, titolare del più grande negozio di sostanze aromatiche di Parigi, in ottima posizione, finanziariamente se la sarebbe cavata ancora, a girare di casa in casa con la valigetta in mano. Ma ciò non gli piaceva affatto, poiché da un bel pezzo aveva superato i sessanta e odiava aspettare in anticamere fredde ed esibire a vecchie marchese acqua di millefiori o aceto dei quattro ladri, oppure propinar loro un unguento per l'emicrania. Inoltre in quelle anticamere c'era una concorrenza assolutamente disgustosa. Ad esempio c'era quell'arrivista, Brouet di Rue Dauphine, che pretendeva di avere la più grande serie di pomate d'Europa; oppure Calteau di Rue Mauconseil, che era riuscito a diventare il fornitore di corte della contessa d'Artois; o questo Antoine Pélissier, di Rue Saint-André des Arts, del tutto imprevedibile, che a ogni *saison* lanciava un nuovo profumo di cui tutti andavano matti.

Un simile profumo di Pélissier poteva gettare tutto il mercato nel caos. Se un anno era di moda la lozione ungherese – e di conseguenza Baldini si era rifornito di lavanda, bergamotto e rosmarino, per soddisfare la richiesta –, ecco che Pélissier veniva fuori con « Air de Musc », un profumo al muschio ultrapesante. D'un tratto ognuno doveva per forza emanare un odore estremamente intenso, e Baldini poteva utilizzare il suo rosmarino come lozione per capelli e la lavanda per imbottire sacchettini profumati. Se invece l'anno seguente Baldini aveva ordinato quantità adeguate di muschio, zibetto e castoreo, a Pélissier veniva in mente di creare un profumo chiamato « Fior di bosco », che subito diventava un successo. E alla fine, quando Baldini, dopo notti di ricerca o dopo aver offerto notevoli somme di denaro, riusciva a scoprire la composizione del « Fior di bosco », ecco che Pélissier veniva fuori di nuovo con profumi di successo come « Notti turche » o « Fragranza di Lisbona » oppure « Bouquet de la Cour » o sa il diavolo che altro ancora. In ogni caso quest'uomo, nella sua sfrenata creatività, era un pericolo per tutta la professione. Ci si augurava un ritorno alla rigidità del vecchio diritto delle corporazioni. Ci si augurava che venissero prese misure draconiane contro questo individuo che faceva di testa propria, questo inflazionatore di profumi. Bisognava togliergli la licenza, ingiungergli un solenne divieto di esercitare il mestiere... e comunque quel tipo avrebbe dovuto una buona volta fare un periodo di tirocinio! Questo Pélissier infatti non era certo un maestro profumiere e guantaio qualificato. Suo padre non era stato nient'altro che un fabbricante d'aceto, e fabbricante d'aceto era anche Pélissier, niente di più. E solo perché, quale fabbricante d'aceto, era autorizzato a maneggiare alcolici, si permetteva di fare irruzione nella categoria dei profumieri veri e propri e là di imperversare come una puzzola. Che bisogno c'era di un profumo nuovo a ogni *saison*? Era proprio necessario? Il pubblico era stato soddisfattissimo anche prima con acqua di viole e con semplici bouquet di fiori, che forse si potevano variare in minima parte ogni dieci anni. Per millenni gli uomini si erano accontentati di incenso e mirra, di pochi balsami, di olii e di erbe aromatiche fatte seccare. E anche quando avevano imparato a distillare con l'ampolla e l'alambicco, e a estrarre per mezzo del vapore il principio odoroso dalle erbe, dai fiori e dai vari legni sotto forma di olio essenziale, a torchiarlo con presse di legno di quercia dai semi, dai chicchi e dalle bucce di frutta, o a carpirlo ai petali dei fiori con grassi accuratamente filtrati, il numero di profumi era stato ancora moderato. Allora una figura come Pélissier sarebbe stata del tutto impensabile, perché allora già soltanto per fabbricare una semplice pomata occorrevano capacità che questo sofisticatore d'aceto non si sarebbe mai sognato d'avere. Non soltanto bisognava saper distillare, bisognava anche saper fare pomate ed essere a un tempo farmacista, alchimista e artigiano, mercante, umanista e giardiniere. Bisognava saper distinguere il grasso di reni di montone dal sego di bovino giovane e una violetta Vittoria da un'analoga violetta di Parma. Bisognava padroneggiare il latino. Bisognava sapere quando si deve raccogliere l'eliotropio e quando fiorisce il pelargonio e che il fiore del gelsomino al levar del sole perde il suo profumo. Ovviamente questo Pélissier non aveva la più pallida idea di cose simili. Probabilmente non aveva mai lasciato Parigi, in vita sua non aveva mai visto un gelsomino in fiore. Per non dire poi che possedeva soltanto un'ombra di quell'enorme, furfantesca abilità necessaria per strizzar fuori da centinaia di migliaia di gelsomini un piccolo grumo di *concrète* o un paio di gocce di *essence absolue*. Probabilmente conosceva soltanto questi, conosceva il gelsomino soltanto come liquido concentrato marrone scuro contenuto in una boccetta, che si trovava nella cassaforte accanto a molte altre boccette da cui lui attingeva per creare i suoi profumi alla moda. No, una figura come quel bellimbusto di Pélissier non si sarebbe retta in piedi nel buon tempo antico, quando le cose si facevano a regola d'arte. Per questo gli mancava tutto: carattere, formazione, modestia e il senso di subordinazione corporativa. I suoi successi nel campo dei profumi erano dovuti unicamente e soltanto a una scoperta, che il geniale Muzio Frangipane – un italiano, del resto! – aveva fatto già duecento anni prima e che consisteva in questo: le sostanze aromatiche sono solubili in alcool etilico. Frangipane, mescolando le sue polverine odorose con l'alcool e trasfondendo in tal modo il loro aroma in un liquido volatile, aveva liberato l'aroma dalla materia, aveva spiritualizzato l'aroma, aveva scoperto l'aroma come aroma puro, in breve: aveva creato il profumo. Che grande opera! Che impresa sensazionale! Davvero paragonabile soltanto alle conquiste più importanti dell'umanità, come l'invenzione della scrittura da parte degli Assiri, la geometria euclidea, le idee di Platone e la trasformazione dell'uva in vino da parte dei Greci. Un'impresa proprio da Prometeo!

E tuttavia, come tutte le grandi imprese dello spirito danno non soltanto luce, ma anche ombra, e procurano all'umanità, oltre che bene, anche miserie e sciagure, purtroppo anche la meravigliosa scoperta di Frangipane ebbe nefaste conseguenze: poiché ora, dopo aver imparato a fissare in tinture l'essenza dei fiori e delle erbe, dei legni, delle resine e delle secrezioni animali e a travasarle in boccette, l'arte del comporre profumi era pian piano sfuggita ai pochi universalmente esperti del mestiere e rimaneva aperta ai ciarlatani, anche se erano dotati soltanto di un naso discretamente fine, come ad esempio quella puzzola di Pélissier. Senza curarsi di come avesse avuto origine il contenuto prodigioso delle sue boccette, lui poteva limitarsi a seguire i suoi ghiribizzi olfattivi e miscelare quel che gli veniva in mente al momento o che il pubblico al momento desiderava.

Certo che quel bastardo di Pélissier a trentacinque anni possedeva già un patrimonio superiore a quello che lui, Baldini, era riuscito infine ad accumulare nella terza età con duro e tenace lavoro. E quello di Pélissier aumentava di giorno in giorno, mentre quello di Baldini di giorno in giorno diminuiva. Nei tempi passati non sarebbe mai avvenuta una cosa del genere! Che un artigiano rispettabile e un *commerçant* arrivato dovesse lottare per la pura sopravvivenza, era cosa che datava soltanto da pochi decenni! E cioè da quando ovunque e in tutti i campi era scoppiata questa febbrile mania di rinnovamento, questo sfrenato impulso all'attivismo, questa furia di sperimentazione, questa megalomania nel commercio, nel traffico e nelle scienze!

Oppure la follia della velocità! A che scopo avere tutte quelle strade nuove che stavano costruendo ovunque, e i nuovi ponti? A che scopo? Che vantaggio c'era nel poter andare fino a Lione in una settimana? A chi poteva importare? O recarsi oltre Atlantico, in un mese raggiungere l'America a gran velocità... come se per millenni non si fosse sopravvissuti egregiamente senza questo continente. Che cosa aveva perso l'uomo civilizzato nella foresta vergine degli indiani o presso i negri? Andavano persino in Lapponia, su al nord, tra i ghiacci eterni, dove vivevano selvaggi che divoravano i pesci crudi. E volevano scoprire ancora un altro continente, che dicevano si trovasse nei mari del sud, dovunque fosse. E a che scopo questa follia? Perché anche gli altri si comportavano così, gli spagnoli, i maledetti inglesi, quegli impertinenti degli olandesi, con cui poi si era costretti ad azzuffarsi, cosa che non ci si poteva proprio permettere. Trecentomila lire costa una nave da guerra, bene, e in cinque minuti, con un solo colpo di cannone, è affondata, addio per sempre, pagata con le nostre tasche. La decima parte su tutte le entrate pretende ultimamente il signor ministro delle Finanze, e questo è rovinoso, anche quando non si paga questa quota, perché già solo l'atteggiamento mentale nel suo insieme è dannoso.

La sventura dell'uomo ha origine dal fatto che non vuole starsene quieto nella sua stanza, nel luogo che gli compete. Dice Pascal. Ma Pascal era stato un grand'uomo, un Frangipane dello spirito, un lavoratore di quelli giusti, e oggi uno così non è più consultato. Oggi leggono libri sediziosi di ugonotti o di inglesi. Oppure scrivono trattati o cosiddette grandi opere scientifiche, in cui mettono in dubbio tutto e tutti. Non c'è più niente che debba andar bene, ora d'un tratto deve cambiar tutto. Adesso in un bicchier d'acqua pare ci siano bestioline piccolissime, che prima non si vedevano; la sifilide sembra essere una malattia del tutto normale e non più una punizione del Signore; si dice che

Dio abbia creato il mondo non più in sette giorni, bensì in milioni di anni, sempre che sia stato lui; i selvaggi sono esseri umani come noi; i nostri figli li educhiamo in modo sbagliato; e la terra non è più rotonda come è sempre stata, bensì appiattita sopra e sotto al pari di un melone... come se questo fosse importante! In ogni campo si chiede, si fruga, si indaga, si spia e si fanno esperimenti d'ogni genere. Non basta più dire di una cosa che cos'è e com'è... ora tutto dev'essere dimostrato, possibilmente con testimoni e con cifre e con certe prove ridicole. Questi Diderot e d'Alembert e Voltaire e Rousseau o comunque si chiamino tutti gli imbrattacarte — tra loro ci sono persino religiosi e signori della nobiltà! — sono proprio riusciti a contagiare tutta la società con la loro perfida inquietudine, con il loro puro e semplice desiderio di essere scontenti e di non essere soddisfatti di nulla al mondo, in breve con l'enorme caos che regna nelle loro teste!

Dovunque si guardasse, c'era un'agitazione febbrile. La gente leggeva libri, persino le donne. I preti stavano seduti al caffè. E se per caso la polizia faceva irruzione e ficcava in prigione uno di questi furfantoni, subito gli editori cominciavano a sbraitare e inoltravano petizioni, e i signori e le signore più importanti facevano valere la loro influenza finché, dopo un paio di settimane, o lo rimettevano in libertà o lo facevano trasferire all'estero, dove poi quello continuava a pontificare senza ritegno. Nei salotti ormai si discuteva soltanto di orbite cometarie e di spedizioni, della forza sviluppata da una leva e di Newton, di canalizzazione, di circolazione sanguigna e del diametro del globo terrestre.

E persino il re permetteva che gli esibissero un'assurdità che andava di moda, una specie di temporale artificiale chiamato elettricità: al cospetto di tutta la corte un uomo strofinava una bottiglia e si creavano scintille, e Sua Maestà, dicono, appariva profondamente impressionato. Impensabile che il suo bisnonno, quel Luigi davvero grande, sotto il cui regno felice Baldini aveva ancora avuto la fortuna di

vivere per anni, avrebbe tollerato d'assistere a una dimostrazione così ridicola! Ma tale era lo spirito dei tempi nuovi, e non lasciava presagire niente di buono!

Perché se già si poteva mettere in dubbio liberamente e
nel più sfacciato dei modi l'autorità della chiesa di Dio; se
si parlava della monarchia, non meno voluta da Dio, e della
sacra persona del re, come se entrambe fossero soltanto le
posizioni variabili di un intero catalogo di altre forme di
governo che si potevano scegliere a proprio gusto; se infine si arrivava al punto, come in effetti avveniva, di considerare non indispensabile Dio stesso, l'Onnipotente, Lui in
persona, e di affermare in tutta serietà che esistevano ordine, etica e felicità in terra indipendentemente da Lui, soltanto per moralità innata e per ragionevolezza degli uomini
stessi... o Dio, o Dio!... allora certo non c'era da meravigliarsi se tutto andava a catafascio e i costumi si corrom-
pevano e l'umanità attirava su di sé il castigo di Colui che
sconfessava. Sarebbe finita male. La grande cometa del
1681, di cui si sono presi gioco, che hanno definito nien-
t'altro che una massa di stelle, era pur stata un segnale
d'ammonimento da parte di Dio, poiché aveva annunciato
– ora lo si sapeva per certo – un secolo di disfacimento
di dissoluzione, di palude spirituale e politica e religiosa,
che l'umanità stessa si era creata, nella quale essa stessa
un giorno sarebbe sprofondata e nella quale sarebbero pro-
sperati soltanto fiori palustri ambigui e puzzolenti come
quel Pélissier!

Stava alla finestra, Baldini, il vecchio uomo, e guardava
con occhi astiosi il sole che declinava sul fiume. Chiatte apparivano sotto di lui e scivolavano lente verso ovest, in
direzione del Pont Neuf e del porto, passando davanti alle
gallerie del Louvre. Qui non c'erano chiatte sospinte con
pertiche controcorrente: quelle che dovevano risalire il fiume imboccavano il braccio d'acqua sull'altro lato dell'isola.
Qui tutto scorreva via, le navi vuote e le navi cariche, le
barche a remi e quelle piatte dei pescatori, l'acqua scura e
sporca e quella increspata d'oro, ogni cosa scorreva, lenta,

piana e inarrestabile. E quando Baldini guardava giù, proprio fino in fondo, lungo la parete della casa, sembrava che la corrente risucchiasse via anche le fondamenta del ponte su cui si trovava, e gli venivano le vertigini.

Era stato un errore comprare la casa sul ponte, e un doppio errore comprarne una situata sul lato ovest. Ora aveva sempre dinanzi agli occhi il fiume che scorreva, e gli sembrava di scorrere via assieme al fiume con la sua casa e la sua ricchezza acquisita in decine d'anni, e si sentiva troppo vecchio e troppo debole per opporsi ancora a quella corrente troppo forte. Talvolta, quando aveva da fare sulla riva sinistra, nel quartiere vicino alla Sorbona o a Saint-Sulpice, non passava attraverso l'isola e il Pont Saint-Michel, ma prendeva la via più lunga attraverso il Pont Neuf, perché su quel ponte non c'erano edifici. E poi si appoggiava al parapetto a est e guardava il fiume controcorrente, per vedere almeno una volta ogni cosa scorrere verso di lui; e per qualche istante godeva nel fantasticare che la direzione della sua vita si fosse invertita, che le sue finanze fossero floride, la famiglia prosperasse, le donne fossero conquistate da lui e che la sua esistenza, anziché defluire, si rinvigorisse sempre più.

Ma poi, se solo sollevava un poco lo sguardo, a poche centinaia di metri di distanza vedeva la sua casa cadente, alta e stretta sul Pont au Change, e vedeva la finestra del suo studio al primo piano e se stesso affacciato a quella finestra, si vedeva guardar giù verso il fiume e osservare l'acqua che scorreva via, come ora. E con questo il bel sogno era svanito, e Baldini, in piedi sul Pont Neuf, si girava, più depresso di prima, depresso come ora, nel momento in cui si staccava dalla finestra, andava verso il suo scrittoio e si metteva a sedere.

Davanti a lui c'era il flacone con il profumo di Pélissier. Il liquido scintillava bruno-dorato alla luce del sole, limpido, senza la minima torbidezza. Aveva un aspetto del tutto innocente, simile a tè chiaro... e tuttavia, oltre a quattro quinti di alcool, conteneva un quinto di una miscela misteriosa, che aveva il potere di mettere in agitazione un'intera città. A sua volta questa miscela poteva essere composta di tre oppure di trenta sostanze diverse, messe insieme in un rapporto molto preciso tra le infinite combinazioni possibili. Era l'anima del profumo – ammesso che si potesse parlare di anima di un profumo di quel gelido affarista che era Pélissier – e ora si trattava soltanto di trovare la sua composizione.

Baldini si soffiò il naso con cura e abbassò un poco la gelosia della finestra, perché la luce diretta del sole era nociva a qualsiasi sostanza aromatica e a qualsiasi soluzione olfattiva più concentrata. Prese dal cassetto dello scrittoio un fazzoletto pulito di pizzo bianco e lo spiegò. Poi aprì il flacone facendo ruotare leggermente il tappo. Durante quest'operazione tenne il capo ben fermo e strinse le pinne nasali, perché per nulla al mondo voleva provare una sensazione olfattiva anzitempo direttamente dalla bottiglietta. Il profumo si doveva annusare in uno spazio libero, aperto, mai concentrato. Sparse alcune gocce sul fazzoletto, l'agitò in aria per far evaporare l'alcool e quindi se lo mise sotto il naso. Con tre brevi, bruschi colpetti risucchiò il profumo come fosse una polvere, lo risoffiò fuori, si fece vento, inspirò ancora una volta in triplice cadenza, e alla fine tirò un respiro molto profondo, che poi emise lentamente e con più pause, quasi lo facesse scivolare su una lunga scala in orizzontale. Quindi gettò il fazzoletto sul tavolo e ricadde sulla poltrona appoggiandosi alla spalliera.

Il profumo era disgustosamente buono. Purtroppo quel miserabile di Pélissier era un esperto. Un maestro, maledizione, anche se non aveva mai studiato il mestiere! Baldini avrebbe voluto inventarlo lui, questo « Amore e psiche ». Non era per niente ordinario. Era assolutamente classico, rotondo e armonico. E tuttavia seducentemente nuovo. Era fresco, ma non sconvolgente. Aveva un aroma di fiori senza essere sdolcinato. Aveva una sua profondità, una profondità stupefacente, perenne, voluttuosa, bruno-scura... e tuttavia non era per nulla sovraccarico o opprimente.

Baldini si alzò quasi con un senso di riverenza e accostò ancora una volta il fazzoletto al naso. « Meraviglioso, meraviglioso... » mormorò annusando avidamente, « ha un'impronta serena, è delicato, è come una melodia, mette subito di buon umore... Assurdo, buon umore! » E gettò con veemenza il fazzoletto sul tavolo, si girò e si diresse nell'angolo più recondito della stanza, come se si vergognasse del proprio entusiasmo.

Ridicolo! Lasciarsi trasportare a simili elogi. « Come una melodia. Sereno. Meraviglioso. Buon umore. » Sciocchezze. Sciocchezze infantili. Impressione del momento. Vecchio errore. Questione di temperamento. Probabilmente la sua parte d'eredità italiana. Non giudicare mentre stai annusando! Questa è la prima regola, Baldini, vecchio imbecille! Annusa, quando stai annusando, e giudica dopo aver annusato! « Amore e psiche » è un profumo non male. Un prodotto ben riuscito. Un raffazzonamento messo insieme con abilità. Per non dire un inganno. Del resto da un uomo come Pélissier non ci si poteva aspettare altro se non un inganno. Naturalmente un tipo come Pélissier non confezionava un profumo dozzinale. Il furfante abbagliava con sublime maestria, confondeva l'olfatto con un'armonia perfetta, un lupo in veste di pecora dell'arte olfattiva classica era quest'uomo, in una parola: uno scellerato dotato di talento. E questo era peggio di un guastamestieri dalla retta fede.

Ma tu, Baldini, non ti lascerai incantare. Soltanto per un attimo sei rimasto sorpreso dalla prima impressione di quel raffazzonamento. Ma chissà poi che odore avrà dopo un'ora, quando le sue sostanze più volatili si saranno dileguate e si manifesterà la sua struttura fondamentale? O che odore avrà stasera, quando si avvertiranno soltanto le sue componenti grevi, oscure, che ora dal punto di vista olfattivo sono come in penombra, avvolte da gradevoli veli di fiori? Aspetta, Baldini!

La seconda regola dice: il profumo vive nel tempo, ha la sua giovinezza, la sua maturità e la sua vecchiaia. E soltanto se emana un aroma ugualmente gradevole in tutte e tre queste età della vita, si può definire riuscito. Quante volte è già avvenuto che una miscela fatta da noi alla prima prova avesse un odore fresco e stupendo, dopo qualche tempo sapesse di frutta guasta e infine emanasse soltanto un disgustoso odore di zibetto puro, che abbiamo aggiunto in dose eccessiva? Attenzione soprattutto con lo zibetto! Una goccia di troppo provoca catastrofi. È una vecchia fonte di errori. Chissà... forse Pélissier ci ha messo troppo zibetto. Forse entro stasera del suo ambizioso « Amore e psiche » non resterà che un effluvio di piscio di gatto. Vedremo.

Annuseremo. Come una scure affilata suddivide il ceppo di legno in piccolissimi ciocchi, allo stesso modo il nostro naso sezionerà il suo profumo in ogni singola componente. Allora si vedrà che questo presunto magico aroma è stato creato col solito, ben noto sistema. Noi, Baldini, profumiere, scopriremo gli intrighi di Pélissier, miscelatore di aceto. Gli strapperemo la maschera da quella brutta faccia, e dimostreremo all'innovatore che cosa è in grado di fare il mestiere tradizionale. La sua miscela, il suo profumo alla moda, sarà riprodotta alla perfezione. Rinascerà tra le nostre mani, copiata così perfettamente, che nemmeno quel superficiale riuscirà più a distinguerla dalla propria. No! Non basta ancora! La miglioreremo! Gli indicheremo gli errori e li elimineremo; ce lo faremo battere di naso: sei un guastamestieri, Pélissier! Un puzzoncello! Un ultimo arrivato del mestiere, nient'altro!

Al lavoro ora, Baldini! Sotto col naso e annusa senza sentimentalismi! Scomponi il profumo secondo le regole dell'arte! Entro stasera devi essere in possesso della formula!

E si precipitò di nuovo verso lo scrittoio, prese carta, penna e un fazzoletto pulito, preparò tutto per bene e dette inizio al suo lavoro analitico. Avvenne, così, che fece passare rapidamente sotto il naso il fazzoletto imbevuto di profumo fresco e cercò di cogliere l'una o l'altra componente della nuvola aromatica che aleggiava nell'aria, senza lasciarsi troppo distrarre dalla complessa mescolanza di tutti gli elementi; per poi, tenendo il fazzoletto lontano da sé col braccio teso, annotare rapidamente il nome della componente che aveva scoperto e quindi farsi passare di nuovo il fazzoletto sotto il naso, ghermire il successivo alito di profumo e così via...

13

Lavorò ininterrottamente per due ore. E i suoi movimenti divennero sempre più febbrili, gli scarabocchi della sua penna sulla carta sempre più nervosi, e sempre maggiori le dosi di profumo che dal flacone spargeva sul fazzoletto, portandoselo poi al naso.

Ormai percepiva a stento qualcosa, da un pezzo era stordito dalle sostanze eteriche che inspirava, non riusciva neppure più a riconoscere quello che all'inizio della sua sperimentazione credeva di aver individuato con certezza. Sapeva che non aveva senso continuare ad annusare. Non sarebbe mai riuscito a scoprire come fosse composto questo profumo alla moda, quel giorno sicuramente non più, ma neppure l'indomani, quando il suo naso, a Dio piacendo, si fosse ristabilito. Non aveva mai imparato questo modo di annusare scomponendo i singoli elementi. Per lui era un lavoro infelice e odioso scindere un profumo, suddividere un tutto, una composizione più o meno buona, nei suoi elementi semplici. Non lo interessava. Non voleva più farlo.

Tuttavia la sua mano continuava meccanicamente, con

quel movimento aggraziato esercitato mille volte, a impregnare di profumo il fazzoletto, a scuoterlo e a farlo passare rapidamente davanti al viso, e a ogni passata inspirava meccanicamente una dose di aria pregna di profumo, per poi espirarla dopo averla trattenuta un attimo a regola d'arte. Sinché alla fine fu proprio il suo naso a liberarlo dal tormento, perché dall'interno si gonfiò per allergia e si chiuse da sé come se gli fosse stato applicato un tappo di cera. Ora non poteva più annusare, a stento riusciva a respirare. Il suo naso era definitivamente chiuso come per un forte raffreddore, e gli angoli dei suoi occhi si riempivano di piccole lacrime. Grazie a Dio! Ora poteva farla finita, con la coscienza a posto. Aveva fatto il suo dovere, con tutte le sue energie, secondo tutte le regole dell'arte, e aveva fallito, come tante altre volte. *Ultra posse nemo obligatur*. Fine. L'indomani mattina avrebbe mandato qualcuno da Pélissier a prendere una bottiglia grande di « Amore e psiche » per profumare la pelle spagnola per il conte Verhamont, come gli era stato commissionato. E poi avrebbe preso la sua valigetta contenente saponi fuori moda, *sent-bon*, pomate e *sachets*, e avrebbe fatto il solito giro dei salotti delle vecchie duchesse. E un giorno sarebbe morta l'ultima vecchia duchessa e con lei la sua ultima cliente. E allora anche lui sarebbe stato un vecchio e sarebbe stato costretto a vendere la sua casa, a Pélissier o a qualcun altro di questi ambiziosi mercanti, e forse ne avrebbe ancora ricavato qualche migliaio di lire. Avrebbe riempito una o due valige e sarebbe partito per l'Italia con la sua vecchia moglie, se a quell'epoca fosse stata ancora in vita. E se fosse sopravvissuto al viaggio, si sarebbe comprato una casetta in campagna vicino a Messina, dove i prezzi erano bassi. E là sarebbe morto, Giuseppe Baldini, un tempo il più grande profumiere di Parigi, in povertà estrema, quando fosse piaciuto a Dio. Così dovevano andare le cose.

Tappò il flacone, depose la penna e si passò per l'ultima volta il fazzoletto imbevuto davanti al viso. Avvertì la frescura dell'alcool evaporato, null'altro. Poi il sole calò.

Baldini si alzò. Aprì le imposte e il suo corpo s'immerse fino alle ginocchia nella luce della sera e rosseggiò come una fiaccola incandescente che stia per spegnersi. Vide il bordo rosso-scuro del sole dietro al Louvre e i più tenui bagliori sui tetti d'ardesia della città. Sotto di lui il fiume scintillava come oro, le navi erano scomparse. E probabilmente si stava levando il vento, perché la superficie dell'acqua era battuta dalle raffiche che parevano incresparla di squame, e qua e là e sempre più vicino c'era un luccichio, come se un'enorme mano stesse spargendo sull'acqua milioni di luigi d'oro, e per un attimo sembrò che la corrente del fiume avesse cambiato direzione: scorreva verso Baldini, una fiumana scintillante d'oro puro.

Gli occhi di Baldini erano umidi e tristi. Per un attimo restò immobile e osservò lo splendido spettacolo. Poi, d'un tratto, spalancò la finestra, aprì le imposte e gettò fuori il flacone con il profumo di Pélissier, facendogli descrivere un ampio arco nell'aria. Lo vide piombare in acqua e lacerare per un attimo il tappeto scintillante.

Aria fresca affluì nella stanza. Baldini tirò il fiato e s'accorse che il suo naso si stava liberando. Poi richiuse la finestra. Quasi nello stesso momento calò la notte, tutt'a un tratto. L'immagine della città e del fiume scintillanti d'oro si fossilizzò in un profilo grigio-cenere. Di colpo nella stanza si era fatto buio. Baldini continuò a stare nella stessa posizione di prima e a guardare fisso oltre la finestra. « Non manderò nessuno domani da Pélissier », disse, e con entrambe le mani strinse forte la spalliera della sedia. « Non lo farò. Non farò neppure il mio giro per i salotti. Domani andrò invece dal notaio e venderò la mia casa e il mio negozio. Questo farò. E basta! »

Aveva assunto un'espressione caparbia da ragazzo, e a un tratto si sentì molto felice. Era di nuovo il Baldini di un tempo, giovane, coraggioso, e deciso come sempre a tener testa al destino... anche se tener testa in questo caso significava soltanto ritirarsi. E quand'anche! Non restava comunque altro da fare. Lo stupido tempo non lasciava altra scelta. Dio ci dà tempi buoni e cattivi, ma non vuole che in tempi cattivi ci lagniamo e ci lamentiamo, bensì che diamo prova di essere forti. E Lui aveva inviato un segnale. L'immagine illusoria della città dorata rosso-sangue era stata un ammonimento: agisci, Baldini, prima che sia troppo tardi! La tua casa è ancora solida, i tuoi magazzini sono ancora pieni, puoi ancora ottenere un buon prezzo per il tuo negozio che va declinando. Le decisioni stanno ancora a te. Invecchiare modestamente a Messina non è stato proprio lo scopo della tua vita... ma è pur sempre più onorevole e più gradito a Dio che non andare in rovina pomposamente a Parigi. Che i Brouet, i Calteau e i Pélissier trionfino tranquillamente. Giuseppe Baldini sgombra il campo. Ma lo fa di propria volontà e senza piegarsi!

Adesso era proprio fiero di sé. E infinitamente sollevato. Per la prima volta dopo anni non sentiva più sulla schiena il crampo del subalterno, che gli tendeva la nuca e gli aveva inarcato le spalle sempre più devotamente, e stava dritto senza sforzo, libero e leggero, ed era felice. Respirava col naso senza fatica. Percepiva distintamente il profumo di « Amore e psiche » che invadeva la stanza, ma non permetteva più che gli procurasse dolore. Baldini aveva cambiato vita e si sentiva meravigliosamente bene. Ora sarebbe salito da sua moglie e l'avrebbe messa a parte delle sue decisioni, poi si sarebbe recato in pellegrinaggio a Notre-Dame e avrebbe acceso una candela di ringraziamento a Dio per la benevola indicazione e per l'incredibile forza di carattere che Egli aveva concesso a lui, Giuseppe Baldini.

Con uno slancio quasi giovanile si gettò la parrucca sulla testa calva, s'infilò la giacca blu, afferrò il candeliere che stava sul tavolo e lasciò lo studio. Aveva appena acceso la candela con il lume di sego della tromba delle scale per farsi luce salendo alla sua abitazione, quando sentì suonare il campanello giù al piano terra. Non era il gradevole scampanellio persiano della porta del negozio, bensì il campanello tintinnante dell'ingresso di servizio, un rumore disgustoso che l'aveva sempre disturbato. Spesso aveva avuto intenzione di far togliere quell'aggeggio e di sostituirlo con una campanella più gradevole, ma poi gli era sempre dispiaciuto per la spesa e ora – gli venne in mente d'un tratto e rise sommessamente al pensiero –, ora non aveva più importanza: avrebbe venduto il campanello importuno assieme alla casa. Che desse pur fastidio al suo successore!

Di nuovo il campanello tintinnò. Baldini tese l'orecchio verso il basso. Evidentemente Chénier aveva già lasciato il negozio. Anche la domestica non accennava a comparire. Quindi scese ad aprire lui stesso.

Tirò indietro il chiavistello, fece ruotare la porta pesante... e non vide nulla. L'oscurità inghiottiva totalmente la luce della candela. Poi, molto gradualmente, riuscì a distinguere una piccola figura, un bambino o un adolescente, che portava qualcosa sotto il braccio.

« Che cosa vuoi? »

« Vengo da parte di Maître Grimal, porto il capretto », disse la figura, e si avvicinò e porse a Baldini il braccio piegato con alcune pelli ammucchiate l'una sull'altra. Nel chiarore Baldini riconobbe il viso di un ragazzo che lo spiava con occhi ansiosi. Aveva un atteggiamento sottomesso. Era come se si nascondesse dietro al proprio braccio proteso, come uno che si aspetti d'essere picchiato. Era Grenouille.

1 4

Il capretto per la pelle spagnola! Baldini ricordò. Alcuni giorni prima aveva ordinato le pelli da Grimal, le più fini e morbide pelli lavabili per la cartella da scrittoio del conte Verhamont, quindici franchi al pezzo. Ma in realtà ora non aveva più bisogno di niente, poteva risparmiare il denaro. D'altra parte, se rimandava indietro il ragazzo così... chissà? avrebbe potuto dare un'impressione negativa, forse ci sarebbero stati pettegolezzi, sarebbero nate dicerie: Baldini era diventato inattendibile, Baldini non accettava più incarichi, non era più in grado di pagare... e una cosa simile non andava bene, no, no, perché una cosa simile abbassava il valore di vendita del negozio. Meglio accettare quelle inutili pelli di capra. Nessuno doveva venire a sapere nel momento sbagliato che Giuseppe Baldini aveva cambiato vita.

« Entra! »

Fece entrare il ragazzo e si avviarono verso il negozio, Baldini davanti con il candeliere, Grenouille dietro con le sue pelli. Era la prima volta che Grenouille entrava in una profumeria, un luogo in cui gli odori non erano accessori, ma costituivano in tutto e per tutto il centro dell'interesse. Naturalmente conosceva tutte le profumerie e le drogherie della città, per notti intere era stato a guardare la merce esposta, il naso premuto contro le fessure della porta. Conosceva tutti gli aromi trattati in questo negozio, e dentro di sé aveva immaginato spesso di combinarli in splendidi profumi. Quindi non lo aspettava nulla di nuovo. Ma così come un bambino dotato di talento musicale arde dal desiderio di vedere un'orchestra da vicino, oppure in chiesa di salire una volta fino al matroneo per vedere la tastiera nascosta dell'organo, allo stesso modo Grenouille ardeva dal desiderio di vedere una profumeria all'interno, e quando aveva appreso che si dovevano consegnare le pelli a Baldini, aveva fatto tutto il possibile per poter sbrigare lui questa commissione.

E ora si trovava nel negozio di Baldini, il luogo di Parigi che nello spazio più ristretto raccoglieva il maggior numero di aromi professionali. Non vedeva molto alla luce vacillante della candela, appena l'ombra del banco di vendita con la bilancia, i due aironi sopra la vaschetta, una poltrona per i clienti, gli scaffali scuri alle pareti, il rapido balenare degli utensili d'ottone e le etichette bianche sui recipienti di vetro e sui vasi; e non sentiva neppure più odore di quanto non avesse già sentito dalla strada. Ma avvertì subito la serietà che regnava in questi ambienti, si potrebbe quasi dire la sacra serietà, se la parola « sacro » avesse

avuto qualche significato per Grenouille; avvertì la fredda
serietà, la concretezza commerciale, l'asciutto senso degli
affari che trasparivano da ogni mobile, da ogni utensile,
dalle tinozze e dalle bottiglie e dai vasi. E mentre seguiva
Baldini – all'ombra di Baldini, poiché Baldini non si cura-
va di fargli luce –, fu colto dal pensiero che il suo posto
era qui e da nessun'altra parte, che qui sarebbe rimasto e
da qui avrebbe scardinato il mondo.

Naturalmente questo pensiero era di una presunzione
addirittura grottesca. Non c'era nulla, ma proprio assolutamente nulla che potesse far sperare a uno sconosciuto
bracciante di conceria d'origine dubbia, senza legami e senza protezione, senza la minima posizione corporativa, di in-
stallarsi nel più rinomato negozio di profumi di Parigi;
tanto più che, come sappiamo, la cessazione d'attività del
negozio era già decisa. Purtuttavia quella che si esprimeva
nei pensieri immodesti di Grenouille non era neppure una
speranza, bensì una certezza. Avrebbe lasciato questo negozio, ne era sicuro, soltanto per andare a prendere i suoi
vestiti da Grimal, e poi non più. La zecca aveva fiutato il
sangue. Per anni era stata immobile, incapsulata in sé, e
aveva aspettato. Ora si sarebbe lasciata andare, nella buona e nella cattiva sorte, senza alcun rimedio. E per questo
la sua certezza era assoluta.

Avevano attraversato il negozio. Baldini aprì la porta
del locale posteriore situato verso il fiume, che fungeva in
parte da bottega e da laboratorio, dove si facevano bollire
i saponi e si rimestavano le pomate e si mescolavano i profumi in bottiglie panciute. « Qui! » disse Baldini, e indicò
un grande tavolo davanti alla finestra, « mettile qui! »

Grenouille sbucò fuori dall'ombra di Baldini, depose le
pelli sul tavolo, si ritrasse di nuovo rapidamente e si mise
tra Baldini e la porta. Baldini rimase fermo ancora per un
momento. Spostò appena la candela di fianco, per non far
cadere sul tavolo gocce di cera, e fece passare il dorso del
dito sulla parte liscia del cuoio. Poi capovolse la prima pelle e fece scorrere il dito sulla parte interna, vellutata, ruvi-

da e morbida a un tempo. Era di una qualità molto buona, quel cuoio. Sembrava fatto apposta per una pelle spagnola. Durante l'asciugatura non si sarebbe deformato, ripassandolo a dovere con l'apposita stecca sarebbe ridiventato flessibile, se ne accorse subito, già soltanto pressandolo tra il pollice e l'indice; poteva assorbire profumo per cinque o dieci anni; la qualità era molto, molto buona: forse ne avrebbe fatto dei guanti, tre paia per sé e tre paia per sua moglie, per il viaggio a Messina.

Ritrasse la mano. Il tavolo da lavoro era commovente a vedersi, con tutti gli oggetti pronti: la bacinella di vetro per il bagno aromatico, la lastra di vetro per asciugare, i mortai per mescolare la tintura, il pestello, la spatola, il pennello, la stecca e le forbici. Era come se gli oggetti stessero dormendo soltanto perché era buio, e l'indomani si dovessero risvegliare. Doveva forse portare il tavolo con sé a Messina? E una parte dei suoi strumenti, soltanto i pezzi più importanti?... Si stava seduti molto comodi e si lavorava bene a quel tavolo. Era fatto di legno di quercia, compreso il piedistallo, ed era controventato di traverso, cosicché non vacillava e non dondolava per niente, quel tavolo, e né gli acidi, né l'olio, né i tagli di coltello riuscivano a rovinarlo: sarebbe costato un patrimonio portarlo a Messina! Anche con la nave! E dunque meglio venderlo, il tavolo, sarà venduto domani, e sarà ugualmente venduto tutto quello che c'è sopra, sotto e accanto! Perché lui, Baldini, aveva sì un cuore sentimentale, ma aveva anche un carattere forte, e per questo avrebbe portato a termine la sua decisione, per quanto gli costasse; con le lacrime agli occhi avrebbe venduto tutto, e nondimeno l'avrebbe fatto, perché sapeva che era giusto, aveva ricevuto un segnale.

Si girò per andarsene. Ed ecco lì, sulla porta, quel piccolo individuo ingobbito, del quale si era già quasi dimenticato. « È buono », disse Baldini. « Riferisci al padrone che il cuoio è buono. Passerò a pagarlo nei prossimi giorni. »

« Va bene », disse Grenouille, e rimase lì sbarrando la strada a Baldini, che si accingeva a lasciare la bottega. Baldini restò un po' sorpreso, ma non sospettando nulla ritenne che il comportamento del ragazzo fosse dovuto non a sfacciataggine, bensì a timidezza.

« Che cosa c'è? » chiese. « Hai ancora qualcosa da dirmi? Ebbene? Parla! »

Grenouille stava in piedi un po' curvo e osservava Baldini con quello sguardo che in apparenza tradiva ansietà, ma in realtà aveva origine da una vigile tensione.

« Voglio lavorare da lei, Maître Baldini. Voglio lavorare da lei, nel suo negozio. »

Queste parole furono dette non in tono di preghiera bensì in tono di pretesa, e in realtà non furono proprio dette, bensì cacciate fuori, sibilate alla maniera infida di un serpente. E di nuovo Baldini scambiò l'orgoglio smisurato di Grenouille per goffaggine fanciullesca. Gli sorrise amichevolmente. « Sei un apprendista conciatore, figlio mio », disse. « Io non ho modo di utilizzare un apprendista conciatore. Ho anche un socio, e non ho bisogno di ur apprendista. »

« Vuole che queste pelli di capra siano profumate, Maître Baldini? Queste pelli, che le ho portato, vuole che siano profumate? » bisbigliò Grenouille, come se non avesse tenuto affatto conto della risposta di Baldini.

« Infatti », disse Baldini.

« Con 'Amore e psiche' di Pélissier? » chiese Grenouille, e s'ingobbì ancor di più.

A questo punto un leggero brivido attraversò il corpo di Baldini. Non perché si chiedesse come mai il ragazzo fosse così esperto, ma soltanto per aver sentito nominare quell'odiato profumo, che il giorno stesso non era riuscito a decifrare.

« Come ti può venire l'idea assurda che userei un profumo di altri per... »

« Ce l'ha addosso! » bisbigliò Grenouille. « Lo porta sulla fronte, e nella tasca destra della giacca ha un fazzoletto che ne è imbevuto. Non è buono, questo 'Amore e

psiche', è cattivo, contiene troppo bergamotto e troppo rosmarino e troppo poco olio di rose. »

« Ah, così », disse Baldini, totalmente sorpreso da quella virata del discorso nell'esattezza. « E che altro ancora? »

« Fiori d'arancio, limoncello, garofano, muschio, gelsomino, alcool etilico e qualche cosa di cui non conosco il
nome, ecco, guardi! In quella bottiglia! » E indicò col dito
nell'oscurità. Baldini spostò il candeliere nella direzione
indicata, il suo sguardo seguì l'indice del ragazzo e cadde
su una bottiglia nello scaffale, che era piena di un balsamo
giallo-grigio.

« Storace? » chiese.

Grenouille annuì. « Sì. È questo che c'è dentro. Storace. » E poi si curvò, come fosse contratto da un crampo,
e sussurrò almeno una dozzina di volte la parola « storace » fra sé e sé. « Storacestoracestoracestorace... »

Baldini avvicinò la candela a quel mucchietto umano
che gracchiava « storace » e pensò: o è un invasato, o
un imbroglione disonesto, o un grande artista. Infatti,
che le sostanze citate nella giusta combinazione potessero dare come risultato « Amore e psiche » era senz'altro
possibile; era addirittura probabile. Olio di rosa, fiore di
garofano e storace: queste erano le tre componenti che il
pomeriggio aveva cercato così disperatamente; ad esse si
aggiungevano le altre sostanze della composizione – che
anche lui credeva di avere individuato – come strati di una
bella torta perfetta. Ora si trattava soltanto di trovare la
proporzione esatta in cui bisognava combinarle. Per sco-
prirla lui, Baldini, avrebbe dovuto sperimentare per giorni, un lavoro orribile, quasi peggiore della semplice identificazione delle sostanze, poiché ora si trattava di misura-
re e di pesare e di annotare e inoltre di prestare un'attenzione diabolica, dato che la minima disattenzione – un tre-
mito della pipetta, un errore nel computo delle gocce –
avrebbe potuto rovinare tutto. E ogni tentativo fallito era
tremendamente dispendioso. Ogni miscela rovinata costa-
va un piccolo patrimonio... Voleva mettere alla prova quel

piccolo essere umano, voleva chiedergli la formula esatta di «Amore e psiche». Se la sapeva, in grammi e gocce esatti, allora era chiaramente un imbroglione, che in qualche modo aveva ottenuto con la frode la ricetta da Pélissier, per procurarsi l'accesso e l'impiego presso Baldini. Ma se l'indovinava all'incirca, allora era un genio nel campo dell'olfatto, e in quanto tale stimolava l'interesse professionale di Baldini. Non che Baldini mettesse in dubbio la decisione presa di cedere il negozio! Non gl'importava del profumo di Pélissier in quanto tale. Anche se il ragazzo gliel'avesse procurato a litri, Baldini neanche per sogno avrebbe pensato di profumare con quello la pelle spagnola per il conte Verhamont, ma... Ma tuttavia uno non era stato profumiere per tutta la vita, non si era occupato per tutta la vita della combinazione degli aromi per poi perdere da un momento all'altro tutto il suo entusiasmo professionale! Ora gli interessava riuscire a strappare la formula di quel maledetto profumo e, più ancora, indagare sul talento di quel ragazzo inquietante che gli aveva letto un profumo sulla fronte. Voleva sapere che cosa c'era dietro. Era semplicemente curioso.

«Sembra che tu abbia un buon naso, giovanotto», disse quando Grenouille smise di gracchiare, e fece un passo indietro nel laboratorio per deporre con prudenza il candeliere sul tavolo da lavoro. «Senza dubbio un buon naso, ma...»

«Ho il miglior naso di Parigi, Maître Baldini», lo interruppe Grenouille con voce stridente. «Conosco tutti gli odori del mondo, tutti quelli che esistono a Parigi, tutti, solo che di alcuni non conosco il nome, ma posso imparare anche i nomi, tutti gli odori che hanno un nome, non sono molti, sono solo qualche migliaio, li imparerò tutti, non dimenticherò mai il nome del balsamo, storace, il balsamo si chiama storace, così si chiama, storace...»

«Taci!» gridò Baldini, «non interrompermi quando parlo! Sei impertinente e presuntuoso. Non c'è nessuno che conosca mille odori per nome. Persino io non ne conosco mille per nome, ma soltanto qualche centinaio, perché nel nostro mestiere ce n'è soltanto qualche centinaio, tutti gli altri non sono odori, ma puzze! »

Grenouille, che durante la sua lunga, erompente intromissione verbale si era quasi disteso in tutto il corpo, per un attimo nell'eccitazione aveva persino allargato le braccia in cerchio, quasi a indicare « tutto, tutto » ciò che conosceva, alla replica di Baldini in un attimo si ritrasse di nuovo in sé come un piccolo rospo nero e rimase fermo sulla soglia, in immobile attesa.

« Naturalmente da tempo mi è chiaro », proseguì Baldini, « che 'Amore e psiche' è composto di storace, olio di rose e fiori di garofano, come pure di bergamotto e di estratto di rosmarino *et cetera*. Per scoprirlo occorre, come ho detto, soltanto un naso discretamente fine, e può essere senz'altro che Dio ti abbia concesso un naso discretamente fine, come l'ha concesso anche a molti, molti altri... soprattutto alla tua età. Tuttavia il profumiere », e qui Baldini sollevò l'indice e inarcò il petto in fuori, « il profumiere deve avere qualcosa di più di un naso discretamente fine. Deve avere un organo olfattorio addestrato in decine e decine d'anni, che operi senza lasciarsi corrompere, e che lo ponga in condizione di decifrare anche gli odori più complessi per natura e quantità, come pure di creare miscele aromatiche nuove e sconosciute. Un naso simile », e batté il proprio col dito, « non lo si *ha*, giovanotto! Un naso simile lo si conquista con perseveranza e con diligenza. Oppure sapresti dirmi di primo acchito la formula esatta di 'Amore e psiche'? Ebbene? La sapresti? »

Grenouille non rispose.

« Sapresti forse dirmela all'incirca? » chiese Baldini, e si chinò un poco in avanti, per vedere meglio quel rospo sulla porta, « soltanto così, a occhio e croce, approssimativamente? Ebbene? Parla, miglior naso di Parigi! »

Ma Grenouille taceva.

« Vedi? » disse Baldini, soddisfatto e deluso a un tempo, e si rialzò di nuovo, « non ne sei capace. Naturalmente no. E come potresti? Tu sei come uno che mangiando si accorge se nella zuppa c'è del cerfoglio o del prezzemolo. Bene... è già qualcosa. Ma sei ancora lontano dall'essere un cuoco per questo. In ogni arte e anche in ogni mestiere – ricordalo, prima di andartene! – il talento non vale nulla, la cosa più importante è l'esperienza, che si conquista con la modestia e con la diligenza. »

Prese il candeliere dal tavolo, quando la voce compressa di Grenouille strepitò dalla porta: « Non so che cosa sia una formula, Maître, questo non lo so, ma per il resto so tutto! »

« Una formula è l'alfa e l'omega di ogni profumo », replicò Baldini, severo, poiché ora voleva metter fine al discorso. « È l'indicazione precisa del rapporto in cui si devono miscelare i singoli ingredienti per creare un profumo desiderato, inconfondibile; questa è la formula. È la ricetta... se capisci meglio questa parola. »

« Formula, formula », gracchiò Grenouille, e la sua figura contro la porta s'ingrandì leggermente, « io non ho bisogno di una formula. Ho la ricetta nel naso. Devo miscelare gli ingredienti per lei, Maître, devo miscelarli, vuole? »

« Come? » gridò Baldini in tono piuttosto alto, e tese la candela dinanzi al viso dello gnomo. « Come, miscelarli? »

Per la prima volta Grenouille non indietreggiò. « Ma sono tutti qui, gli aromi che occorrono, sono tutti qui, in questa stanza », disse e indicò di nuovo nell'oscurità. « Ecco l'olio di rose! Ecco i fiori d'arancio! Ecco i fiori di garofano! Ecco il rosmarino!... »

« Certo che sono qui! » muggì Baldini. « Sono tutti qui! Ma ti ripeto, testa di legno, che non serve a niente, se non si ha la formula! »

« ...Ecco il gelsomino! Ecco l'alcool etilico! Ecco il bergamotto! Ecco lo storace! » continuava a gracchiare Grenouille, e a ogni nome indicava un punto nella stanza, dov'era così buio che tutt'al più si poteva individuare l'ombra dello scaffale con le bottiglie.

« Tu vedi bene anche di notte, eh? » lo schernì Baldini. « Tu hai non soltanto il naso più fine, ma anche la vista più acuta di Parigi, no? Se hai anche orecchie discretamente buone, aprile, perché ti dico: sei un piccolo imbroglione. Probabilmente sei riuscito a carpire qualche notizia da Pélissier, hai saputo qualcosa spiando, non è vero? E credi di potermi abbindolare? »

Ora Grenouille si era disteso in tutto il corpo, stava per così dire contro la porta nella sua grandezza naturale, con le gambe leggermente divaricate e le braccia leggermente protese, dimodoché aveva l'aspetto di un ragno nero, aggrappato alla soglia e al riquadro della porta. « Mi dia dieci minuti », disse, parlando in modo piuttosto sciolto, « e le fabbricherò il profumo 'Amore e psiche'. Ora, subito, e qui in questa stanza. Maître, mi dia cinque minuti! »

« Credi che ti lascerò pasticciare nel mio laboratorio? Con essenze che valgono un patrimonio? Tu? »

« Sì », disse Grenouille.

« Bah! » esclamò Baldini, e buttò fuori tutto il fiato che aveva in una sola volta. Poi trasse un profondo respiro, guardò a lungo il ragnesco Grenouille e rifletté. In fondo è lo stesso, pensò, perché comunque domani sarà finito tutto. So per certo che non può fare quello che afferma di saper fare, non può assolutamente, perché in tal caso sarebbe ancora più grande del grande Frangipane. Ma perché non dovrei lasciare che mi dimostri quello che già so? Altrimenti forse un giorno a Messina – talvolta con l'età si diventa ben strani e ci si impunta sulle idee più assurde – potrebbe venirmi il pensiero di non aver riconosciuto in quanto tale un genio dell'olfatto, una creatura ampiamente beneficata dalla grazia di Dio, un bambino-prodigio... È del tutto escluso. Secondo quello che mi dice la ragione è escluso... ma esistono i miracoli, questo è certo. Ebbene, e se un giorno a Messina dovessi morire, e sul letto di morte mi venisse il pensiero: allora, quella sera a Parigi, hai chiuso gli occhi davanti a un miracolo?... Non sarebbe molto piacevole, Baldini! E anche se questo pazzo sperperasse poche gocce di olio di rose e di tintura di muschio, anche tu le avresti sperperate, se davvero il profumo di Pélissier ti avesse interessato ancora. E che cosa sono poi poche gocce – per quanto costose, molto, molto costose! – paragonate alla certezza del sapere e a una sera tranquilla della tua vita?

« Attento! » disse, con voce a bella posta severa, « attento! Io... come ti chiami, poi? »

« Grenouille », disse Grenouille. « Jean-Baptiste Grenouille. »

« Bene », disse Baldini. « Allora attento, Jean-Baptiste Grenouille! Ho riflettuto. Devi avere l'occasione, ora, subito, di provare quanto affermi. Per te sarà anche l'occasione di imparare, con un clamoroso fallimento, la virtù della modestia, la quale – alla tua giovane età forse ancora poco sviluppata, è scusabile – sarà un presupposto indispensabile per la tua successiva evoluzione come membro della tua corporazione e del tuo ceto, come marito, come suddito, come essere umano e come buon cristiano. Sono pronto a impartirti questa lezione a mie spese, perché per certe ragioni oggi ho voglia di essere generoso, e chissà, forse un giorno il ricordo di questa scena mi darà un po' di serenità. Ma non credere di potermi abbindolare! Il naso di Giuseppe Baldini è vecchio ma fine, abbastanza fine da stabilire immediatamente anche la minima differenza tra la tua mistura e questo prodotto », e così dicendo tolse dalla tasca il suo fazzoletto imbevuto di « Amore e psiche » e lo agitò sotto il naso di Grenouille. « Avvicinati, miglior naso di Parigi! Avvicinati a questo tavolo e mostra quello che sai fare! Ma attento a non farmi cadere niente e a non gettarmi a terra qualcosa! Non toccarmi niente! Per prima cosa voglio far più luce. Dobbiamo avere una grande illuminazione per questo piccolo esperimento, non è vero? »

E con questo prese altri due candelieri, che si trovavano sul bordo del grande tavolo di quercia, e li accese. Li sistemò tutti e tre l'uno accanto all'altro, sul lato lungo posteriore del tavolo, spostò il cuoio di lato e liberò il centro del piano. Poi, con gesti calmi e veloci, prese gli strumenti che il lavoro richiedeva da un piccolo scaffale: la grossa bottiglia panciuta per le miscele, l'imbuto di vetro, la pipetta, il piccolo e il grande bicchiere graduato, e li depose con ordine davanti a sé sul piano di quercia.

Nel frattempo Grenouille si era staccato dal riquadro della porta. Già durante il pomposo discorso di Baldini aveva perso quel che di rigido, di teso e represso. Aveva sentito soltanto l'assenso, soltanto il sì, con l'intima felicità di un bambino che è riuscito a strappare una concessione e se ne infischia delle limitazioni, delle condizioni e degli ammonimenti morali che vi sono connessi. Mentre stava lì rilassato, per la prima volta più simile a un essere umano che a un animale, a subire il resto della loquacità di Baldini, sapeva di aver già vinto quest'uomo, che ora gli aveva ceduto.

Baldini si stava ancora dando da fare con i suoi candelieri sul tavolo, e già Grenouille era scivolato nella parte buia del laboratorio dove si trovavano gli scaffali con le preziose essenze, gli olii e le tinture e, seguendo il fiuto sicuro del proprio naso, aveva afferrato dalle mensole le bottigliette occorrenti. Erano nove di numero: essenza di fiori d'arancio, olio di limoncello, olio di garofano e olio di rose, estratto di gelsomino, di bergamotto e di rosmarino, tintura di muschio e balsamo di storace, che tolse rapidamente dallo scaffale e sistemò sul bordo del tavolo. Da ultimo tirò giù un pallone contenente alcool etilico ad alta gradazione. Poi si mise dietro a Baldini – che stava sempre sistemando i suoi recipienti per miscelare con misurata pedanteria, spostava un bicchiere un po' più in là, un altro un po' più in qua, perché ogni cosa avesse la sua giusta collocazione abituale e il candeliere offrisse le condizioni di luce più favorevoli – e attese, tremante d'impazienza, che il vecchio si allontanasse e gli facesse posto.

« Ecco! » disse Baldini alla fine, e si spostò di lato. « Qui è allineato tutto quello che ti occorre per il tuo... chiamiamolo amichevolmente 'esperimento'. Non rompermi niente, non versarmi niente. Perché ricordati: questi liquidi, che tu ora potrai maneggiare per cinque minuti, sono di una tale preziosità e rarità, che in vita tua non ti capiterà mai più di averli tra le mani in forma così concentrata! »

« Quanto devo fargliene, Maître? » chiese Grenouille.

« Fare cosa? » disse Baldini, che non aveva ancora finito il suo discorso.

« Quanto profumo? » gracchiò Grenouille. « Quanto ne vuole avere? Devo riempire questa grossa bottiglia fino all'orlo? » E indicò una bottiglia per miscele, che aveva una capienza di tre litri buoni.

« No, non devi! » gridò Baldini con orrore, e da lui gridava la paura, profondamente radicata e spontanea a un tempo, dello spreco delle sue sostanze. E subito dopo, come se si vergognasse di quel grido rivelatore, urlò: « E neppure devi interrompermi quando parlo! » per poi proseguire in tono più tranquillo, con la solita sfumatura ironica: « A che ci servono tre litri di un profumo che nessuno di noi due apprezza? In fondo basterebbe un mezzo misurino. Ma poiché quantità così piccole sono difficili da miscelare, ti permetterò di cominciare a riempire un terzo della bottiglia. »

« Bene », disse Grenouille. « Riempirò un terzo di questa bottiglia con 'Amore e psiche'. Ma, Maître Baldini, lo faccio a modo mio. Non so se sia il modo regolamentare, perché quello non lo conosco, ma lo faccio a modo mio. »

« Prego! » disse Baldini, il quale sapeva che in questo lavoro non esisteva il mio o il tuo, ma solo un modo, un unico modo possibile e giusto, che consisteva, conoscendo la formula e tenendo conto della relativa trasformazione nella quantità finale da ottenere, nel produrre un concentrato delle diverse essenze dosato con estrema esattezza, il quale poi si sarebbe spiritualizzato nel profumo finale con l'alcool, di nuovo in una proporzione esatta, oscillante per lo più tra uno a dieci e uno a venti. Un altro modo, lo sapeva, non c'era. E per questo dovette sembrargli quasi un miracolo quello che poi vide e che osservò dapprima con beffardo distacco, poi con perplessità e infine soltanto con inerme stupore. E la scena si incise a tal punto nella sua memoria che non la dimenticò più sino alla fine dei suoi giorni.

1 5

Per prima cosa quel piccolo uomo stappò il pallone contenente l'alcool etilico. Fece una certa fatica a sollevare il pesante recipiente. Dovette alzarlo quasi fino al livello della testa, perché tale era l'altezza della bottiglia per le miscele su cui era appoggiato l'imbuto di vetro, nel quale, senza l'aiuto di un misurino, versò l'alcool direttamente dal pallone. Baldini rabbrividì di fronte a un tal cumulo di incapacità: non soltanto perché il ragazzo metteva a soqquadro l'ordine cosmico dei profumi, cominciando dal solvente senza avere ancora il concentrato da diluire... ma perché anche dal punto di vista fisico se la cavava a stento! Grenouille tremava per lo sforzo, e Baldini pensava a ogni istante che il pesante pallone si sarebbe rotto cadendo e avrebbe distrutto tutto quello che c'era sul tavolo. Le candele, pensò, per amor del cielo, le candele! Ci sarà un'esplosione, mi farà bruciare la casa!... E stava già per precipitarsi a strappare il pallone a quel pazzo, quando Grenouille stesso lo depose, lo appoggiò a terra sano e salvo e lo tappò di nuovo. Nella bottiglia per le miscele ondeggiava il liquido, limpido e trasparente: neanche una goccia era andata persa. Per un paio di minuti Grenouille riprese fiato, con un'espressione così contenta come se avesse già sbrigato la parte più pesante del lavoro. E in effetti in seguito procedette a una velocità tale che Baldini a stento riuscì a seguirlo con gli occhi, e meno che mai sarebbe riuscito a individuare un ordine o anche soltanto un qualche sviluppo regolare del procedimento.

Grenouille sceglieva apparentemente a caso tra la serie

dei flaconi contenenti le essenze aromatiche, toglieva i tappi di vetro, teneva il contenuto per un attimo sotto il naso, poi versava da uno, faceva cadere una goccia da un altro, rovesciava nell'imbuto uno schizzo da un terzo flaconcino e così via. Pipetta, provetta, misurino, cucchiaino e bastoncino per miscelare – tutti gli strumenti che servono al profumiere per dominare il procedimento complicato della miscelatura – Grenouille non li toccò neppure una volta. Era come se stesse soltanto giocando, come un bambino che gira la paletta e rimesta e fa bollire un disgustoso decotto fatto d'acqua, erba e fango, e poi sostiene che si tratta di una zuppa. Sì, come un bambino, pensò Baldini; d'un tratto sembra proprio un bambino, nonostante le mani rozze, il viso pieno di cicatrici e di segni e il naso bitorzoluto tipico dei vecchi. L'ho creduto più adulto di quanto non sia, e adesso mi sembra più giovane, sembra che abbia tre o quattro anni: uno di quei piccoli ometti in embrione, chiusi, incomprensibili, cocciuti, i quali, presunti innocenti, pensano solo a se stessi, vogliono dominare dispoticamente tutto il mondo, e lo farebbero anche, se solo si lasciasse via libera alla loro megalomania anziché disciplinarli a poco a poco con le più severe misure educative e portarli all'esistenza autocontrollata dell'individuo adulto. Un simile bambino fanatico si nascondeva in quel piccolo uomo, chino sul tavolo con occhi brillanti e dimentico di tutto ciò che gli stava intorno, e palesemente anche del fatto che nel laboratorio c'era altro oltre a lui e alle bottigliette che avvicinava con rapida goffaggine all'imbuto per miscelare il suo folle intruglio, di cui poi con certezza assoluta avrebbe affermato – e credendoci anche! – che si trattava del sublime profumo « Amore e psiche ». Baldini rabbrividiva, guardando alla luce vacillante della candela quell'essere umano che trafficava, così terribilmente assurdo e così terribilmente consapevole di sé: individui come lui – pensò, e per un attimo si sentì di nuovo triste, e miserabile e furioso come nel pomeriggio, quando aveva osservato la città rosseggiante nel tramonto –, individui come lui non erano esistiti in passato; questo era un esemplare del tutto nuovo nel genere, che poteva nascere soltanto in quest'epoca decadente, corrotta... Ma doveva ricevere una lezione, quel ragazzo prepotente! L'avrebbe sistemato lui alla fine di quella ridicola esibizione, in modo tale che avrebbe dovuto strisciar via come quel mucchietto ingobbito del niente che era quando era venuto. Canaglia! Oggigiorno comunque non bisognava più impegolarsi con nessuno, perché il mondo era pieno di ridicole canaglie!

Baldini era così preso dalla sua intima indignazione e dal suo disgusto per i tempi, che non capì bene che cosa stava succedendo, quando Grenouille d'un tratto tappò tutti i flaconi, tolse l'imbuto dalla bottiglia della miscela, la prese per il collo, la tappò con il palmo della mano sinistra e la scosse energicamente. Soltanto dopo che la bottiglia fu agitata per aria più volte e il suo prezioso contenuto, come limonata, passò dal ventre al collo e viceversa, Baldini emise un grido di rabbia e di orrore. « Alt! » strillò. « Adesso basta! Smettila immediatamente! Basta! Metti subito la bottiglia sul tavolo e non toccare più niente, capisci? più niente! Devo essere stato pazzo già solo ad ascoltare il tuo discorso insensato. Il modo con cui tratti le cose, la tua rozzezza, la tua primitiva mancanza di buon senso mi dimostrano che sei un guastamestieri, un barbaro guastamestieri e per di più un moccioso miserabile e sfacciato. Tu non sei neppure capace di miscelare limonate, non sei neppure capace di vendere un semplicissimo succo di liquirizia, non parliamo poi di fare il profumiere! Sii lieto, sii grato e contento se il tuo padrone continua a lasciarti pasticciare con il liquido da concia! Non osare mai più, mi senti? non osare mai più metter piede sulla soglia di un profumiere! »

Così parlò Baldini. E mentre ancora stava parlando, la stanza attorno a lui era già piena dell'aroma di « Amore e psiche ». Il profumo ha una forza di persuasione più convincente delle parole, dell'apparenza, del sentimento e della volontà. Non si può rifiutare la forza di persuasione del profumo, essa penetra in noi come l'aria che respiriamo penetra nei nostri polmoni, ci riempie, ci domina totalmente, non c'è modo di opporvisi.

Grenouille aveva deposto la bottiglia, aveva tolto dal collo la mano bagnata di profumo e se l'era asciugata sul fondo della giacca. Uno, due passi indietro, e il goffo ripiegarsi del suo corpo sotto la predica di Baldini bastarono a rimuovere l'aria, dimodoché il nuovo profumo si diffuse tutt'attorno. Non occorreva altro. In verità Baldini continuava a imperversare, a strillare e a inveire; ma a ogni respiro l'ira che esternava trovava sempre meno giustificazione dentro di lui. Sentiva di essere battuto, per questo il suo discorso alla fine poté risolversi soltanto in una vuota enfasi. E quando tacque, quando ebbe taciuto per un momento, non ebbe più nemmeno bisogno di ascoltare l'osservazione di Grenouille: « È pronto ». Lo sapeva comunque.

E tuttavia, sebbene nel frattempo l'aria greve di « Amore e psiche » gli fluttuasse attorno da ogni parte, si avvicinò al vecchio tavolo di quercia per eseguire una prova. Prese dalla tasca della giacca, dalla sinistra, un fazzoletto pulito di pizzo, bianco come la neve, lo spiegò e vi spruzzò sopra un paio di gocce prese con la pipetta lunga dalla bottiglia della miscela. Agitò il fazzoletto con il braccio teso per fargli prendere aria e quindi lo portò sotto il naso con il consueto movimento aggraziato, inspirando l'aroma a fondo. Mentre lo espirava a tratti, sedette su uno sgabello. Prima era diventato rosso scuro in viso per il suo scoppio d'ira... ora di botto era diventato tutto pallido. « Incredibile », mormorò sommesso tra sé e sé, « per Dio... incredibile. » E premette il naso più e più volte contro il fazzoletto, e annusava e scuoteva il capo e mormorava « incredibile ». Era « Amore e psiche », senza il minimo dubbio « Amore e psiche », la geniale e odiosa miscela di profumo, copiata con tale precisione che neppure Pélissier in persona avrebbe potuto distinguerla dal proprio prodotto. « Incredibile... »

Piccolo e pallido, il grande Baldini sedeva sullo sgabello e aveva un aspetto ridicolo col suo fazzoletto in mano, che premeva contro il naso come una vergine raffreddata. Ora la lingua gli si era bloccata del tutto. Non diceva neppure più « incredibile », ma si limitava a emettere un monotono « ehm, ehm, ehm... ehm, ehm, ehm... ehm, ehm, ehm... » scuotendo pian piano la testa di continuo e fissando il contenuto della bottiglia con la miscela. Dopo un poco Grenouille si avvicinò e si accostò al tavolo senza far rumore, come un'ombra.

« Non è un buon profumo », disse, « è composto molto male, questo profumo. »

« Ehm, ehm, ehm », disse Baldini, e Grenouille proseguì:

« Se permette, Maître, voglio migliorarlo. Mi dia un minuto, e ne farò un profumo come si deve! »

« Ehm, ehm, ehm », disse Baldini, e annuì. Non perché fosse d'accordo, ma perché il suo stato d'animo era così inerme e apatico, che avrebbe detto « ehm, ehm, ehm » e avrebbe annuito a tutto e a tutti. E continuò ad annuire e a mormorare « ehm, ehm, ehm » e non accennò minimamente a intervenire anche quando Grenouille cominciò a miscelare per la seconda volta, versò una seconda volta l'alcool etilico dal pallone nella bottiglia, aggiungendolo al profumo che già vi era contenuto, e per la seconda volta versò nell'imbuto il contenuto dei flaconi in una successione e quantità apparentemente casuali. Soltanto verso la fine della procedura – questa volta Grenouille non scosse la bottiglia, ma la dondolò soltanto lievemente come un bicchiere di cognac, forse per riguardo alla sensibilità di Baldini, forse perché il contenuto stavolta gli sembrava più prezioso –, soltanto allora dunque, quando il liquido già pronto ondeggiava nella bottiglia, Baldini si ridestò dal suo stato di stordimento e si alzò, pur con il fazzoletto sempre premuto sul naso, come se volesse armarsi contro un nuovo attacco al suo io.

« È pronto, Maître », disse Grenouille. « Adesso è un profumo proprio buono. »

« Già, già, bene, bene », replicò Baldini, e gli fece cenno con la mano libera di andarsene.

« Non vuole fare una prova? » gorgogliò ancora Grenouille. « Non vuole, Maître? Nemmeno una prova? »

« Più tardi, ora non ho voglia di fare una prova... ho altro per la testa. Va', ora! Su! »

E prese uno dei candelieri e uscì dalla porta, attraversando il negozio. Grenouille lo seguì. Imboccarono il corridoio stretto che portava all'ingresso di servizio. Il vecchio camminò strascicando i piedi fino alla porta, tirò indietro il chiavistello e aprì. Si spostò di lato per far uscire il ragazzo.

« Ora posso lavorare da lei, Maître, posso? » chiese Grenouille, già sulla soglia, di nuovo curvo, di nuovo con occhi di vigile attesa.

« Non lo so », disse Baldini, « ci rifletterò. Va'! »

Ed ecco che Grenouille era sparito, in un attimo, inghiottito dall'oscurità. Baldini restò a guardare con gli occhi fissi nella notte. Con la mano destra teneva il candeliere, con la sinistra il fazzoletto, come uno che perda sangue dal naso, e tuttavia aveva soltanto paura. Rimise in fretta il chiavistello alla porta. Poi tolse quel fazzoletto protettivo dal volto, lo ripose in tasca, riattraversò il negozio e tornò nel laboratorio.

L'aroma era così divinamente buono, che Baldini di colpo si sentì salire le lacrime agli occhi. Non aveva bisogno di fare prove, si limitò a stare in piedi presso il tavolo da lavoro davanti alla bottiglia della miscela e a inspirare. Il profumo era meraviglioso. In confronto ad « Amore e psiche » era come una sinfonia paragonata allo strimpellare solitario di un violino. Ed era anche di più. Baldini chiuse gli occhi e sentì che i ricordi più sublimi si ridestavano dentro di lui. Si vide da giovane passeggiare la sera nei giardini di Napoli; si vide tra le braccia di una donna con riccioli neri e vide i contorni di un mazzo di rose sul davanzale della finestra, che oscillava alla brezza notturna; udì

uccelli cantare qua e là e, da lontano, la musica di un'osteria del porto; udì un bisbigliare fitto fitto nell'orecchio, udì
un « ti amo » e sentì che dalla gioia gli si rizzavano i peli,
ora! ora, in questo istante! Aprì gli occhi e dette un gemito
di piacere. Questo profumo non era un profumo come quelli conosciuti finora. Non era un aroma che migliorava l'odore personale, un *sent-bon*, un articolo da toilette. Era una
cosa di specie totalmente nuova, che poteva creare da sé tutto un mondo, un mondo magico, ricco, e d'un tratto si dimenticavano le nauseanti miserie di quaggiù e ci si sentiva
così ricchi, così pieni di benessere, così liberi, così buoni...

I peli dritti sul braccio di Baldini si distesero, e una
seducente pace dell'animo s'impossessò di lui. Prese la
pelle, il capretto che si trovava al margine del tavolo, prese un coltello e la tagliò. Poi mise i pezzi nella bacinella
di vetro e li bagnò con il nuovo profumo. Ricoprì la bacinella con una lastra di vetro e versò il resto del profumo in
due bottigliette, che provvide di etichette, su cui scrisse
il nome « Nuit napolitaine ». Poi spense la luce e salì di
sopra.

Alla moglie durante la cena non disse nulla. Soprattutto
non disse nulla della sacrosanta decisione che aveva preso
nel pomeriggio. Anche la moglie non disse nulla, poiché si
accorse che lui era sereno, e quindi era molto contenta.
Baldini non si recò neppure più a Notre-Dame, a ringraziare Dio per la sua forza di carattere. Sì, quel giorno dimenticò persino, per la prima volta, di recitare le preghie-
re della sera.

16

Il mattino seguente si recò difilato da Grimal. Per prima
cosa pagò il capretto, e persino a prezzo pieno, senza bron-
tolare e senza minimamente tirare sul prezzo. Poi invitò
Grimal a bere una bottiglia di vino bianco alla Tour d'Argent e ottenne da lui, contrattando, l'apprendista Grenouil-

le. Ovviamente non rivelò i motivi per cui lo voleva, per i quali gli serviva. Inventò qualcosa circa un grosso ordine di pelli profumate, per far fronte al quale gli serviva un avventizio non qualificato. Gli occorreva un ragazzo di poche pretese che facesse per lui i lavori più semplici, tagliasse le pelli e così via. Ordinò un'altra bottiglia di vino e offrì venti lire a compenso del fastidio che causava a Grimal con la perdita di Grenouille. Venti lire erano una somma enorme. Grimal si dichiarò subito d'accordo. Si diressero alla conceria dove Grenouille stranamente era già pronto con il suo fagotto, Baldini pagò le venti lire e prese subito il ragazzo con sé, conscio di aver concluso il miglior affare della sua vita.

Grimal, che a sua volta era convinto di aver concluso il miglior affare della sua vita, tornò alla Tour d'Argent, bevve altre due bottiglie di vino, verso mezzogiorno si trasferì al Lion d'Or sull'altra riva e là si ubriacò in modo così sfrenato che, quando a tarda sera volle trasferirsi di nuovo alla Tour d'Argent, confuse Rue Geoffroi l'Anier con Rue des Nonaindières e quindi, anziché sbucare direttamente sul Pont Marie, come aveva sperato, si ritrovò misteriosamente sul Quai des Ormes, da dove piombò lungo disteso e a faccia avanti nell'acqua come in un soffice letto. Morì sull'istante. Fu il fiume che impiegò ancora un certo tempo per trascinarlo via dalla riva poco profonda e portarlo, passando accanto alle chiatte ormeggiate, nella corrente di mezzo più forte, e soltanto nelle prime ore del mattino il conciatore Grimal, o piuttosto il suo cadavere intriso d'acqua, si diresse galleggiando a valle, verso ovest.

Quando passò sotto il Pont au Change, senza far rumore, senza urtare contro i piloni, venti metri sopra di lui Jean-Baptiste Grenouille stava andando a letto. Un tavolaccio era stato sistemato per lui nell'angolo di fondo del laboratorio di Baldini, e ora ne prese possesso, mentre il suo padrone d'un tempo stava galleggiando lungo disteso giù per la fredda Senna. Si appallottolò piacevolmente e si fece piccolo come una zecca. Con il primo sonno s'immerse sempre più e sempre più a fondo in se stesso, e fece un ingresso trionfale nella sua cittadella interna, sull'alto della quale sognò una festa vittoriosa di odori, un'orgia gigantesca con vapori d'incenso ed esalazioni di mirra, in onore di se stesso.

17

. Con l'acquisizione di Grenouille ebbe inizio l'ascesa della Casa Giuseppe Baldini a una considerazione nazionale, anzi europea. Nel negozio sul Pont au Change il carillon persiano non aveva più pace, e gli aironi d'argento non smettevano mai di sprizzare acqua di viole.

Già la prima sera Grenouille dovette preparare un grosso pallone di « Nuit napolitaine », di cui nel corso del giorno seguente furono venduti più di ottanta flaconi. La fama del profumo si diffuse con frenetica rapidità. A Chénier vennero gli occhi vitrei dal gran contar denari e la schiena dolorante dai profondi inchini che era costretto a fare, perché in negozio comparivano importanti e importantissime personalità, o per lo meno i servitori di importanti e importantissime personalità. E una volta addirittura la porta si spalancò all'improvviso, sicché produsse un forte tintinnio, ed entrò il lacchè del conte d'Argenson, e urlò, come sanno urlare soltanto i lacchè, che voleva cinque bottiglie del nuovo profumo, e in seguito Chénier continuò a tremare per un quarto d'ora dal timore reverenziale, perché il conte d'Argenson era intendente e ministro della Guerra di Sua Maestà ed era l'uomo più potente di Parigi.

Mentre Chénier in negozio subiva da solo l'assalto dei clienti, Baldini si era chiuso in laboratorio con il suo nuovo apprendista. Di fronte a Chénier giustificò questa circostanza con una fantastica teoria, che definì « divisione del lavoro e razionalizzazione ». Per anni, spiegò, aveva tollerato con pazienza che Pélissier e altri figuri suoi pari, sprezzanti della corporazione, gli avessero alienato la clientela e rovinato gli affari. Ma ora la sua longanimità era agli sgoccioli. Ora avrebbe accettato la sfida e restituito i colpi a questi insolenti *parvenu*, e proprio con i mezzi usati da loro stessi: a ogni *saison*, ogni mese, e se necessario anche ogni settimana, avrebbe detto la sua con profumi nuovi, e che profumi! Avrebbe lavorato con tutta la sua vena creativa. E per questo era necessario che lui — aiutato soltanto dal suo assistente non qualificato — si occupasse solo ed esclusivamente della produzione dei profumi, mentre Chénier doveva dedicarsi esclusivamente alla vendita. Con questo metodo moderno avrebbero aperto un capitolo nuovo nella storia dei profumi, avrebbero spazzato via la concorrenza e sarebbero diventati incommensurabilmente ricchi: sì, usava consapevolmente ed espressamente il plurale, perché meditava di dividere queste incommensurabili ricchezze in una certa percentuale con il suo fidato garzone.

Ancora pochi giorni prima Chénier avrebbe interpretato discorsi simili da parte del suo principale come il segnale di una incipiente follia senile. « Adesso è maturo per la Charité », avrebbe pensato, « adesso non ci vorrà più molto perché deponga il pestello definitivamente. » Ma ora non lo pensava più. Non aveva più il tempo di pensarlo, aveva semplicemente troppo da fare. Aveva talmente da fare, che la sera dallo sfinimento riusciva a malapena a vuotare la cassa traboccante e a prendersi la sua parte. Non aveva il minimo dubbio che tutto fosse regolare, quando Baldini usciva quasi ogni giorno dal laboratorio con un nuovo aroma.

E che aromi erano! Non soltanto profumi di grande, grandissima scuola, ma anche creme e ciprie, saponi, lozioni per capelli, lavande, olii... Tutto ciò che doveva avere un profumo ora ne aveva uno nuovo, e diverso e più splendido di prima. E su tutto, ma proprio su tutto, perfino sui nuovi nastri profumati per capelli, creati un giorno dal ghiribizzo fantastico di Baldini, il pubblico si gettava come stregato, e i prezzi non avevano alcuna importanza. Tutto quello che Baldini produceva diventava un successo. E il

successo era così sconvolgente, che Chénier lo accettava
come un evento naturale e non indagava oltre sulle sue
origini. Che il nuovo apprendista – quello gnomo maldestro che si era installato nel laboratorio come un cane e
che talvolta, quando il principale usciva, si poteva vedere
sullo sfondo mentre lavava recipienti di vetro e puliva mortai –, che quella nullità d'uomo potesse in qualche modo
aver qualcosa a che fare con la favolosa prosperità degli
affari, Chénier non l'avrebbe creduto neppure se gliel'avessero detto in modo esplicito.

Naturalmente lo gnomo aveva tutto a che fare con quella. Tutto ciò che Baldini portava in negozio e consegnava
a Chénier da vendere era solo una minima parte di quello
che Grenouille miscelava dietro le porte chiuse. Baldini
non riusciva più a seguire il proprio olfatto. Talvolta era
un vero e proprio tormento operare una scelta tra le meraviglie che Grenouille creava. Questo apprendista stregone avrebbe potuto rifornire di ricette tutti i profumieri
di Francia senza ripetersi, senza produrre una sola volta
qualcosa di inferiore o di medio. O meglio, avrebbe potuto
rifornirli ma *non* di ricette, cioè di formule, perché Grenouille per il momento componeva i suoi profumi ancora
nel modo caotico e totalmente privo di professionalità
che Baldini ben conosceva, vale a dire mescolando a mano
libera gli ingredienti in un caos apparentemente selvaggio.
Per poter almeno capire quel lavoro folle, se non per controllarlo, Baldini un giorno pretese che Grenouille si servisse della bilancia, del misurino e della pipetta per preparare le sue miscele, anche se non lo riteneva necessario;
e che inoltre si abituasse a usare l'alcool etilico non come
sostanza aromatica, bensì come solvente, da aggiungersi
soltanto in un secondo tempo; e che per l'amor di Dio
facesse il piacere di lavorare lentamente, con calma e lentamente, come si conveniva a un artigiano.

Grenouille lo fece. E per la prima volta Baldini fu in
grado di seguire e di documentare i singoli maneggi dello
stregone. Con carta e penna sedette accanto a Grenouille

e annotò, sempre invitandolo alla lentezza, quanti grammi di questo, quante misure di quello, quante gocce di un terzo ingrediente emigravano nella bottiglia della miscela. In questo modo singolare, cioè analizzando a posteriori un procedimento proprio con quei mezzi senza la cui utilizzazione precedente in realtà esso non avrebbe potuto aver luogo, Baldini alla fine riuscì a entrare in possesso della sintetica prescrizione. *Come* Grenouille senza quest'ultima fosse in grado di preparare i suoi profumi, continuava a restare un enigma per Baldini, o piuttosto un miracolo, ma per lo meno ora aveva ridotto il miracolo in una formula, e con ciò aveva in qualche modo soddisfatto il suo spirito assetato di regole e aveva salvato la sua immagine del mondo dei profumi dal collasso totale.

A poco a poco riuscì a strappare a Grenouille la preparazione delle ricette di tutti i profumi che questi aveva inventato fino allora, e infine gli vietò persino di prepararne di nuovi senza che lui, Baldini, fosse presente con penna e carta a osservare il processo con occhi d'Argo e a documentarlo passo per passo. I suoi appunti, ben presto molte dozzine di formule, li trascrisse poi a fatica in bella calligrafia su due diversi libriccini; uno lo chiuse a chiave nella sua cassaforte a prova di fuoco, l'altro lo portò sempre con sé, anche di notte quando andava a dormire. Questo gli diede sicurezza. Infatti adesso, se voleva, era in grado di compiere da sé i miracoli di Grenouille, quei miracoli che l'avevano scosso profondamente quando ne aveva fatto esperienza la prima volta. Con la sua raccolta di formule scritte credeva di poter scongiurare il tremendo caos creativo che sgorgava dall'intimo del suo apprendista. Anche il fatto di prender parte ai riti creativi non più soltanto con sciocco stupore, bensì osservando e registrando, ebbe un effetto tranquillizzante su Baldini e rafforzò la sua fiducia in se stesso. Dopo un certo tempo ebbe persino la sensazione di contribuire in modo fondamentale alla riuscita dei sublimi aromi. E subito dopo averli registrati nel suo libretto e quando li custodiva in cassaforte, o ben stretti sul proprio petto, non dubitava più che fossero in tutto e per tutto suoi.

Ma anche Grenouille fu avvantaggiato dal procedimento disciplinare impostogli da Baldini. In verità avrebbe anche potuto farne a meno. Non occorreva mai che consultasse una vecchia formula per ricostruire un profumo dopo settimane o mesi, perché non dimenticava gli odori. Ma con l'uso obbligatorio del misurino e della bilancia imparò il linguaggio dell'arte profumiera, e sentì per istinto che la conoscenza di questo linguaggio avrebbe potuto essergli utile. In poche settimane Grenouille non soltanto imparò i nomi di tutte le sostanze odorose del laboratorio di Baldini, ma fu anche in grado di scrivere da sé la formula dei suoi profumi e viceversa di trasformare formule e indicazioni non sue in profumi e in altri prodotti profumati. E più ancora! Dopo aver imparato a esprimere in grammi e gocce le sue idee in fatto di profumi, non gli servì neppure più la fase sperimentale intermedia. Quando Baldini lo incaricava di inventare un nuovo aroma, sia per creare un profumo da fazzoletto, sia per un *sachet*, sia per un belletto, Grenouille non poneva più mano a flaconi e a polverine, ma si limitava a sedersi al tavolo e a scrivere la formula direttamente. Aveva imparato ad ampliare il percorso dalla sua rappresentazione olfattiva interna al profumo finito aggirando la fabbricazione della formula. Per lui era soltanto un tragitto più lungo. Ma agli occhi del mondo, cioè agli occhi di Baldini, era un progresso. I miracoli di Grenouille restavano gli stessi. Ma le ricette che ora li corredavano facevano sì che il procedimento non incutesse più paura, e questo era un vantaggio. Quanto più Grenouille dominava le mosse e i procedimenti del mestiere, quanto più sapeva esprimersi normalmente nel linguaggio convenzionale dell'arte profumiera, tanto meno il padrone lo temeva e sospettava di lui. Ben presto Baldini lo considerò senz'altro ancora un individuo dotato di un olfatto non comune, ma non più un novello Frangipane o addirittura un inquietante stregone, e a Grenouille andava bene così. La regola del mestiere era per lui un piacevole camuffamento. Tranquillizzava persino Baldini con il suo procedimento esemplare che consisteva nel pesare gli ingredienti, nell'agitare la bottiglia della miscela e nel tamponare i fazzoletti bianchi per le prove. Era già quasi in grado di agitare questi ultimi con gesti aggraziati, di farli passare sotto il naso elegantemente come il padrone. E talvolta, a intervalli ben meditati, commetteva errori, fatti in modo che Baldini fosse costretto a notarli: dimenticava di filtrare, orientava la bilancia in modo sbagliato, annotava in una formula una percentuale assurdamente alta di tintura di ambra... e si lasciava rinfacciare l'errore, per poi a bella posta correggerlo. In tal modo riusciva a cullare Baldini nell'illusione che alla fin fine tutto andasse come doveva. Non voleva certo spaventare il vecchio. Anzi, voleva davvero imparare da lui. Non la miscela dei profumi, non la giusta composizione di un aroma, naturalmente no! In questo campo nessuno al mondo avrebbe potuto insegnargli qualche cosa, e anche gli ingredienti presenti nel negozio di Baldini non sarebbero mai bastati a realizzare le sue idee di un profumo veramente importante. Quello che poteva realizzare da Baldini in fatto di odori erano passatempi, paragonati agli odori che portava dentro di sé e che pensava di creare un giorno. Ma per questo, lo sapeva, gli occorrevano due presupposti indispensabili: uno era la copertura di un'esistenza borghese, o per lo meno della categoria dei garzoni, al cui riparo egli avrebbe potuto indulgere alle proprie passioni e perseguire indisturbato i suoi scopi. L'altro era la conoscenza di quei procedimenti artigianali con cui si potevano produrre, isolare, concentrare e conservare le sostanze aromatiche, e soltanto allora disporne per un uso più nobile. Infatti Grenouille possedeva sì il naso migliore del mondo, sia dal punto di vista analitico sia da un punto di vista profetico, ma non possedeva ancora la capacità di impadronirsi degli odori in concreto.

E così si lasciò istruire di buon grado nell'arte di far bollire il sapone fatto di grasso di maiale, di cucire guanti di pelle lavabile, di mescolare ciprie fatte di farina di frumento e di mandorle pestate e di radici di viole polverizzate. Arrotolò candele profumate fatte di carbone vegetale, salnitro e segatura di legno di sandalo. Confezionò pasticche orientali pressando insieme mirra, resina di benzoino e polvere d'ambra. Impastò incenso, gommalacca, vetiver e cannella per farne palline da bruciare. Setacciò e schiacciò con la spatola Poudre Impériale fatta di foglie di rosa, fiori di lavanda e corteccia di cascarilla triturati. Mescolò belletti, bianchi e azzurro-vena, e confezionò matite grasse, rosso-carminio, per le labbra. Elaborò la più fine polvere per unghie e gessi dentari dal sapore di menta. Mescolò liquidi per arricciare le parrucche e gocce antiverruca per i calli, sbiancalentiggini per la pelle ed estratto di belladonna per gli occhi, balsamo di cantaride per i signori e aceto igienico per le signore... La fabbricazione di tutte le acquette e polverine, degli articoli da toilette e di bellezza, ma anche di misture di tè e di spezie, di liquori, di marinate e simili, in breve, tutto ciò che Baldini aveva da insegnargli con la sua vasta cultura tradizionale, Grenouille lo imparò, in verità senza particolare interesse, ma anche senza lamentarsi e con successo.

Dimostrò invece un particolare interesse quando Baldini lo istruì nella fabbricazione delle tinture, degli estratti e delle essenze. Non si stancava mai di schiacciare noccioli di mandorle amare nel torchio a vite o di pestare semi di abelmosco o di triturare con la mezzaluna grassi gnocchi d'ambra grigia oppure di grattugiare radici di viole, per poi macerare i frammenti in alcool della miglior qualità. Imparò a conoscere l'uso dell'imbuto separatore, con cui si scindeva l'olio puro delle bucce di limone pressato dal torbido liquido residuo. Imparò a far seccare erbe e fiori stesi su reti in luoghi caldi e ombrosi, e a conservare le foglie fruscianti in recipienti e cassapanche sigillati con la cera. Imparò l'arte di depurare le pomate, di preparare gli infusi, filtrarli, concentrarli, chiarificarli e rettificarli.

Certo il laboratorio di Baldini non era adatto a produrre olii di fiori e di erbe in grande stile. Del resto a Parigi sarebbe stato quasi impossibile trovare le quantità necessarie di piante fresche. Tuttavia all'occasione, quando al mercato si potevano trovare a poco prezzo rosmarino fresco, salvia, menta o semi d'anice oppure quando arrivava una partita più grossa di bulbi di iris o di radici di valeriana, di cumino, di noce moscata o fiori di garofano secchi, la vena d'alchimista di Baldini si metteva a pulsare, e lui tirava fuori il suo alambicco grande, una tinozza di rame per distillare sulla quale era applicato un recipiente condensatore – un cosiddetto alambicco a testa di moro, come annunciava con orgoglio Baldini – con cui già quarant'anni prima aveva distillato lavanda all'aperto, sulle pendici meridionali della Liguria e sulle alture del Luberon. E mentre Grenouille sminuzzava il prodotto da distillare, Baldini con fretta febbrile – dato che la rapida elaborazione era l'alfa e l'omega del mestiere – accendeva un focolare coperto, sul quale collocava un paiolo di rame riempito di una buona quantità d'acqua. Gettava lì dentro le parti vegetali, tappava sul manicotto il doppio imbuto a testa di moro e vi collegava due tubicini per l'acqua che affluiva e che defluiva. Questa raffinata struttura per il raffreddamento dell'acqua, spiegava Baldini, l'aveva installata lui stesso soltanto in un secondo momento, perché ovviamente a suo tempo all'aperto avevano raffreddato l'acqua unicamente facendo vento. Poi soffiava sul fuoco per ravvivarlo.

A poco a poco il liquido nel paiolo cominciava a gorgogliare. E dopo un po', prima pian piano a gocce, poi in rivoletti sottili come fili, il distillato scorreva dalla terza canna della testa di moro in una bottiglia fiorentina che Baldini vi aveva messo sotto. Dapprima aveva un aspetto del tutto insignificante, come una zuppa acquosa e torbida.

Ma a poco a poco, soprattutto quando la bottiglia piena era stata spostata di fianco a riposare e sostituita da un'altra, la broda si scindeva in due liquidi diversi: sotto restava l'acqua di fiori o di erbe, sopra galleggiava uno spesso strato d'olio. Facendo scolare con cautela, attraverso il collo a beccuccio della bottiglia fiorentina, l'acqua di fiori che ora aveva un aroma delicato, restava indietro l'olio puro, l'essenza, l'anima della pianta dal profumo intenso.

Grenouille era affascinato da questo processo. Se mai qualcosa nella vita aveva suscitato entusiasmo in lui — certo non un entusiasmo visibile dall'esterno, bensì nascosto, come se ardesse a fiamma fredda —, era proprio questo procedimento, di carpire alle cose la loro anima odorosa con il fuoco, l'acqua, il vapore e un'apparecchiatura inventata. Quest'anima odorosa, l'olio essenziale, era appunto la parte migliore delle cose, l'unica che destasse il suo interesse. Gli insulsi residui: fiori, foglie, buccia, frutto, colore, bellezza, vivezza e tutto ciò che di superfluo poteva ancora esserci, lo lasciavano indifferente. Non erano che involucri e zavorra. Cose da buttare.

Di tanto in tanto, quando il distillato era diventato trasparente come acqua, toglievano l'alambicco dal fuoco, lo aprivano e rovesciavano la roba stracotta, che aveva un aspetto floscio e smorto di paglia inzuppata, di ossa sbiancate d'uccellini, di verdura bollita troppo a lungo, era scialba e fibrosa, poltigliosa, a stento riconoscibile per quel che era in origine, disgustosamente cadaverica, ed era quasi totalmente depauperata del proprio odore. La gettavano fuori della finestra nel fiume. Poi si rifornivano di altri vegetali freschi, aggiungevano acqua e rimettevano l'alambicco sul focolare. E di nuovo il paiolo cominciava a gorgogliare, e di nuovo l'umore vitale dei vegetali scorreva nelle bottiglie fiorentine. Questo durava spesso tutta la notte. Baldini sorvegliava il fuoco, Grenouille teneva d'occhio le bottiglie, altro non c'era da fare nel periodo intercorrente tra i mutamenti.

Sedevano su sgabelli attorno al fuoco, in balia della pesante tinozza, affascinati entrambi, sia pure per ragioni molto diverse. Baldini si godeva il calore del fuoco e il rosso guizzante delle fiamme e del rame, amava il crepitio del legno che ardeva e il gorgoglio dell'alambicco, perché tutto era come un tempo. Allora sì che c'era da entusiasmarsi! Andava in negozio a prendere una bottiglia di vino, perché il calore gli metteva sete, e bere il vino, anche questo era come una volta. E poi cominciava a raccontare storie di un tempo, non finiva mai. Della guerra di successione spagnola al cui esito aveva contribuito in misura decisiva combattendo contro gli austriaci; dei camisardi, assieme ai quali aveva reso le Cevenne un luogo insicuro; della figlia di un ugonotto nell'Esterel che, inebriata dal profumo della lavanda, aveva ceduto alla sua volontà; dell'incendio di un bosco, che era stato lì lì per provocare e che poi si sarebbe certo esteso a tutta la Provenza, sicuro come due più due fanno quattro, perché c'era un forte mistral; e raccontava ancora e sempre della distillazione, all'aperto, di notte, alla luce della luna, con il vino e con il canto delle cicale, e di un'essenza di lavanda che aveva fabbricato in quell'occasione, così fine e intensa che gliel'avevano pagata a peso in argento; del suo apprendistato a Genova, dei suoi anni di peregrinazioni e della città di Grasse, in cui c'erano tanti profumieri quanti calzolai altrove, e alcuni di loro erano così ricchi che vivevano come principi, in case splendide con giardini e terrazze ombreggiate e sale da pranzo rivestite di legno, nelle quali mangiavano in piatti di porcellana con posate d'oro, e così via...

Simili storie raccontava il vecchio Baldini, e ci beveva sopra del vino, e il vino e il calore del fuoco e l'entusiasmo per le sue storie gli infuocavano le guance. Ma Grenouille, che sedeva un po' più nell'ombra, non stava affatto a sentire. Non lo interessavano le vecchie storie, lo interessava soltanto il nuovo procedimento. Fissava ininterrottamente il cannello in cima all'alambicco, da cui defluiva il distillato in un rivolo sottile. E mentre lo fissava, fantasticava di essere lui stesso una sorta d'alambicco, nel quale c'era

un gorgoglio come in questo, e dal quale sgorgava un distillato come questo, solo che era migliore, più nuovo, più
insolito, un distillato di quelle piante raffinate che aveva
coltivato nel proprio animo, che fiorivano in lui, di cui lui
solo aveva sentito l'odore, e che con il loro profumo straordinario avrebbero potuto trasformare il mondo in un fra-
grante giardino dell'Eden, nel quale per lui l'esistenza dal
punto di vista olfattivo sarebbe stata in un certo modo
tollerabile. Essere un grande alambicco, che inondasse tutto il mondo con il suo distillato autoprodotto, era il sogno
cui Grenouille si abbandonava.

Ma mentre Baldini, acceso dal vino, eccedeva sempre più
nelle storie di un tempo, e si lasciava trascinare sempre più
dai propri entusiasmi, Grenouille lasciò ben presto da parte
le sue bizzarre fantasticherie. Per prima cosa si tolse dalla
testa la figurazione del grande alambicco, e rifletté invece
su come avrebbe potuto utilizzare le conoscenze acquisite
di recente per fini più concreti.

19

Non ci volle molto perché diventasse uno specialista nel
campo della distillazione. Scoprì — e in questo il suo naso
lo aiutò più che non il meccanismo delle regole di Baldini
— che il calore del fuoco esercitava un'influenza decisiva
sulla buona riuscita del distillato. Ogni pianta, ogni fiore,
ogni sorta di legno e ogni frutto oleoso richiedevano una
procedura specifica. Ora occorreva che si sviluppasse un
vapore molto intenso, ora bastava che la sostanza ribollis-
se moderatamente, e molti fiori davano il meglio di sé soltanto facendoli scaldare a fuoco molto basso.

Ugualmente importante era la depurazione. La lavanda
e la menta si potevano distillare a mazzetti interi. Altri
vegetali dovevano essere sezionati, sfogliati, tritati, grat-
tugiati, pestati, o persino trattati come il mosto, prima di
essere messi nel paiolo di rame. Ma alcuni non si potevano

distillare affatto, e questo esasperava al massimo Grenouille.

Dopo aver visto con quanta sicurezza Grenouille maneggiava l'apparecchiatura, Baldini gli aveva lasciato mano libera con l'alambicco, e Grenouille aveva utilizzato ampiamente questa libertà. Mentre di giorno miscelava profumi e preparava altri prodotti aromatici e speziati, di notte s'impegnava unicamente nell'arte misteriosa del distillare. Era sua intenzione produrre sostanze odorose totalmente nuove, e con esse poter fabbricare almeno alcuni dei profumi che portava dentro di sé. In un primo tempo ebbe persino piccoli successi. Riuscì a produrre un olio di fiori d'ortica e di semi di nasturzio e un'acqua ottenuta dalla corteccia fresca di arbusto di sambuco e di rami di tasso. In realtà il profumo dei distillati era piuttosto dissimile da quello delle sostanze di partenza, tuttavia era sempre abbastanza interessante da servire a elaborazioni successive. Però c'erano sostanze con le quali il procedimento falliva totalmente. Ad esempio Grenouille cercò di distillare l'odore di vetro, l'odore fresco e argilloso del vetro liscio, che le persone normali non percepivano affatto. Si procurò vetro da finestra e vetro da bottiglie, e lo trattò in grossi pezzi, in schegge, in frammenti, sotto forma di polvere... senza il minimo risultato. Distillò l'ottone, la porcellana e la pelle, granaglie e ciottoli. Distillò terra pura. Sangue e legno e pesci freschi. Anche i suoi capelli. Alla fine distillò persino l'acqua, l'acqua della Senna, il cui odore particolare gli sembrò degno d'essere conservato. Con l'aiuto dell'alambicco, credeva di poter estrarre da queste sostanze il loro aroma caratteristico, come si poteva fare con il timo, la lavanda e i semi di cumino. Ma non sapeva che la distillazione non è altro che un processo di separazione delle sostanze miste nelle loro singole componenti volatili e meno volatili, e che per la profumeria è utile solo in quanto l'olio essenziale volatile di certi vegetali può essere isolato dai loro residui privi di aroma o con poco aroma. In sostanze nelle quali questo olio essenziale

si perde, il processo di distillazione ovviamente non ha alcun senso. Per noi uomini d'oggi, esperti nel campo della
fisica, tutto ciò è di un'evidenza immediata. Ma per Grenouille questo riconoscimento fu il risultato, raggiunto con
fatica, di una lunga catena di tentativi deludenti. Per mesi
e mesi, notte dopo notte era rimasto seduto accanto al-
l'alambicco e aveva cercato in ogni modo possibile, tramite
la distillazione, di produrre profumi radicalmente nuovi,
profumi che, in forma concreta, non s'erano ancora mai
sentiti al mondo. E non ne aveva ricavato nulla, eccetto
un paio di ridicoli olii vegetali. Dal pozzo profondo, incommensurabilmente ricco della sua immaginazione non
aveva estratto una sola goccia di essenza odorosa in concreto, non era riuscito a realizzare neppure un atomo di
tutto ciò che gli era aleggiato dinanzi in fatto di odori.

Quando si convinse del suo fallimento, sospese le ricerche e si ammalò con pericolo della vita.

2 0

Gli venne una febbre alta, che nei primi giorni fu accompagnata da essudazioni, e in seguito, quando i pori della
pelle non bastarono più, produsse innumerevoli pustole.
Il corpo di Grenouille era disseminato di queste vesci-
chette rosse. Molte scoppiarono e riversarono il loro contenuto acquoso, per poi riempirsi di nuovo. Altre s'ingran-
dirono in veri e propri foruncoli rossi, si enfiarono ed
esplosero come crateri e sputarono fuori pus denso e sangue frammisto a muco giallo. Dopo qualche tempo Grenouille aveva l'aspetto di un martire lapidato dall'interno,
con centinaia di ferite purulente.

A questo punto Baldini ovviamente si preoccupò. Per
lui sarebbe stato molto spiacevole perdere il suo prezioso
apprendista proprio in un momento in cui si accingeva a
estendere i suoi affari oltre i confini della capitale, anzi
persino di tutto il paese. Infatti era sempre più frequente

che non soltanto dalla provincia, ma anche dalle corti stra-
niere arrivassero ordinazioni di quei profumi nuovi che
facevano impazzire Parigi; e Baldini accarezzava l'idea di
fondare una filiale in Faubourg Saint-Antoine per soddisfare questa domanda, una vera e propria piccola manifattura, da dove i profumi più richiesti, miscelati *en gros*
e confezionati *en gros* in graziosi flaconcini, imballati da
graziose giovanette, sarebbero stati spediti in Olanda, in
Inghilterra e in Alemagna. Per un maestro residente a
Parigi un'impresa di questo genere non era proprio lega-
le, ma ultimamente Baldini disponeva di protezioni in alto
loco, i suoi profumi raffinati gliele avevano procurate non
soltanto presso l'intendente, ma anche presso importanti
personalità quali l'appaltatore del dazio di Parigi e un
membro del gabinetto reale delle Finanze, nonché promo-
tore di imprese economicamente fiorenti, qual era il signor
Feydeau de Brou. Questi l'aveva fatto sperare persino nel
privilegio del re, la cosa migliore che ci si potesse augu-
rare: sarebbe stato una specie di lasciapassare per eludere
qualsiasi ingerenza statale e corporativa, la fine di tutte
le preoccupazioni professionali e una garanzia perenne di
benessere sicuro e incontestato.

E poi c'era anche un altro progetto che Baldini covava,
una sorta di progetto preferenziale opposto a quello della
manifattura in Faubourg Saint-Antoine, che avrebbe prodotto, se non articoli di massa, cose che in molti potevano acquistare: voleva creare profumi personali per un numero scelto di clienti d'alto, altissimo rango – o piuttosto
voleva farli creare –, profumi che, come vestiti tagliati su
misura, si adattassero a una persona sola, potessero essere
usati soltanto da questa persona e portassero il suo illustre nome. Immaginava un « Parfum de la Marquise de
Cernay », un « Parfum de la Maréchale de Villars », un
« Parfum du Duc d'Aiguillon » e così via. Sognava un
« Parfum de Madame la Marquise de Pompadour », e
persino un « Parfum de Sa Majesté le Roi », in un flacone d'agata preziosamente smerigliato, incastonato in oro

cesellato, con il nome « Giuseppe Baldini, profumiere », nascosto, inciso sul lato interno del supporto. Il nome del re e il suo stesso nome uniti sul medesimo oggetto. Simili splendide fantasticherie era arrivato a immaginare Baldini! E ora Grenouille si era ammalato. Quando Grimal, Dio l'abbia in gloria, aveva giurato che Grenouille non aveva mai niente, che sopportava tutto, che era refrattario persino alla peste nera. Di punto in bianco era mortalmente malato! E se fosse morto? Orrore! Con lui sarebbero morti gli splendidi progetti della manifattura, delle graziose giovanette, del privilegio e del profumo del re.

Quindi Baldini decise di non lasciare nulla di intentato per salvare la preziosa vita del suo apprendista. Predispose un trasferimento dal tavolaccio del laboratorio in un letto pulito al piano superiore. Fece rivestire il letto di damasco. Aiutò con le sue mani a portar su il malato per la scala stretta e ripida, sebbene provasse un indicibile disgusto per le pustole e i foruncoli purulenti. Ordinò alla moglie di far bollire brodo di pollo con vino. Mandò a chiamare il medico più rinomato del quartiere, un certo Procopio, che fu costretto a pagare in anticipo – venti franchi! – soltanto perché quello si prendesse il disturbo di venire.

Il dottore venne, sollevò il lenzuolo con le dita affusolate, diede solo un'occhiata al corpo di Grenouille, che in verità sembrava come fracassato da mille pallottole, e lasciò la stanza senza neppure aver aperto la borsa che il suo assistente gli portava sempre dietro. Il caso, cominciò a dire a Baldini, era chiarissimo. Si trattava di una varietà sifilitica di vaiolo nero mista a morbillo suppurativo *in stadio ultimo*. Quindi un trattamento non era più necessario, poiché non era più possibile eseguire un salasso regolamentare su quel corpo in disfacimento, più simile a un cadavere che non a un organismo vivente. E sebbene non si avvertisse ancora il puzzo pestilenziale tipico del decorso della malattia – il che certo stupiva e dal punto di vista strettamente scientifico rappresentava una piccola anomalia –, non poteva sussistere il minimo dubbio sul decesso del paziente entro le successive quarantotto ore, quant'è vero che lui si chiamava dottor Procopio. Detto questo, si fece dare altri venti franchi per aver concluso la visita e fatto la prognosi – cinque franchi erano restituibili nel caso che gli avessero lasciato il cadavere, con quella sintomatologia tradizionale, a scopi dimostrativi – e si congedò.

Baldini era fuori di sé. Si lamentava e urlava di disperazione. Si mordeva le mani dalla rabbia per la propria sorte. Ancora una volta i progetti del suo grande, immenso successo erano distrutti poco prima di arrivare alla meta. A suo tempo i colpevoli erano stati Pélissier e i suoi complici, con la loro inventiva. E ora questo ragazzo, con il suo fondo inesauribile di odori nuovi, questo piccolo mascalzone che valeva tant'oro quanto pesava, proprio adesso, nel momento dell'ascesa professionale, doveva prendersi il vaiolo sifilitico e il morbillo suppurativo *in stadio ultimo*! Proprio adesso! Perché non fra due anni? Perché non fra un anno? Fino allora avrebbe potuto sfruttarlo come una miniera d'argento, come un asino d'oro. Ma no! Moriva adesso, sacramento di un dio, fra quarantotto ore!

Per un breve istante Baldini si cullò nel pensiero di recarsi in pellegrinaggio a Notre-Dame, di accendere una candela e impetrare dalla Sacra Madre di Dio la guarigione per Grenouille. Ma poi lasciò cadere il pensiero, perché il tempo era troppo poco. Corse a prendere inchiostro e carta e allontanò la moglie dalla stanza del malato. Voleva vegliarlo lui stesso. Poi prese posto su una sedia accanto al letto, con i fogli per prendere appunti sulle ginocchia, la penna intinta d'inchiostro in mano, e cercò di carpire a Grenouille una confessione in tema di profumi. Non voleva certo, per l'amor di Dio, portarsi via zitto zitto i tesori che aveva dentro di sé! Piuttosto adesso, nelle sue ultime ore, doveva lasciare un testamento a mani fidate, affinché i posteri non fossero defraudati dei profumi migliori di tutti i tempi! Lui, Baldini, avrebbe conservato fedelmente questo testamento, questo canone formale dei profumi più sublimi mai sentiti al mondo, e l'avrebbe fatto prosperare. Avrebbe annesso gloria immortale al nome di Grenouille, sì, avrebbe deposto – e qui lo giurò per tutti i santi – il migliore di questi profumi ai piedi del re in persona, in un flacone d'agata incastonato in oro cesellato e con incisa la dedica: « Da Jean-Baptiste Grenouille, profumiere in Parigi ». Così disse o, meglio, così bisbigliò Baldini all'orecchio di Grenouille, scongiurando, supplicando, adulandolo senza tregua.

Ma era tutto inutile. Di sé Grenouille non dava altro se non secrezione acquosa e pus sanguinolento. Giaceva muto nel damasco e si liberava di questi umori disgustosi, ma non della più insignificante formula di un profumo. Baldini avrebbe voluto strozzarlo, colpirlo a morte avrebbe voluto, avrebbe proprio avuto voglia di far uscire a forza di botte i preziosi segreti dal corpo morente, se avesse avuto una speranza di successo... e se la cosa non fosse stata in così lampante contraddizione con la sua concezione cristiana dell'amor del prossimo.

E così continuò a mormorare con voce flautata nei toni più dolci, e ad accarezzare il malato ·e a tamponare con pezze umide – per quanto gli costasse uno sforzo atroce – quella fronte bagnata di sudore e quei vulcani in eruzione che erano le sue ferite, e lo imboccò con cucchiaiate di vino, per indurre la sua lingua a parlare, tutta la notte... invano. All'alba rinunciò. Si gettò esausto in una poltrona all'altro capo della stanza e si mise a fissare, neppure più furibondo, bensì ormai soltanto in preda a una quieta rassegnazione, il piccolo corpo morente di Grenouille là sul letto, che non poteva né salvare né derubare, da cui non poteva ricavare più nulla per sé: era soltanto costretto ad assistere inattivo al suo sfacelo, come un capitano assiste all'affondamento della nave che porta con sé nel profondo tutte le sue ricchezze.

A un tratto le labbra del malato si aprirono, e con una

voce che per limpidità e fermezza lasciava presagire ben poco l'imminente decesso, chiese: « Dica, Maître: esistono altri mezzi, oltre alla torchiatura e alla distillazione, per estrarre l'aroma da una sostanza? »

Baldini, pensando che la voce fosse scaturita dalla propria immaginazione o dall'al di là, rispose meccanicamente: « Sì, esistono ».

« Quali? » si sentì chiedere dal letto. Baldini spalancò gli occhi stanchi. Grenouille giaceva immobile sul cuscino. Aveva forse parlato il suo « cadavere »?

« Quali? » sentì chiedere di nuovo, e questa volta Baldini individuò il movimento sulle labbra di Grenouille. « Ora è finita », pensò, « ora se ne va, questo è il delirio della febbre o l'agonia della morte. » E si alzò, si avvicinò al letto e si chinò sul malato. Questi aveva aperto gli occhi e guardava Baldini con lo stesso sguardo stranamente vigile con cui l'aveva fissato al primo incontro.

« Quali? » chiese.

Allora il cuore di Baldini ebbe un sussulto – non voleva negare a un morente l'ultima volontà – e rispose: « Ne esistono tre, figlio mio: l'*enfleurage à chaud*, l'*enfleurage à froid* e l'*enfleurage à l'huile*. Sotto molti aspetti sono superiori alla distillazione, e si usano per ottenere i migliori tra tutti i profumi: quello del gelsomino, della rosa e dei fiori d'arancio ».

« Dove? » chiese Grenouille.

« Nel sud », rispose Baldini. « Soprattutto nella città di Grasse. »

« Bene », disse Grenouille.

E con ciò chiuse gli occhi. Baldini si rialzò lentamente. Era molto depresso. Raccolse qua e là i fogli per gli appunti, sui quali non aveva scritto una sola riga, e soffiò sulla candela per spegnerla. Fuori già albeggiava. Era stanco morto. Sarebbe stato meglio chiamare un prete, pensò. Poi si fece un rapido segno di croce con la destra e uscì.

Ma Grenouille era tutt'altro che morto. Si limitò a dormire sodo e a sognare profondamente, e ritrasse i suoi umori dentro di sé. Le vesciche cominciavano già a seccarsi sulla sua pelle, i crateri purulenti si asciugavano, le sue ferite già si stavano chiudendo. Nel giro di una settimana era guarito.

2 1

Avrebbe preferito recarsi subito al sud, dove si potevano imparare le nuove tecniche di cui gli aveva parlato il vecchio. Ma naturalmente non c'era neppure da pensarci. Era pur sempre soltanto un apprendista, cioè un niente. In realtà, gli spiegò Baldini – dopo aver superato la gioia iniziale per la risurrezione di Grenouille –, in realtà era ancor meno di un niente, perché un apprendista regolare doveva avere un'origine senza macchia, cioè esser nato da un matrimonio, avere una parentela adeguata al proprio rango e un contratto d'apprendistato, tutte cose che Grenouille non possedeva. Tuttavia se lui, Baldini, un giorno avesse voluto fornirgli un diploma di garzone, ciò sarebbe avvenuto soltanto in considerazione del talento non comune di Grenouille nonché di un suo comportamento futuro ineccepibile, e dell'infinita generosità sua, di Baldini, che mai riusciva a rinnegare anche se spesso ne aveva avuto danno.

Naturalmente per adempiere questa generosa promessa occorreva ancora un po' di tempo, cioè tre anni giusti. In questo periodo Baldini, con l'aiuto di Grenouille, realizzò i suoi sogni ambiziosi. Fondò la manifattura in Faubourg Saint-Antoine, s'impose a corte con i suoi profumi esclusivi, ottenne il privilegio del re. I suoi raffinati prodotti aromatici furono venduti fino a Pietroburgo, a Palermo, a Copenaghen. Persino a Costantinopoli, dove sa Dio se non avevano essenze a sufficienza, si ricercava la nota pregna di muschio di uno dei suoi profumi. Negli uffici eleganti della City di Londra, come alla corte di Parma, aleggiava il profumo di Baldini, lo stesso avveniva nel castello di Varsavia e nel palazzetto del conte von Lippe-Detmold nel luogo medesimo. Dopo essersi già rassegnato a trascorrere la vecchiaia a Messina povero in canna, Baldini a settant'anni era diventato incontestabilmente il profumiere più importante d'Europa e uno dei cittadini più ricchi di Parigi.

All'inizio dell'anno 1756 – nel frattempo aveva acquistato la casa accanto alla sua sul Pont au Change, esclusivamente a uso d'abitazione, perché adesso la vecchia dimora era letteralmente piena fino al tetto di sostanze aromatiche e di spezie – comunicò a Grenouille che era finalmente disposto a concedergli il diploma di garzone, ma solo a tre condizioni: in primo luogo, in futuro non avrebbe dovuto produrre per conto proprio nessuno dei profumi nati sotto il tetto di Baldini, né rivelare la loro formula a terzi; in secondo luogo, avrebbe dovuto lasciare Parigi e non rimettervi più piede finché Baldini fosse stato vivo; e, in terzo luogo, avrebbe dovuto mantenere il più rigoroso silenzio sulle prime due condizioni. Doveva giurare tutto questo su tutti i santi, sulla povera anima di sua madre e sul suo onore.

Grenouille, che non aveva onore né credeva nei santi o nella povera anima di sua madre, giurò. Avrebbe giurato tutto. Avrebbe accettato qualsiasi condizione di Baldini, perché voleva ottenere quel ridicolo diploma di garzone che gli avrebbe permesso di vivere senza dar nell'occhio, di viaggiare tranquillo e di trovare un impiego. Il resto gli era indifferente. E poi, quali erano mai queste condizioni? Non metter più piede a Parigi? Non aveva bisogno di Parigi! La conosceva fino all'ultimo angolo puzzolente, la portava con sé dovunque andasse, possedeva Parigi, da anni. Non fabbricare nessuno dei profumi di successo di Baldini, non rivelare nessuna formula? Come se non avesse potuto inventarne altre mille, altrettanto buone o migliori, se solo avesse voluto! Ma non l'avrebbe certo fatto. Non intendeva davvero entrare in concorrenza con Baldini o con qualche altro profumiere di città.

Non mirava a diventare ricco con la sua arte, non voleva neppure vivere della sua arte, se era possibile vivere diversamente. Voleva esternare ciò che aveva dentro di sé, nient'altro, il suo sé, che per lui valeva molto più di tutto quello che poteva offrire il mondo circostante. E quindi le condizioni di Baldini per Grenouille non erano condizioni.

Se ne andò in primavera, un giorno di maggio, la mattina presto. Da Baldini aveva ricevuto un piccolo zaino, una seconda camicia, due paia di calze, una grossa salsiccia, una coperta da cavallo e venticinque franchi. Era molto più di quanto fosse obbligato a dare, disse Baldini, tanto più che Grenouille non aveva pagato un soldo per il costo del tirocinio, per l'istruzione accurata di cui aveva beneficiato. Per obbligo avrebbe dovuto dargli due franchi di congedo, per il resto proprio niente. Tuttavia non poteva rinnegare la propria generosità, come pure la profonda simpatia che nel corso degli anni aveva accumulato nel cuore per il buon Jean-Baptiste. Gli augurava molta fortuna per il suo viaggio e lo esortava ancora una volta insistentemente a non dimenticare il suo giuramento. Con questo lo accompagnò alla porta dell'ingresso di servizio, dove un tempo lo aveva ricevuto, e lo congedò.

Non gli diede la mano, la sua simpatia non si era spinta fino a tal punto. Non gli avrebbe mai dato la mano. In genere aveva sempre evitato di toccarlo, per una sorta di sacro disgusto, come se, toccandolo, potesse correre il rischio di contagiarsi, di contaminarsi. Si limitò a dirgli un breve addio. E Grenouille rispose con un cenno e si curvò e si allontanò. La strada era deserta.

22

Baldini continuò a guardarlo, mentre scendeva giù per il ponte e attraversava l'isola, piccolo, curvo, con lo zaino sulle spalle come una gobba, da dietro simile a un vecchio. In fondo, accanto al palazzo del Parlamento, dove la strada faceva una curva, lo perse di vista e si sentì straordinariamente sollevato.

Quel tipo non gli era mai piaciuto, mai, ora poteva finalmente confessarselo. Per tutto il tempo in cui l'aveva alloggiato sotto il suo tetto e l'aveva sfruttato, non si era mai sentito a suo agio. Si era sentito come uno incensurato che per la prima volta fa una cosa proibita, gioca un gioco con mezzi illeciti. Certo, il rischio che il suo trucco venisse scoperto era stato minimo e la sua prospettiva di successo enorme; ma altrettanto gli erano pesati il nervosismo e la cattiva coscienza. In effetti in tutti quegli anni non c'era stato giorno in cui non fosse stato perseguitato dall'idea sgradevole che in qualche modo avrebbe dovuto pagare per essersi messo con quell'individuo. Se soltanto mi andasse bene! aveva cominciato a pregare con ansia fra sé e sé, se solo riuscissi a mietere il successo di questa rischiosa avventura, senza per questo pagarne le conseguenze! Se solo riuscissi! In verità non è giusto quello che faccio, ma Dio chiuderà un occhio, certo che lo farà! Nel corso della mia vita mi ha punito spesso abbastanza duramente, senza nessun motivo, dunque sarebbe soltanto giusto, se Lui ora si mostrasse conciliante. In che cosa consiste poi la mia colpa, posto che esista? Tutt'al più in questo, che agisco un po' al di fuori del regolamento della corporazione, sfruttando il meraviglioso talento di un individuo non qualificato e spacciando la sua abilità per la mia. Tutt'al più in questo, che ho deviato un poco dalla via dell'onestà artigianale. Tutt'al più in questo, che oggi faccio quello che solo ieri condannavo. Ma è poi un delitto? Alcuni imbrogliano per tutta la vita. Io ho soltanto barato un poco per qualche anno. E soltanto perché il caso mi ha offerto un'occasione unica. Forse non è stato neppure il caso, forse è stato Dio stesso a mandarmi in casa lo stregone, per ricompensarmi del periodo d'umiliazione subìto a causa di Pélissier e dei suoi complici. Forse il decreto divino non è diretto affatto a me, bensì *contro*

Pélissier! Sarebbe ben possibile! E come potrebbe altrimenti Dio punire Pélissier, se non innalzando me? Di conseguenza la mia fortuna sarebbe lo strumento della giustizia divina, e come tale non soltanto potrei, ma dovrei accettarla, senza vergogna e senza il minimo rimorso...

Questo aveva spesso pensato Baldini negli anni trascorsi, la mattina, quando scendeva la scala stretta che portava al negozio; la sera, quando saliva con il contenuto della cassa e contava nella cassaforte le pesanti monete d'oro e d'argento; e la notte, quando giaceva accanto allo scheletro ronfante di sua moglie e non riusciva a dormire per l'ansia che gli causava la sua fortuna.

Ma ora, finalmente, aveva chiuso con i pensieri sinistri. L'ospite inquietante se n'era andato e non sarebbe tornato mai più. Ma la ricchezza restava, ed era certa per tutto l'avvenire. Baldini si portò la mano al petto e attraverso la stoffa della giacca sentì il libriccino sul cuore. Seicento formule vi erano annotate, più di quanto avrebbero mai potuto realizzare generazioni intere di profumieri. Se oggi avesse perduto tutto, soltanto con questo meraviglioso libriccino entro il termine di un anno avrebbe potuto essere di nuovo un uomo ricco. Davvero, che cosa poteva pretendere di più?

Il sole del mattino gli cadeva sul viso dai frontoni delle case dirimpetto, giallo e caldo. Baldini continuava a guardare verso sud la strada che scendeva in direzione del palazzo del Parlamento – era semplicemente troppo bello che di Grenouille non ci fosse più traccia! – e con un sentimento traboccante di gratitudine decise di recarsi il giorno stesso in pellegrinaggio a Notre-Dame, di gettare nella cassetta delle elemosine una moneta d'oro, di accendere tre candele e di ringraziare in ginocchio il Signore per averlo colmato di tanta fortuna e per avergli risparmiato la vendetta.

Ma stupidamente qualcosa intralciò di nuovo i suoi piani, perché al pomeriggio, proprio quando stava per incamminarsi verso la chiesa, si sparse la voce che gli inglesi avevano dichiarato guerra alla Francia. In verità la notizia in sé e per sé non era affatto preoccupante. Ma poiché Baldini giusto in quei giorni stava per inviare a Londra una spedizione di profumi, rimandò la visita a Notre-Dame e si recò invece in città per raccogliere informazioni, e successivamente si diresse alla sua manifattura in Faubourg Saint-Antoine per annullare come prima cosa la spedizione a Londra. La notte poi, a letto, poco prima di addormentarsi, ebbe un'idea geniale: in considerazione degli imminenti conflitti bellici per le colonie del nuovo mondo, avrebbe lanciato un profumo dal nome « Prestige du Québec », un eroico profumo alla resina il cui successo – su questo non c'era dubbio – l'avrebbe compensato ampiamente del mancato affare con l'Inghilterra. Con questo dolce pensiero nella sua sciocca, vecchia testa, che adagiò con sollievo sul cuscino, sotto il quale si avvertiva la gradevole pressione del libriccino di formule, Maître Baldini si addormentò e non si risvegliò mai più in vita sua.

Durante la notte infatti avvenne una piccola catastrofe, la quale, con il debito ritardo, provocò un editto da parte del re, che a poco a poco si demolissero tutte le case su tutti i ponti della città di Parigi: senza apparente motivo, il lato ovest del Pont au Change crollò tra il terzo e il quarto pilone. Due case precipitarono nel fiume, in modo così totale e improvviso, che nessuno degli abitanti poté essere salvato. Fortunatamente si trattava solo di due persone, e cioè di Giuseppe Baldini e di sua moglie Teresa. Gli impiegati se n'erano andati, con o senza permesso, in libera uscita. Chénier, che soltanto nelle prime ore del mattino era tornato a casa leggermente brillo – o piuttosto voleva tornare a casa, perché appunto la casa non c'era più –, subì un tracollo nervoso. Per trent'anni si era cullato nella speranza di essere nominato erede nel testamento di Baldini, che non aveva figli né parenti. E ora, di colpo, tutta l'eredità era svanita, tutto, casa, affari, materie prime, laboratorio, Baldini stesso... persino il testamento, che forse gli avrebbe dato ancora una speranza di entrare in possesso della manifattura!

Nulla fu trovato, non i cadaveri, non la cassaforte, non il libriccino con le seicento formule. L'unica cosa che restò di Giuseppe Baldini, il più grande profumiere d'Europa, fu un sentore molto complesso di muschio, cannella, aceto, lavanda e mille altre sostanze, che fluttuò ancora per parecchie settimane sopra la Senna, da Parigi fino a Le Havre.

PARTE SECONDA

23

Nel momento in cui la casa di Giuseppe Baldini precipitava nel fiume, Grenouille si trovava sulla strada di Orléans. Aveva lasciato dietro di sé l'atmosfera della grande città, e a ogni passo che lo allontanava l'aria attorno a lui diventava più limpida, più pura e più pulita. Era come se si diradasse. Non s'incalzavano più metro per metro centinaia, migliaia di odori diversi in un alternarsi frenetico, ma i pochi che c'erano – l'odore della strada sabbiosa, dei prati, della terra, delle piante, dell'acqua – attraversavano la campagna in lunghe traiettorie gonfiandosi lentamente, lentamente dileguando, quasi mai bruscamente interrotti.

Grenouille avvertiva questa semplicità come una liberazione. Gli odori pacati accarezzavano il suo naso. Per la prima volta in vita sua non doveva aspettarsi a ogni respiro di fiutare qualcosa di nuovo, di inatteso, di ostile o di perdere qualcosa di gradevole. Per la prima volta poteva respirare quasi liberamente, senza dover nel contempo annusare stando all'erta. Diciamo « quasi », perché certo nulla passava del tutto liberamente per il naso di Grenouille. Anche quando non c'era la minima ragione, in lui restava sempre vigile un riserbo istintivo nei confronti di tutto ciò che giungeva dall'esterno e doveva essere immesso in lui. Per tutta la vita, anche nei pochi momenti in cui visse echi di qualcosa di simile alla soddisfazione, alla contentezza, e forse persino alla felicità, preferì espirare anziché inspirare: proprio come lui, anche la sua vita non era cominciata con un'inspirazione fiduciosa, bensì con un grido mortale. Ma a prescindere da questa limitazione, che in lui era un limite costituzionale, quanto più si lasciava alle spalle Parigi tanto meglio Grenouille si sentiva, aveva il respiro sempre più leggero, camminava con un passo sempre più veloce e di tanto in tanto il suo corpo assumeva persino una posizione eretta, dimodoché, visto da lontano, aveva quasi l'aspetto di un comune garzone artigiano, cioè di un individuo del tutto normale.

Era la lontananza dagli uomini a dargli la sensazione della massima libertà. A Parigi la gente viveva più accalcata che in qualsiasi altra città del mondo. Sei o settecentomila persone vivevano a Parigi. Le strade e le piazze brulicavano di gente, e le case ne erano stipate, dalla cantina fin sotto i tetti. Non c'era quasi angolo a Parigi che non fosse popolato, non c'era pietra, non c'era pezzetto di terra che non emanasse odore umano.

Che fosse questa densa esalazione umana ad averlo oppresso per diciotto anni come una greve aria di temporale, Grenouille lo capì solo adesso, nel momento in cui cominciava a sottrarsi a essa. Finora aveva sempre creduto che fosse il mondo in generale, da cui doveva fuggire. Ma non era il mondo, erano gli uomini. Con il mondo – gli sembrava –, con il mondo deserto si poteva convivere.

Il terzo giorno di viaggio giunse nel campo gravitazionale olfattivo di Orléans. Molto prima ancora che qualche segno visibile indicasse la vicinanza della città, Grenouille percepì l'addensarsi delle esalazioni umane nell'aria, e contrariamente al suo proposito originario decise di evitare Orléans. Non voleva che il soffocante clima umano gli guastasse così presto l'appena acquisita libertà di respirare. Descrisse un ampio arco attorno alla città, nei pressi di Châteauneuf raggiunse la Loira e l'attraversò vicino a Sully. Fin lì la sua salsiccia era bastata. Ne acquistò un'altra e quindi, abbandonando il corso del fiume, si diresse verso l'interno del paese.

Ora non evitava più soltanto le città, evitava anche i villaggi. Era come inebriato dall'aria che si diradava sempre più, sempre più lontana dagli uomini. Si avvicinava a un insediamento o a una fattoria isolata soltanto per rifornirsi di provviste, acquistava del pane e spariva di nuovo nei boschi. Dopo qualche settimana cominciarono a dargli fastidio anche gli incontri con i rari viandanti sui sentieri fuori mano, non sopportò più l'odore, che si manifestava puntualmente, dei contadini che mietevano l'erba novella sui prati. Evitava con cura tutte le greggi di pecore, non a causa delle pecore, bensì per sfuggire all'odore dei pastori. Tagliava attraverso i campi, era disposto a fare deviazioni di miglia, quando l'olfatto gli diceva che uno squadrone di soldati a cavallo distante ancora qualche ora si stava dirigendo verso di lui. Non perché lui, come altri garzoni girovaghi e vagabondi, temesse di essere interrogato, richiesto di esibire i documenti e forse obbligato a prestare il servizio militare – non sapeva neppure che c'era la guerra –, ma solo e unicamente perché provava disgusto per l'odore umano dei cavalieri. E così, in modo del tutto spontaneo e senza aver preso nessuna decisione particolare, avvenne che il suo piano di recarsi a Grasse per la via più diretta a poco a poco svanisse; il suo piano si annullò, per così dire, nella libertà, come tutti gli altri piani e propositi. Grenouille non voleva più andare in un luogo, ma soltanto lontano, lontano dagli esseri umani.

Alla fine camminò solo di notte. Durante il giorno si nascondeva nel sottobosco, dormiva tra la sterpaglia, nei luoghi più inaccessibili, appallottolato come un animale, con la coperta da cavallo color terra tirata sul corpo e sulla testa, il naso incuneato nell'incavo del gomito e rivolto verso terra, affinché neanche il minimo odore estraneo turbasse i suoi sogni. Al tramonto si svegliava, fiutava in direzione dei quattro punti cardinali e solo quando il suo olfatto gli aveva assicurato che anche l'ultimo contadino aveva lasciato il campo e anche il viandante più coraggioso aveva trovato un rifugio per l'oscurità imminente, soltanto quando la notte con i suoi supposti pericoli aveva ripulito il paese dagli uomini, Grenouille strisciava fuori dal suo nascondiglio e proseguiva nel suo viaggio. Non aveva bisogno di luce per vedere. Già prima, quando ancora camminava di giorno, spesso aveva tenuto gli occhi chiusi per ore e aveva seguito soltanto il suo naso. L'immagine cruda del paesaggio, l'abbagliamento, la subitaneità e la nitidezza del vedere con gli occhi gli facevano male. Sopportava soltanto la luce della luna. La luce della luna non conosceva colori e si limitava a disegnare debolmente i contorni del paesaggio. Ricopriva la campagna di un grigio sporco, e fermava la vita per una notte. Questo mondo come fuso nel piombo, in cui nulla si muoveva tranne il vento, che talvolta passava come un'ombra sui boschi grigi, e in cui nulla viveva se non gli aromi della nuda terra, era l'unico mondo possibile per lui, poiché era simile al mondo della sua anima.

Così si dirigeva verso sud. All'incirca verso sud, dal momento che non seguiva una bussola magnetica, bensì soltanto la bussola del suo naso, che lo portava ad aggirare qualsiasi città, qualsiasi villaggio, qualsiasi insediamento. Per settimane non incontrò un essere umano. E avrebbe potuto cullarsi nel pensiero tranquillizzante di essere solo in quel mondo oscuro o rischiarato dalla luce fredda della luna, se la sua bussola di precisione non lo avesse fatto ricredere.

Anche di notte c'erano persone. Anche nelle regioni più isolate c'erano persone. Si erano soltanto ritirate nelle loro tane come i ratti, e stavano dormendo. La terra non era monda da loro, poiché anche nel sonno esalavano il loro odore, che attraverso le finestre aperte e attraverso le fessure delle loro abitazioni si insinuava nell'aria e contaminava la natura apparentemente abbandonata a se stessa. Quanto più Grenouille si era abituato all'aria pura, tanto più era diventato sensibile a un tale odore umano, che d'un tratto, del tutto inatteso, gli giungeva fluttuando di notte, atroce come un puzzo di liquame, e tradiva la presenza di un rifugio di pastori o di una capanna di carbonai o di un covo di briganti. E fuggiva sempre più lontano, sempre più sensibile all'odore di uomo che diventava sempre più raro. Così il suo naso lo portò in regioni del paese sempre più isolate, lo allontanò sempre più dagli esseri umani e sempre più lo spinse verso il polo magnetico della solitudine estrema.

Questo polo, cioè il punto più lontano dagli uomini di tutto il regno, si trovava nel massiccio centrale dell'Auvergne, circa cinque giorni di cammino a sud di Clermont, sulla cima di un vulcano alto duemila metri chiamato Plomb du Cantal.

La montagna consisteva in un enorme cono di roccia grigio-piombo, ed era circondata da un altopiano immenso, brullo, coperto soltanto di muschio grigio e di sterpaglia grigia, da cui qua e là s'innalzavano cime rocciose simili a denti cariati e pochi alberi carbonizzati da incendi. Anche nei giorni più luminosi questa regione era talmente triste e inospitale, che il pecoraio più povero di questa provincia già di per sé povera non vi avrebbe mai condotto le sue bestie. E la notte poi, alla pallida luce della luna, nel suo desolato squallore sembrava appartenere a un altro mondo. Persino il bandito auvergnate Lebrun, che avevano cercato ovunque, aveva preferito inoltrarsi nelle Cevenne e là farsi prendere e squartare piuttosto che nascondersi nel Plomb du Cantal, dove è certo che nessuno l'avrebbe cercato e trovato, ma è ugualmente certo che sarebbe morto di una morte per lui ancor peggiore, quella della solitudine a vita. Per miglia e miglia attorno alla montagna non vivevano né esseri umani né comuni animali a sangue caldo, soltanto qualche pipistrello, qualche coleottero e qualche serpente. Da decenni nessuno aveva scalato la cima.

Grenouille arrivò alla montagna in una notte di agosto dell'anno 1756. Quando spuntò l'alba, era in vetta. Non sapeva ancora che il suo viaggio era finito. Pensava che fosse soltanto una tappa del percorso verso atmosfere sempre più pure, e si girò tutt'intorno e lasciò che il suo naso visionasse l'imponente panorama del deserto vulcanico: a est, dove si trovavano il vasto altopiano di Saint-Flour e le paludi del fiume Riou; a nord, nella regione da cui era venuto e dove aveva vagato per giorni attraversando le montagne carsiche; a ovest, da dove la lieve brezza del mattino gli portava soltanto odore di pietra e di erbe dure; e infine a sud, dove le propaggini del Plomb si estendevano per miglia e miglia fino alle gole tenebrose della Truyère. Ovunque, al limite di tutti i punti cardinali, regnava la medesima lontananza dagli uomini, e nello stesso tempo qualsiasi passo in quella direzione avrebbe significato un maggior avvicinamento agli uomini. La bussola girava in tondo. Non indicava più nessuna direzione. Grenouille era giunto alla meta. Ma nello stesso tempo era prigioniero.

Quando si levò il sole, si trovava ancora nello stesso punto, con il naso in aria. Si sforzava disperatamente di fiutare la direzione da cui poteva provenire il minaccioso odore umano, e la direzione opposta in cui doveva continuare a fuggire. In ogni direzione temeva di scoprire ancora una traccia nascosta di odore umano. Ma non c'era nulla. C'era soltanto pace, la pace, se così si può dire, dell'olfatto. Tutt'attorno regnava soltanto l'aroma uniforme, che aleggiava come un lieve fruscio, delle pietre morte, dei licheni grigi e delle erbe disseccate, null'altro.

Grenouille impiegò molto tempo per credere a ciò di cui non sentiva l'odore. Non era preparato alla sua fortuna. La sua diffidenza lottò a lungo con la sua convinzione. Quando il sole si levò, chiamò in aiuto persino i suoi occhi e perlustrò l'orizzonte cercando un minimo segno di presenza umana, il tetto di una capanna, il fumo di un fuoco, uno steccato, un ponte, un gregge. Portò le mani alle orecchie e ascoltò, cercando di percepire l'affilatura di una falce o l'abbaiare di un cane o il grido di un bambino. Tutto il giorno restò immobile nell'ardente calura sulla cima del Plomb du Cantal, cercando invano il più piccolo indizio. Soltanto al tramonto del sole la sua diffidenza si mutò a poco a poco in una sensazione d'euforia sempre più forte: era sfuggito al detestato *odium*! Era davvero totalmente solo! Era l'unico uomo al mondo!

Una gioia immensa proruppe in lui. Come un naufrago, dopo un viaggio di settimane alla deriva, saluta estatico la prima isola abitata da esseri umani, così Grenouille festeggiò il suo arrivo sul monte della solitudine. Emise grida di gioia. Gettò lontano da sé zaino, coperta e bastone e pestò i piedi in terra, levò in alto le braccia, danzò in tondo, urlò il proprio nome ai quattro venti, serrò i pugni e li mostrò con trionfo alla terra che si stendeva vasta sotto di lui e al sole calante, con trionfo, come se lui in persona l'avesse scacciato dal cielo. Si comportò come un insensato fino a notte inoltrata.

25

Trascorse i giorni seguenti a organizzarsi sulla montagna, perché era deciso a non abbandonare tanto presto quel luogo benedetto. Per prima cosa fiutò attorno cercando l'acqua, e la trovò in una fessura della cima, dove scorreva in un rivolo sottile lungo la roccia. Non era molta, ma dopo aver leccato con pazienza per un'ora, aveva quietato il suo bisogno di liquidi per un giorno. Trovò anche del nutrimento, e cioè piccole salamandre e bisce d'acqua, che inghiottì con pelle e ossa dopo averne staccato la testa a morsi. Inoltre divorò licheni ed erbe e bacche secche. Questo modo di nutrirsi del tutto impensabile secondo le norme borghesi non gli causò il minimo disturbo. Già nelle ultime settimane e negli ultimi mesi non si era più nutrito di cibo preparato con sistemi umani come pane, salsiccia e formaggio, ma, quando sentiva lo stimolo della fame, aveva divorato tutto quello che gli era capitato davanti di comunque commestibile. Era tutto tranne che un buongustaio. Non gli interessava affatto il piacere, quando il piacere consisteva in qualcosa di diverso dal puro odore immateriale. Non gli interessava neppure la comodità, e non gli sarebbe dispiaciuto prepararsi il giaciglio sulla nuda pietra. Ma trovò qualcosa di meglio. Accanto al punto dell'acqua scoprì una galleria naturale, che con una quantità di serpentine strette conduceva nell'interno della montagna, per poi, dopo circa trenta metri, terminare in un punto ostruito da un crollo. La fine della galleria era talmente stretta che le spalle di Grenouille urtavano contro la roccia, e talmente bassa che riusciva a stare solo piegato. Ma poteva stare seduto, e se si contorceva, poteva persino mettersi disteso. Era più che sufficiente per le sue necessità di comfort. E poi il luogo offriva vantaggi incalcolabili: in fondo al tunnel persino di giorno regnava l'oscurità più profonda, c'era un silenzio di tomba, e l'aria emanava una frescura umida e salata. L'olfatto di Grenouille avvertì subito che nessun essere vivente era mai penetrato in quella caverna. Fu quasi sopraffatto da un sentimento di timor sacro, quando ne prese possesso. Spiegò a terra con cura la sua coperta da cavallo come se coprisse un altare, e vi si stese sopra. Si sentiva divinamente bene. Si trovava nella montagna più solitaria della Francia, a decine di metri di profondità sotto terra, come nella propria tomba. Non si era mai sentito così al sicuro in vita sua... nel ventre di sua madre no di certo. Che il mondo esterno andasse pure in fiamme, qui non si sarebbe accorto di nulla. Cominciò a piangere in silenzio. Non sapeva chi ringraziare per tanta felicità.

Nel periodo seguente uscì all'aperto soltanto per andare a leccare un po' d'acqua, per liberarsi in fretta della sua orina e dei suoi escrementi e per cacciare sauri e serpenti. Di notte si potevano prendere facilmente, perché si rifugiavano sotto lastre di pietra o in piccole cavità, dove Grenouille li scopriva col proprio naso.

Durante le prime settimane salì ancora qualche volta fino alla cima per fiutare l'orizzonte. Ma presto divenne più una fastidiosa abitudine che una necessità, perché non una sola volta gli era capitato di annusare un pericolo. Così alla fine sospese le sue escursioni, e, dopo aver portato con sé le cose di prima necessità per la pura sopravvivenza, cercava soltanto di rientrare nella sua tomba il più rapidamente possibile. Perché qui, nella sua tomba, viveva veramente. Vale a dire che stava seduto più di venti ore al giorno sulla sua coperta da cavallo in fondo al corridoio di pietra nell'oscurità, nel silenzio e nell'immobilità totali, la schiena appoggiata contro i detriti, le spalle incassate tra le rocce, e bastava a se stesso.

Si sa di uomini che cercano la solitudine: penitenti, falliti, santi o profeti. Si ritirano di preferenza nel deserto, dove vivono di locuste e di miele selvatico. Molti vivono anche in grotte e in eremi su isole fuori mano, oppure si rannicchiano – spettacolare davvero! – entro gabbie, montate in alto su stanghe e oscillanti nell'aria. Lo fanno per essere più vicini a Dio. Si mortificano con l'isolamento, e se ne servono per far penitenza. Agiscono nella convinzione di condurre una vita gradita a Dio. Oppure aspettano per mesi o anni che nell'isolamento giunga loro un messaggio divino, che poi vogliono diffondere il più rapidamente possibile tra gli uomini.

Nulla di tutto questo valeva per Grenouille. Dio non gli passava neanche per la testa. Non faceva penitenza e non si aspettava illuminazioni dall'alto. Si era isolato dagli uomini soltanto per il proprio particolare piacere, soltanto per essere vicino a se stesso. Era immerso nella propria esistenza, non più distratta da altre cose, e lo trovava splendido. Giaceva nella tomba di roccia come il cadavere di se stesso, respirando appena, quel tanto da far battere il suo cuore... e tuttavia viveva in modo così intenso e sfrenato, come mai un uomo di mondo aveva vissuto nel mondo.

26

Teatro di queste sfrenatezze era – e come avrebbe potuto essere altrimenti! – il suo impero interiore, in cui aveva sepolto i tratti fondamentali di tutti gli odori nei quali si era imbattuto. Al fine di rallegrarsi l'animo, evocò dapprima gli odori più antichi, più remoti: l'esalazione fumosa e ostile della camera da letto di Madame Gaillard; l'odore secco e coriaceo delle sue mani; il fiato dal sentore d'aceto di padre Terrier; il sudore isterico, caldo e materno della balia Bussie; il puzzo di cadaveri del Cimetière des Innocents; l'odore d'assassina di sua madre. E sguazzava nel disgusto e nell'odio, e gli si rizzavano i capelli in testa di piacevole orrore.

Talvolta, quando questo aperitivo di nefandezze non lo aveva animato a sufficienza, si permetteva anche una piccola digressione su Grimal, e gustava il puzzo delle pelli grezze, carnose, e delle conce, oppure immaginava le esalazioni riunite di seicentomila parigini nella calura afosa e opprimente della piena estate.

E poi d'un tratto – questo era il senso dell'esercizio – il suo odio accumulato erompeva con potenza orgiastica. Piombava come un temporale su questi odori che si erano permessi di offendere il suo illustre naso. Li tempestava come fa la grandine su un campo di grano, polverizzava quelle carogne come un uragano e le annegava in un immenso diluvio purificatore di acqua distillata. Così giusta era la sua collera. Così grande la sua vendetta. Ah! Che momento sublime! Grenouille, quel piccolo uomo, tremava dall'eccitazione, il suo corpo si torceva in voluttuoso piacere e s'inarcava verso l'alto, dimodoché per un momento urtava con la testa contro il tetto della galleria, per poi ricadere lentamente indietro e rimanere disteso, rilassato e profondamente soddisfatto. Era davvero troppo piacevole questo gesto eruttivo di estinzione di tutti gli odori sgradevoli, davvero troppo piacevole... Questo numero era quasi il preferito in tutta la successione scenica del suo grande teatro interiore, poiché comunicava quel sentimento meraviglioso del giusto sfinimento che fa seguito soltanto alle imprese davvero importanti, eroiche.

Ora poteva riposarsi per un poco con la coscienza a posto. Si stese, con il suo corpo, per quanto gli era possibile, in quell'angusta stanza di pietra. Ma dentro di sé, sulle praterie ripulite del suo animo, si stese comodamente in tutta la sua lunghezza e si mise a fantasticare, lasciandosi solleticare il naso da profumi raffinati: una brezza aromatica, portata dai prati a primavera; un tiepido vento di maggio, che scorre attraverso le prime foglie verdi dei faggi; una brezza marina, acre come le mandorle salate. Era il tardo pomeriggio, quando si levò... tardo pomeriggio per così dire, perché naturalmente non c'erano né pomeriggio né mattina, né alba né tramonto, non c'era luce e non tenebra, non c'erano neppure prati di primavera, né foglie verdi di faggi... nell'universum interiore di Grenouille non esistevano affatto le cose, bensì soltanto i profumi delle cose. (Quindi parlare di questo universum come di un paesaggio è una *façon de parler*, sicuramente adeguata e l'unica possibile, perché la nostra lingua è inadatta a descrivere il mondo percepibile con l'olfatto.) Era comunque il tardo pomeriggio, intendo una condizione e un momento dell'animo di Grenouille simili a quelli che si verificano al sud alla fine della siesta, quando la paralisi del mezzogiorno si ritira a poco a poco dal paesaggio e la vita trattenuta vuole ricominciare. La furente calura – nemica degli aromi sublimi – si era dileguata, la marmaglia diabolica era stata sgominata. Le contrade interne erano nude e docili nella quiete lasciva del risveglio, e attendevano che la volontà del loro signore si manifestasse.

E Grenouille si levò – come abbiamo detto – e si scosse il sonno dalle membra. Stava in piedi, il grande Grenouille interiore, ritto come un gigante, in tutta la sua magnificenza e grandezza, splendido a vedersi – quasi un peccato che nessuno lo vedesse! – e si guardava attorno, fiero e maestoso.

Sì! Questo era il suo regno! Il regno incomparabile di Grenouille! Creato e dominato da lui, l'incomparabile Grenouille, saccheggiato da lui, a suo piacimento, e poi riedificato, esteso da lui nell'incommensurabile e difeso con la spada fiammeggiante contro qualsiasi intruso. Qui vigeva unicamente la sua volontà, la volontà del grande, meraviglioso, incomparabile Grenouille. E dopo aver annientato i cattivi odori del passato, ora voleva soltanto che il suo regno esalasse profumi. E andò con passo possente per i campi a maggese e seminò profumi delle specie più diverse, qua in abbondanza, là con parsimonia, in piantagioni di enorme vastità e in piccole aiuole intime, spargendo i semi a pugni o interrandoli a uno a uno in luoghi appositamente scelti. Fin nelle regioni più remote del suo regno imperversò il Grande Grenouille, il folle giardiniere, e presto non ci fu più angolo in cui non avesse gettato un granulo di profumo.

E quando vide che ciò era bene e che tutto il paese era invaso dal divino seme di Grenouille, il Grande Grenouille fece scendere una pioggia di alcool etilico, lieve e continua, e tutto ovunque cominciò a germogliare e a spuntare, e la semenza germinò, sicché il cuore ne gioiva. Già le piantagioni erano tutte un rigoglioso ondeggiare, e nei giardini nascosti gli steli erano in succhio. Le gemme dei fiori quasi scoppiavano dal loro involucro.

Allora il Grande Grenouille ordinò alla pioggia di fermarsi. E ciò avvenne. Ed egli inviò alla terra il sole tiepido del suo sorriso, grazie al quale, d'un tratto, sbocciarono milioni di fiori in tutto il loro splendore, da un capo all'altro del regno, in un unico tappeto variopinto tessuto con miriadi di flaconi di prezioso profumo. E il Grande Grenouille vide che ciò era bene, molto, molto bene. E alitò sopra la terra. E i fiori, accarezzati, diffusero profumo e unirono le loro miriadi di profumi in un universale profumo di omaggio, fatto di un alternarsi sempre mutevole e tuttavia costante, a lui, il Grande, l'Unico, il Meraviglioso Grenouille, ed egli, troneggiante su un'odorosa nuvola d'oro, questa volta inspirò con le narici, e l'odore del sacrificio gli era gradito. E si degnò di benedire la sua creazione più volte, ed essa lo ringraziò con giubilo ed esultanza e reiterati getti di sublime profumo. Nel frattempo era calata la sera, e i profumi si diffusero nell'aria e nel blu della notte si unirono in note sempre più fantastiche. Era imminente una vera e propria notte danzante con grandi, giganteschi fuochi d'artificio profumati.

Ma ora il Grande Grenouille era un po' stanco, e sbadigliò e parlò: « Ecco, ho compiuto una grande opera e mi piace molto. Ma, come tutto ciò che è finito, comincia ad annoiarmi. Mi ritirerò, e per congedarmi da questo giorno laborioso, mi godrò ancora una piccola gioia nei recessi del mio cuore ».

Così parlò il Grande Grenouille, e mentre sotto di lui il semplice popolo dei profumi danzava e faceva festa, volò ad ali spiegate giù dalla nuvola d'oro e, attraverso il paesaggio notturno della sua anima, tornò a casa, nel suo cuore.

27

Ah! com'era piacevole tornare a casa! Il duplice compito di vendicatore e generatore di mondi affaticava non poco, e lasciarsi poi festeggiare per ore dalla propria prole non era certo il riposo migliore. Stanco degli obblighi della creazione e della rappresentazione divina, il Grande Grenouille aveva nostalgia delle gioie domestiche.

Il suo cuore era un castello purpureo. Giaceva in un deserto di pietra, nascosto da dune, circondato da un'oasi di fango e dietro sette mura di pietra. Si poteva raggiungere soltanto in volo. Possedeva mille stanze e mille cantine e mille eleganti salotti, uno dei quali era provvisto di un semplice divano purpureo, sul quale Grenouille, che adesso non era più il Grande Grenouille, bensì il Grenouille del tutto privato o semplicemente il caro Jean-Baptiste, soleva riposare dalle fatiche del giorno.

Ma nelle stanze del castello c'erano scaffali da terra fino al soffitto, e là si trovavano tutti gli odori che Grenouille aveva raccolto nel corso della sua vita, molti milioni. E nelle cantine del castello c'erano botti che contenevano i migliori profumi della sua vita. Quando erano giunti a maturazione, venivano travasati in bottiglie collocate poi in corridoi freschi e umidi lunghi chilometri, ordinate secondo l'annata e la provenienza, e ce n'erano tante, che non bastava una vita per gustarle tutte.

E quando il caro Jean-Baptiste, finalmente rientrato nel suo *chez soi*, si era steso sul suo semplice divano domestico nel salotto purpureo — aveva infine tolto gli stivali, per così dire — batteva le mani e chiamava i suoi servi, che erano invisibili, impalpabili, impercettibili e inodori, cioè servi del tutto immaginari, e ordinava loro di recarsi nelle stanze e di prendere questo o quel volume dalla grande biblioteca degli odori, e di scendere in cantina per portargli da bere. Si affrettavano, i servi immaginari, e lo stomaco di Grenouille si torceva in tormentosa attesa. D'un tratto si sentiva come un beone davanti al banco di mescita, colto dalla paura che per qualche ragione gli possano rifiutare il bicchierino d'acquavite ordinato. Che cosa sarebbe accaduto se di colpo le cantine e le stanze fossero state vuote, se il vino nelle botti si fosse guastato? Perché lo facevano aspettare? Perché non arrivavano? Aveva bisogno di quella roba subito, ne aveva bisogno con urgenza, la bramava, sarebbe morto all'istante se non l'avesse avuta.

Ma calma, Jean-Baptiste! Calma, mio caro! Verranno, porteranno ciò che desideri. I servi già arrivano in volo. Su un vassoio invisibile portano il libro degli odori, con mani invisibili biancoguantate portano le preziose bottiglie, le depongono con estrema cautela, s'inchinano e scompaiono.

E lasciato di nuovo solo — finalmente! — Jean-Baptiste afferra gli odori desiderati, apre la prima bottiglia, si mesce un bicchiere fino all'orlo, lo porta alle labbra e beve. Beve il bicchiere di odore fresco in un sol colpo, ed è squisito! È così buono, così liberante, che il buon Jean-Baptiste ha gli occhi pieni di lacrime di gioia, e subito si mesce il secondo bicchiere di questo aroma: un aroma dell'anno 1752, colto in primavera prima del tramonto sul Pont Royal, con il naso rivolto a ovest, da dove giungeva una leggera brezza frammista di odore di mare, odore di bosco e lieve odor di catrame delle barche ormeggiate a riva. Era l'aroma di quella prima notte prossima alla fine che aveva trascorso a Parigi vagabondando senza il permesso di Grimal. Era l'odore fresco del giorno che si avvicinava, della prima alba vissuta in libertà. Quell'odore allora gli aveva promesso la libertà. Gli aveva promesso una vita diversa. L'odore di quel mattino per Grenouille era un odore di speranza. Lo serbava con cura. E ogni giorno ne beveva un poco.

Dopo aver vuotato il secondo bicchiere, svanirono tutti i suoi nervosismi, svanirono i dubbi e le incertezze, e una quiete meravigliosa s'impossessò di lui. Premette la schiena contro i soffici cuscini del divano, aprì un libro e cominciò a leggere nei suoi ricordi. Lesse degli odori della sua infanzia, degli odori della scuola, degli odori delle strade e degli angoli della città, degli odori umani. Ed era scosso da brividi piacevoli, perché erano proprio gli odori odiati, quelli che aveva scacciato, a essere evocati. Con interesse e ripugnanza Grenouille leggeva nel libro degli odori disgustosi, e quando l'avversione prevaleva sull'interesse, si limitava a chiudere il libro, lo metteva via e ne prendeva un altro.

Nel frattempo beveva senza tregua nobili aromi. Dopo la bottiglia con l'aroma della speranza, ne stappò una dell'anno 1744, piena del caldo odore del legno che si trovava davanti alla casa di Madame Gaillard. E dopo questa bevve una bottiglia di un aroma di sera estiva, carico di profumi e olezzante di fiori, raccolto al margine di un parco a Saint-Germain-des-Près, anno 1753.

Adesso era traboccante di profumi. Le sue membra affondavano sempre più nei cuscini. Il suo spirito s'inebriava meravigliosamente. E tuttavia non era ancora giunto alla fine del banchetto. In verità i suoi occhi non riuscivano più a leggere, da tempo il libro gli era scivolato dalle mani: ma non voleva concludere la serata senza aver prima vuotato l'ultima bottiglia, la più squisita: era l'aroma della fanciulla di Rue des Marais...

Lo bevve con raccoglimento, e a tale scopo si mise ritto sul divano, sebbene ciò gli costasse fatica, perché a ogni movimento il salotto purpureo oscillava e girava attorno a lui. In atteggiamento da scolaro – le ginocchia premute l'una contro l'altra, i piedi uniti, la mano sinistra appoggiata sulla coscia sinistra –, così il piccolo Grenouille bevve l'aroma più prezioso delle cantine del suo cuore, un bicchiere dopo l'altro, e nel frattempo divenne sempre più triste. Sapeva che stava bevendo troppo. Sapeva che non avrebbe sopportato tanta bontà. E tuttavia bevve fino a vuotare la bottiglia: attraversò il passaggio buio che dalla strada portava al cortile interno. Si diresse verso la luce. La fanciulla era seduta e apriva le mirabelle con il coltello. Da lontano esplodevano i razzi e i petardi dei fuochi d'artificio...

Depose il bicchiere e restò seduto ancora qualche minuto, come impietrito dal sentimentalismo e dall'ubriachezza, fino a che anche l'ultimo residuo di sapore scomparve dalla sua lingua. Guardava con occhi fissi dinanzi a sé. D'un tratto il suo cervello si era svuotato come le bottiglie. Poi si rovesciò di lato sul divano purpureo e piombò da un momento all'altro in un torpido sonno.

Nello stesso momento anche il Grenouille esterno si addormentò sulla sua coperta da cavallo. E il suo sonno fu altrettanto profondo quanto quello del Grenouille interno, perché le imprese erculee e gli eccessi di quest'ultimo avevano sfinito allo stesso modo anche l'altro: dopo tutto entrambi erano sempre la stessa e unica persona.

In ogni modo, quando si svegliò non si svegliò nel salotto purpureo del suo castello purpureo dietro le sette mura, e neppure nelle contrade profumate di primavera della sua anima, bensì soltanto nella segreta di pietra alla fine del tunnel, sulla dura terra e nell'oscurità. E si sentiva malissimo per la fame e per la sete, e infreddolito e miserabile come un beone incallito dopo una notte trascorsa in gozzoviglie. Strisciò fuori della galleria a carponi.

Fuori era un'ora qualsiasi del giorno, forse l'inizio o la

fine della notte, ma anche a mezzanotte la chiarità della luce siderale trafiggeva i suoi occhi come una punta di spillo. L'aria gli sembrava polverosa, pungente, gli irritava i polmoni, il paesaggio era duro, Grenouille inciampava contro le pietre. E anche gli odori più delicati sembravano acri e corrosivi al suo naso disabituato al mondo. Grenouille, la zecca, era diventato sensibile come un granchio che ha lasciato il suo guscio e di notte vaga per il mare.

Si diresse verso il punto dell'acqua, leccò l'umidità dalla parete per una, due ore, era una tortura, il tempo non passava mai, quel tempo in cui il mondo reale gli bruciava la pelle. Strappò qualche brandello di muschio dalle pietre, lo inghiottì di furia, si accucciò, cagò mentre mangiava – in fretta, in fretta, tutto doveva accadere in fretta – e, come se fosse stato un piccolo animale dalla carne tenera e in cielo stessero già volando in cerchio i rapaci, tornò di corsa alla sua caverna e s'inoltrò sino alla fine della galleria, dove c'era la sua coperta da cavallo. Qui finalmente era di nuovo al sicuro.

Si appoggiò contro il cumulo di detriti, allungò le gambe e attese. Ora doveva tenere il corpo totalmente immobile, immobile come una botte che per troppo movimento rischia di traboccare. A poco a poco riuscì a dominare il respiro. Il suo cuore agitato prese a battere più lento e l'onda interna di marea si placò lentamente. E d'un tratto la solitudine calò sul suo animo come una nera superficie di specchio. Chiuse gli occhi. La porta oscura del suo io si spalancò, ed egli vi entrò. La successiva rappresentazione del teatro interiore di Grenouille ebbe inizio.

2 8

Così avvenne giorno per giorno, settimana per settimana, mese per mese. Così avvenne per sette anni interi.

Durante questo periodo nel mondo esterno c'era la guerra, e precisamente una guerra mondiale. Si combatté in

Slesia e in Sassonia, ad Hannover e nel Belgio, in Boemia e in Pomerania. Le truppe del re morirono nell'Essen e in Westfalia, nelle Baleari, in India, nel Mississippi e nel Canada, quando non erano già morte di tifo durante il viaggio d'andata. La guerra costò la vita di un milione di uomini, al re di Francia costò il suo impero coloniale, e a tutti gli Stati partecipanti tanto denaro che essi infine col cuore oppresso decisero di porvi termine.

Durante questo periodo una volta, d'inverno, Grenouille stava per morire congelato senza accorgersene. Restò cinque giorni nel salotto purpureo, e quando si svegliò nella galleria non riusciva più a muoversi dal freddo. Richiuse subito gli occhi per dormire fino alla morte. Ma poi ci fu un improvviso aumento della temperatura, che lo sgelò e lo salvò.

Una volta la neve era così alta che non ebbe più la forza di trascinarsi fino ai licheni. Allora si nutrì di pipistrelli congelati.

Un'altra volta un corvo morto giaceva davanti alla grotta. Mangiò anche quello. Furono gli unici avvenimenti del mondo esterno di cui prese conoscenza in sette anni. Per il resto visse soltanto nella sua montagna, soltanto nel regno della sua anima da lui stesso creato. E sarebbe rimasto là fino alla morte (poiché nulla gli mancava), se non si fosse verificata una catastrofe, che l'avrebbe scacciato dalla montagna e risputato nel mondo.

29

La catastrofe non fu un terremoto, né un incendio del bosco, né una frana, né un crollo della galleria. Non fu affatto una catastrofe esterna, bensì interna, e quindi tanto più grave, in quanto bloccò la via di scampo privilegiata di Grenouille. Avvenne nel sonno. Per meglio dire in sogno. O piuttosto, nel sogno nel sonno nel cuore nella sua fantasia.

Era disteso sul divano nel salotto purpureo e dormiva. Intorno a lui c'erano le bottiglie vuote. Aveva bevuto enormemente, alla fine addirittura due bottiglie del profumo della fanciulla dai capelli rossi. Probabilmente era stato eccessivo, perché il suo sonno, per quanto di una profondità simile alla morte, questa volta non fu privo di sogni, bensì pervaso da scie di sogni spettrali. Queste scie erano tracce chiaramente riconoscibili di un odore. Dapprima passarono sotto il naso di Grenouille in traiettorie sottili, poi divennero più dense, come nubi. Adesso era come se si trovasse in mezzo a una palude, da cui saliva la nebbia. La nebbia saliva lenta sempre più in alto. Presto Grenouille fu completamente avvolto dalla nebbia, intriso di nebbia, e tra i vapori della nebbia non c'era più un filo d'aria pura. Se non voleva soffocare, doveva respirare questa nebbia. E la nebbia era, come si è detto, un odore. E Grenouille sapeva anche quale odore. La nebbia era il suo odore personale. L'odore personale di lui, di Grenouille, questo era la nebbia.

E ora la cosa più spaventosa era che Grenouille, sebbene sapesse che quest'odore era il *suo* odore, non riusciva a sentirlo. Totalmente sommerso dal suo sé, per nulla al mondo riusciva a sentire il proprio odore!

Quando lo capì con chiarezza, dette in un grido terribile, come se stesse bruciando vivo. Il grido fece crollare le pareti del salotto purpureo, le mura del castello, gli uscì dal cuore e attraversò fossati e paludi e deserti, imperversò per il paesaggio notturno della sua anima come una tempesta di fuoco, tuonò dalla sua bocca attraverso la tortuosa galleria e risuonò fuori nel mondo, lontano, oltre l'altopiano di Saint-Flour... come se la montagna stessa gridasse. E Grenouille si svegliò al proprio grido. Mentre si svegliava, annaspò furiosamente attorno a sé, come se avesse dovuto scacciare la nebbia invisibile che voleva soffocarlo. Era spaventato a morte, tremava da capo a piedi, di pura angoscia mortale. Se il grido non avesse lacerato la nebbia, sarebbe annegato in se stesso: una morte atroce. Gli venivano i brividi a ripensarci. E mentre era ancora seduto, tremante, e cercava di radunare i suoi pensieri confusi e angosciati, sapeva già una cosa con certezza assoluta: avrebbe cambiato vita, foss'anche solo per non sognare un sogno così atroce una seconda volta. Non avrebbe retto a una seconda volta.

Si gettò sulle spalle la coperta da cavallo e strisciò fuori all'aperto. Fuori era giusto mattina, una mattina di fine febbraio. Il sole splendeva. La terra sapeva di pietra umida, di muschio e d'acqua. Il vento portava già con sé un lieve profumo di anemoni. Davanti alla caverna si accucciò a terra. La luce del sole lo scaldava. Inspirò l'aria fresca. Rabbrividiva ancora ripensando alla nebbia a cui era sfuggito, ed ebbe un fremito di piacere quando sentì il calore sulla schiena. Era pur bello che questo mondo esterno continuasse a esistere, foss'anche soltanto come punto di fuga. Inconcepibile l'orrore, se all'uscita dalla caverna non avesse più trovato un mondo! Non una luce, non un odore, nulla di nulla: soltanto quell'orribile nebbia, dentro, fuori, ovunque...

A poco a poco lo shock passò. A poco a poco la morsa dell'angoscia si allentò, e Grenouille cominciò a sentirsi più sicuro. Verso mezzogiorno aveva riacquistato il suo sangue freddo. Mise sotto il naso il dito indice e il medio della mano sinistra e respirò attraverso il dorso delle dita. Sentì l'aria di primavera, umida e sapida di anemoni. Dalle proprie dita non sentì provenire odore. Girò la mano e fiutò il suo lato interno. Avvertì il calore della mano, ma non sentì alcun odore. Allora si rimboccò una manica della camicia e affondò il naso nell'incavo del gomito. Sapeva che questo era il punto in cui tutti gli esseri umani hanno odore di sé. Tuttavia non sentì odore alcuno. Non sentì nulla neppure sotto la sua ascella, nulla sui piedi, nulla sul sesso, verso il quale si chinò per quanto poteva. Era grottesco: lui, Grenouille, che riusciva a fiutare qualsiasi altro essere umano a distanza di miglia, non era in grado di sentire l'odore del proprio sesso a distanza di meno di una spanna! Ciò nonostante non si lasciò prendere dal panico, ma, riflettendo con calma, disse a se stesso: « Non è che io non abbia odore, perché tutto ha un odore. Piuttosto non sento l'odore che ho perché da quando sono nato ho sentito il mio odore ogni giorno, e quindi il mio naso è diventato insensibile al mio odore personale. Se potessi separare da me il mio odore, o almeno una parte di esso, e tornare ad annusarlo dopo un certo periodo di disassuefazione, riuscirei a sentirlo – e quindi a sentirmi – perfettamente ».

Posò a terra la coperta da cavallo e si tolse i vestiti, o per lo meno ciò che ancora era rimasto dei suoi vestiti, i brandelli, gli stracci. Non se li era tolti di dosso per sette anni. Dovevano essere impregnati del suo odore da cima a fondo. Li ammucchiò l'uno sull'altro davanti all'ingresso della caverna e si allontanò. Poi, per la prima volta dopo sette anni, risalì di nuovo sulla cima della montagna. Là si fermò di nuovo nello stesso punto in cui si era fermato un tempo al suo arrivo, volse il naso a ovest e lasciò fischiare il vento attorno al suo corpo nudo. Era sua intenzione esporsi tutto all'aria, impregnarsi totalmente nel vento dell'ovest – il che significava dell'odore del mare e delle praterie umide – in modo tale che esso prevalesse sull'odore del suo corpo e quindi potesse crearsi un dislivello olfattivo tra lui, Grenouille, e i suoi vestiti, che lui poi avrebbe potuto percepire chiaramente. E affinché al suo naso arrivasse la minima quantità possibile del suo odore, chinò in avanti la parte superiore del corpo, allungò il collo per quanto poteva nella direzione del vento e stese le braccia all'indietro. Aveva l'aspetto di un nuotatore che sta per buttarsi in acqua.

Rimase immobile parecchie ore in questa posizione estremamente ridicola, per cui la sua pelle, disabituata al sole e bianca come quella di un verme, benché il sole fosse debole, si colorò di un rosso-aragosta. Verso sera ridiscese in direzione della caverna. Già da lontano vide il mucchio dei suoi vestiti. Durante gli ultimi metri si turò il naso e lo stappò di nuovo soltanto dopo averlo abbassato a contatto del mucchio. Provò ad annusare come aveva imparato da Baldini, inspirò l'aria in un colpo e la lasciò uscire a tappe. Per trattenere l'odore, mise entrambe le mani a campana sopra i vestiti, e in essa affondò il naso come fosse un batacchio. Fece tutto il possibile per tirar fuori il proprio odore dai vestiti. Ma lì il suo odore non c'era. Decisamente non c'era. C'erano mille altri odori. Odore di pietra, di sabbia, di muschio, di resina, di sangue di corvo... si percepiva ancora con chiarezza persino l'odore della salsiccia che aveva acquistato anni prima vicino a Sully. I vestiti contenevano un diario olfattorio degli ultimi anni sulla montagna. L'unica cosa che non contenevano era il suo odore personale, l'odore di colui che nel frattempo li aveva portati ininterrottamente.

Allora cominciò a provare una certa ansia. Il sole era tramontato. Stava ritto, nudo, accanto all'ingresso del tunnel, nel cui fondo buio aveva vissuto per sette anni. Il vento soffiava gelido, e aveva freddo, ma non s'accorgeva d'aver freddo, perché in lui c'era il contrario del freddo, cioè la paura. Non era la stessa paura che aveva provato in sogno, quella paura atroce dell'essere-soffocato-da-sé stesso, che bisognava scuotersi di dosso a ogni costo e cui era riuscito a sfuggire. Ciò che provava adesso era la paura di non conoscere bene se stesso. Era l'opposto dell'altra paura. A essa non poteva sfuggire, doveva invece affrontarla. Doveva sapere senza alcun dubbio – anche se questo riconoscimento era terribile – se possedeva un odore oppure no. E doveva saperlo immediatamente. Subito.

S'inoltrò di nuovo nella galleria. Già dopo pochi metri fu circondato dalla totale oscurità, ma si trovò a suo agio, come in piena luce. Aveva percorso la stessa via migliaia di volte, conosceva ogni passo e ogni curva, riconosceva all'odore ogni punta rocciosa pendente e ogni minima sporgenza di pietra. Trovare la via non era difficile. Difficile era lottare contro il ricordo del sogno claustrofobico, che saliva in lui sempre più, come l'onda di una marea, man mano che procedeva. Tuttavia si faceva coraggio. O meglio, con la paura di non sapere combatteva la paura di sapere, e la superava, perché sapeva di non avere scelta. Quando giunse alla fine della galleria, là dove si ergeva il cumulo di detriti, entrambe le paure lo abbandonarono. Si sentiva tranquillo, la sua mente era del tutto lucida e il suo naso aguzzo come uno scalpello. Si accucciò a terra, coprì gli occhi con le mani e annusò. In questo luogo, in questa tomba di pietra lontana dal mondo, aveva vissuto disteso per sette anni. Se un luogo al mondo poteva sapere di lui, doveva essere questo. Respirò lentamente. Verificò con attenzione. Si prese tempo per giudicare. Rimase accucciato per un quarto d'ora. Aveva una memoria infallibile e sapeva con certezza quello che aveva annusato sette anni prima nello stesso punto: odore di pietra e di frescura umida e salata, e così pura che nessun essere vivente, uomo o animale, poteva mai essere arrivato in quel luogo... Esattamente l'odore di adesso.

Rimase accucciato ancora per un poco, molto tranquillo, annuendo soltanto lievemente con il capo. Poi si girò e andò verso l'esterno, dapprima curvo, poi, quando l'altezza della galleria lo permise, in posizione eretta.

Fuori indossò i suoi stracci (le sue scarpe erano marcite già da anni), si mise sulle spalle la coperta da cavallo e quella notte stessa abbandonò il Plomb du Cantal, dirigendosi a sud.

30

Aveva un aspetto orribile. I capelli gli arrivavano fino alle ginocchia, la barba, pur se non folta, fino all'ombelico. Le sue unghie erano come artigli d'uccello, e sulle braccia e le gambe, dove gli stracci non arrivavano a coprire il corpo, la pelle gli cadeva a brandelli.

I primi uomini in cui s'imbatté, contadini in un campo vicino alla città di Pierrefort, corsero via gridando, quando lo videro. Nella città stessa invece fece sensazione. Le persone si radunarono a centinaia per fissarlo a bocca aperta. Più d'uno lo prese per un galeotto fuggito. Molti dissero che non era un vero e proprio essere umano, bensì un misto tra un uomo e un orso, una sorta di creatura dei boschi. Uno, che un tempo era stato per mare, affermò che aveva l'aria di appartenere a una tribù selvaggia di indigeni della Caienna, che si trovava al di là del grande oceano. Lo condussero davanti al *maire*. Là, con stupore dei presenti, egli esibì il suo diploma di garzone, aprì la bocca, e con parole un po' gorgoglianti – erano infatti le prime parole che pronunciava dopo una pausa di sette anni – ma ben comprensibili, raccontò che durante il viaggio era stato sorpreso dai briganti, rapito e tenuto prigioniero in una caverna per sette anni. Durante questo periodo non aveva visto né la luce del sole né un essere umano, era stato nutrito mediante un cesto deposto nell'oscurità da una mano invisibile e infine liberato con una scala a pioli, senza sapere perché e senza aver mai visto i suoi rapitori o i suoi salvatori. Aveva escogitato questa storia perché gli sembrava più credibile della verità, e in effetti lo era, dato che simili attacchi briganteschi non erano affatto rari nelle montagne dell'Auvergne, della Languedoc e nelle Cevenne. Comunque il *maire* la mise prontamente a verbale e riferì l'accaduto al marchese de la Taillade-Espinasse, feudatario della città e membro del Parlamento a Tolosa.

Fin dai quarant'anni, il marchese aveva girato le spalle alla vita di corte di Versailles, si era ritirato nei suoi possedimenti e là aveva vissuto per le scienze. Dalla sua penna era uscita un'importante opera sull'economia nazionale dinamica, nella quale proponeva l'abolizione di tutte le imposte sulla proprietà terriera e sui prodotti agricoli, come pure l'introduzione di un'imposta sul reddito progressiva al contrario, che colpisse più duramente i più poveri, costringendoli in tal modo a sviluppare maggiormente le loro attività economiche. Incoraggiato dal successo del libretto, redasse un trattato sull'educazione di giovanetti e giovanette in età tra i cinque e i dieci anni, quindi si rivolse all'agricoltura sperimentale e tentò di coltivare un prodotto ibrido animal-vegetale per ottenere il latte, una specie di fiore-mammella, trasferendo sperma di toro su diverse specie d'erba. Dopo alcuni successi iniziali, che lo misero in grado persino di produrre un formaggio fatto di latte erbaceo, il quale fu definito dall'Accademia Scientifica di Lione « di gusto caprino, anche se leggermente più amaro », dovette sospendere i suoi tentativi a causa dei costi enormi dello sperma di toro sparso a ettolitri sui campi. Comunque, l'occuparsi di problemi biologico-agrari aveva destato il suo interesse non soltanto per la cosiddetta zolla di terra, bensì per la terra in generale e per il suo rapporto con la biosfera.

Aveva appena terminato i lavori pratici sul fiore che produceva latte, che si buttò tutto con indomito slancio da scienziato in un grosso saggio sui nessi tra la vicinanza alla terra e l'energia vitale. Sosteneva la tesi che la vita potesse svilupparsi soltanto a una certa distanza dalla terra, poiché la terra stessa emanava di continuo un gas di putrefazione, un cosiddetto « fluidum letale », che paralizzava le energie vitali e prima o poi portava definitivamente alla morte. Per questo tutte le cose vive tendevano ad allontanarsi dalla terra con la crescita, cioè crescevano di là da essa e non dentro di essa; per questo protendevano verso il cielo le loro parti più preziose: il grano la spiga, il fiore i suoi petali, l'uomo la testa; e sempre per questo, quando l'età li incurvava e li piegava di nuovo verso terra, dovevano necessariamente soggiacere al gas letale, nel quale infine dopo la morte si trasformavano anch'essi mediante il processo di decomposizione.

Quando all'orecchio del marchese de la Taillade-Espinasse giunse la notizia che a Pierrefort avevano trovato un individuo che aveva dimorato per sette anni in una caverna – quindi totalmente circondato dalla terra, elemento di putrefazione – egli non stette più nella pelle dall'entusiasmo, e ordinò subito che portassero Grenouille nel suo laboratorio, dove lo sottopose a un'analisi minuziosa. Trovò la sua teoria confermata con la massima evidenza: il « fluidum letale » aveva già colpito Grenouille al punto che il suo corpo di venticinquenne manifestava chiaramente fenomeni di decadenza senile. Soltanto la circostanza – spiegò Taillade-Espinasse – che a Grenouille durante la sua prigionia avessero somministrato cibo proveniente da piante lontane dalla terra, probabilmente pane e frutta, gli aveva impedito di morire. Ora il precedente stato di salute si poteva ripristinare soltanto espellendo radicalmente il « fluidum » mediante un apparecchio di ventilazione ad aria vitale escogitato da lui, Taillade-Espinasse. Un simile apparecchio si trovava nel sottotetto del suo palazzo di città a Montpellier, e se Grenouille era pronto a mettersi a disposizione quale oggetto di dimostrazione scientifica, lui non soltanto l'avrebbe liberato dalla sua immediata infezione da gas naturale, ma gli avrebbe anche regalato una bella somma di denaro...

Due ore dopo erano seduti in carrozza. Sebbene le strade si trovassero in condizioni miserabili, percorsero le sessantaquattro miglia per arrivare a Montpellier in due giorni giusti, perché il marchese, nonostante l'età avanzata, non poté esimersi dal frustare di persona cocchiere e cavalli e dal dare una mano anche lui in molti casi di rottura di stanghe e molle: tanto era entusiasta della sua scoperta, tanto era desideroso di presentarla al più presto a un dotto pubblico. Grenouille invece non ebbe il permesso di lasciare la carrozza neppure una volta. Dovette restar seduto con i suoi stracci indosso, completamente avvolto in una coperta intrisa di terra umida e di argilla. Durante il viaggio ricevette per cibo radici crude. In tal modo il marchese sperava di conservare nella condizione ideale ancora per qualche tempo l'infezione da « fluidum » terrestre.

Giunto a Montpellier, fece subito trasportare Grenouille nella cantina del suo palazzo, spedì inviti a tutti i membri della facoltà di medicina, del circolo dei botanici, della scuola agraria, della federazione dei chemio-fisici, della loggia massonica e delle restanti associazioni di eruditi, che in città erano non meno di una dozzina. E qualche giorno dopo – esattamente una settimana dopo aver lasciato la solitudine della montagna – Grenouille si trovò su un podio nell'aula magna dell'Università di Montpellier, presentato a una moltitudine di centinaia di persone come l'avvenimento scientifico dell'anno.

Nella sua conferenza Taillade-Espinasse lo definì la prova vivente della giustezza della sua teoria sul « fluidum letale » proveniente dalla terra. Mentre a poco a poco gli strappava gli stracci dal corpo, illustrò l'effetto devastante esercitato dal gas di putrefazione sul corpo di Grenouille: qui si vedevano pustole e cicatrici, provocate dalla corrosione del gas; là sul petto un enorme carcinoma da gas di un rosso acceso; ovunque una disgregazione della pelle; e persino una chiara deformazione fluidale dello scheletro, che si manifestava visibilmente sotto forma di un piede varo e della gobba. Anche gli organi interni come milza, fegato, polmone, cistifellea e tratto digerente erano seriamente danneggiati, come aveva dimostrato senz'ombra di dubbio l'analisi di un campione delle feci, che ora si trovava in una ciotola ai piedi del dimostrante, accessibile a ognuno. Riassumendo, dunque, si poteva affermare che la paralisi delle energie vitali in base a un'infezione di sette anni provocata dal « fluidum letale Taillade » era già progredita al punto che il dimostrante – il cui aspetto esteriore del resto rivelava già notevoli tratti da talpa – si poteva definire un essere più votato alla morte che alla vita. Tuttavia il relatore s'impegnava a rimettere in sesto entro otto giorni quell'individuo di per sé votato alla morte mediante una terapia di ventilazione combinata con una dieta essenziale, al punto che i sintomi di una guarigione totale sarebbero risultati evidenti a tutti, e invitava i presenti a convincersi entro una settimana del successo di questa prognosi, che quindi si doveva considerare senz'altro come una prova valida della giustezza della sua teoria sul « fluidum letale » proveniente dalla terra.

La conferenza ebbe un enorme successo. Il dotto pubblico applaudì con passione il relatore e quindi sfilò sul podio sul quale si trovava Grenouille. Con la trascuratezza che aveva conservato e con le sue vecchie cicatrici e deformazioni, in effetti Grenouille aveva un'aria così impressionante e terribile che ognuno lo ritenne semiputrefatto e irrimediabilmente perduto, sebbene lui stesso si sentisse del tutto sano e in forze. Alcuni dei signori lo picchiettarono con le dita alla maniera degli specialisti, gli presero le misure, gli guardarono in bocca e negli occhi. Altri gli rivolsero la parola, s'informarono della sua vita nella caverna e della sua condizione attuale. Ma lui si attenne rigidamente a una disposizione impartitagli in precedenza dal marchese e rispose a simili domande soltanto con un rantolo forzato, facendo nel contempo con tutte e due le mani gesti d'impotenza in direzione della propria laringe, per far capire in tal modo che anche quella era stata rosa dal « fluidum letale Taillade ».

Alla fine della manifestazione Taillade-Espinasse lo infagottò di nuovo e lo trasportò a casa nel sottotetto del suo palazzo. Là, in presenza di alcuni dottori selezionati della facoltà di medicina, lo chiuse nell'apparecchio di ventilazione ad aria vitale, una gabbia costruita con tavole d'abete rosso a tenuta stagna, la quale, per mezzo di un camino posto in alto, molto distante dal tetto, veniva inondata d'aria d'alta quota, priva del gas letale, e quest'aria poteva poi fuoriuscire tramite una valvola a farfalla di cuoio applicata sul pavimento. L'impianto era tenuto in funzione da una squadra di domestici, che giorno e notte sorvegliavano i ventilatori del camino affinché non si fermassero. E mentre Grenouille in tal modo era circondato da una corrente d'aria purificante continua, dalla porticina di una camera di compensazione costruita a fianco con doppie pareti gli somministravano cibi dietetici di provenienza distante dalla terra: brodo di piccioni, pasticcio di allodole, ragù di anitre catturate in volo, frutta in conserva proveniente da alberi, pane fatto con tipi di grano dalla crescita particolarmente alta, vino dei Pirenei, latte di camoscio e crema di spuma d'uovo di polli allevati nella soffitta del palazzo.

Questa cura combinata di disinfezione e rivitalizzazione durò cinque giorni. Poi il marchese ordinò di fermare i ventilatori e portò Grenouille in un lavatoio, dove lo immersero per parecchie ore in bagni d'acqua piovana tiepida e infine lo lavarono da capo a piedi con sapone d'olio di noci proveniente dalla città di Potosí, sulle Ande. Gli tagliarono le unghie delle mani e dei piedi, gli pulirono i denti con calcare delle Dolomiti ridotto in polvere, lo rasarono, gli tagliarono i capelli, li pettinarono, li misero in piega e li incipriarono. Furono chiamati un sarto e un calzolaio, e Grenouille ricevette una camicia di seta con jabot bianco e *ruches* bianche ai polsini, calze di seta, giacca, pantaloni, panciotto di velluto blu e scarpe eleganti con fibbia di cuoio nero, la destra delle quali nascondeva abilmente la deformità del piede. Unicamente con le proprie mani, il marchese cosparse con bianchetto di talco il viso pieno di cicatrici di Grenouille, gli applicò il carminio sulle labbra e sulle guance e diede alle sue sopracciglia una curva veramente nobile con l'aiuto di una matita morbida di carbone di tiglio. Poi lo spruzzò col suo profumo personale, un aroma alla violetta molto semplice, fece qualche passo indietro e per lungo tempo non riuscì a esprimere la propria gioia in parole.

« Monsieur », cominciò a dire infine, « sono entusiasta di me stesso. Sono sconvolto dalla mia genialità. In verità non ho mai dubitato della giustezza della mia teoria fluidale, naturalmente, ma il trovarla così brillantemente confermata nella terapia pratica mi sconvolge. Lei era un animale, e io ne ho fatto un uomo. Un'impresa addirittura divina. Permetta che io sia commosso! Si avvicini a questo specchio, e si guardi! Per la prima volta in vita sua riconoscerà di essere un uomo; non un uomo particolarmente straordinario o comunque eccezionale, ma pur sempre un uomo più che discreto. Vada, Monsieur! Si guardi; e ammiri il miracolo che ho compiuto in lei! »

Era la prima volta che qualcuno chiamava Grenouille « Monsieur ».

Si diresse verso lo specchio e vi guardò dentro. Fino allora non aveva mai guardato in uno specchio. Davanti a sé vide un signore in elegante abito blu, con camicia bianca e calze di seta, e si inchinò in modo del tutto istintivo, come sempre si era inchinato di fronte a simili signori eleganti. Ma anche il signore elegante s'inchinò, e mentre Grenouille si rialzava, il signore elegante fece la stessa cosa, e poi entrambi rimasero immobili a fissarsi.

Quello che sconcertò più di tutto Grenouille fu il fatto di avere un aspetto così incredibilmente normale. Il marchese aveva ragione; non era niente di speciale, non bello, ma neanche particolarmente brutto. Era un po' piccolo di statura, il suo atteggiamento era un po' goffo, il viso era poco espressivo: in breve, era come mille altri uomini. Se ora fosse sceso per strada, nessuno si sarebbe voltato a guardarlo. E neppure lui sarebbe stato colpito da qualcuno simile al suo attuale lui, se l'avesse incontrato. A meno che non si fosse accorto che questo qualcuno, a parte il profumo di violetta, non aveva odore, proprio come il signore dello specchio e lui stesso, che gli stava dinanzi.

E tuttavia, dieci giorni prima, i contadini erano ancora scappati via gridando alla sua vista. Allora non si era sentito diverso da adesso, e adesso, se chiudeva gli occhi, non si sentiva minimamente diverso da allora. Inspirò l'aria che saliva attorno al suo corpo e annusò il profumo scadente e il velluto e il cuoio incollato di fresco delle sue scarpe; annusò il tessuto di seta, la cipria, il belletto, l'aroma tenue del sapone di Potosí. E d'un tratto seppe che non erano stati il brodo di piccione e i miracoli della ventilazione a fare di lui un uomo normale, bensì soltanto un paio di vestiti, il taglio dei capelli e la piccola mascherata con i cosmetici.

Aprì gli occhi ammiccando e vide che Monsieur, nello

specchio, gli ammiccava di rimando, e che sulle sue labbra rosso-carminio aleggiava un lieve sorriso, proprio come se avesse voluto segnalargli che non lo trovava del tutto antipatico. E anche Grenouille trovò che Monsieur nello specchio, quella figura inodore, mascherata e travestita da uomo, non era poi così male, per lo meno gli sembrò che essa potesse – se solo avessero perfezionato la sua maschera – fare al mondo esterno un effetto quale lui, Grenouille, non avrebbe mai pensato di poter fare. Fece un cenno alla figura, e mentre essa a sua volta rispondeva con un cenno, vide che di soppiatto dilatava le narici...

3 1

Il giorno seguente, mentre il marchese stava insegnandogli le pose, i gesti e i passi di danza indispensabili per l'imminente ingresso in società, Grenouille finse un capogiro e si lasciò cadere su un divano, apparentemente privo di forze e come se fosse minacciato da un soffocamento.

Il marchese era fuori di sé. Gridò per chiamare i servi, gridò che portassero ventagli e ventilatori mobili, e mentre i servi accorrevano, s'inginocchiò a fianco di Grenouille e gli fece vento col suo fazzoletto profumato alla violetta e lo scongiurò, lo implorò e lo supplicò in ogni modo di rimettersi in piedi, di non esalare l'anima in quel momento, ma, se era possibile, di aspettare a farlo ancora due giorni, perché altrimenti la sopravvivenza della teoria del « fluidum letale » sarebbe stata estremamente compromessa.

Grenouille si torse e contorse, ansimò, gemette, agitò le braccia in direzione del fazzoletto, infine si lasciò cadere dal divano in modo molto teatrale e si rintanò nell'angolo più isolato della stanza. « Non questo profumo! » gridò, come allo stremo delle forze, « non questo profumo! Mi uccide! » E soltanto quando Taillade-Espinasse gettò il fazzoletto dalla finestra e la sua giacca anch'essa profumata alla violetta nella stanza accanto, l'attacco di Grenouille si

placò ed egli raccontò, con voce più pacata, che come profumiere era dotato di un naso sensibile, dovuto alla professione, e che già da sempre, ma in particolare ora, nel momento della guarigione, reagiva con molta violenza a certi
profumi. Che proprio il profumo alla violetta, un fiore de-
lizioso di per sé, lo infastidisse a tal punto, poteva spiegarselo con il fatto che il profumo del marchese conteneva
un'elevata percentuale di estratto di radice di viola, il quale, per via della sua origine sotterranea, esercitava un effetto rovinoso su una persona contagiata dal « fluidum letale »
qual era lui, Grenouille. Già il giorno precedente, alla prima applicazione del profumo, si era sentito mancare, e oggi,
quando aveva percepito di nuovo l'odore della radice, era
stato proprio come se lo stessero ricacciando di nuovo in
quell'orribile buca soffocante in cui aveva vegetato per sette anni. La sua natura si era ribellata a questa sensazione,
altro non poteva dire, giacché, dopo che l'arte del signor
marchese gli aveva ridonato una vita da uomo in un'aria
pura, avrebbe preferito morire subito piuttosto che esporsi ancora una volta all'odiato « fluidum ». Ancora adesso
tutto si torceva in lui, se solo pensava al profumo della
radice. Tuttavia credeva fermamente di potersi ristabilire
sull'istante se il marchese gli permetteva di progettare un
proprio profumo che annientasse totalmente l'aroma della
violetta. Per l'occasione pensava a un tono particolarmente
leggero, arioso, composto per lo più da ingredienti lontani
dalla terra, come acqua di mandorle e di fiori d'arancio,
eucalipto, olio di aghi di pino e olio di cipresso. Un solo
spruzzo di un simile aroma sui suoi vestiti, un paio di gocce soltanto sul collo e sulle guance, e sarebbe stato premu-
nito una volta per tutte contro il ripetersi dello sgradevole
attacco che l'aveva appena sopraffatto.

Ciò che noi qui, per amor di comprensione, riferiamo
come un ordinato discorso indiretto, in realtà fu uno scoppio di parole gorgoglianti durato mezz'ora, interrotto da
molti colpi di tosse e da respiri mozzati e affannosi, che
Grenouille accompagnò con tremiti e gesticolii e gran rotear

d'occhi. Il marchese fu seriamente impressionato. Più ancora della sintomatologia del male, lo convinse la fine argomentazione del suo protetto, che rispondeva perfettamente alla teoria del « fluidum letale ». Naturalmente! Era il profumo della violetta! Un prodotto ripugnante che cresceva vicino alla terra, anzi addirittura sotterraneo! Probabilmente anche lui, che lo usava da anni, ne era infetto. Non aveva sospettato che con questo profumo si stava approssimando alla morte giorno per giorno. La gotta, la rigidezza della sua nuca, l'afflosciarsi del suo membro, le emorroidi, l'oppressione alle orecchie, il dente cariato: tutto ciò si doveva senza dubbio al puzzo della radice di viola contaminata dal « fluidum ». E quello sciocco ometto, quel mucchietto miserabile rintanato nell'angolo della stanza, gliel'aveva suggerito. Era commosso. Avrebbe voluto avvicinarsi a lui, risollevarlo e stringerlo al suo cuore illuminato dalla rivelazione. Ma temeva di avere ancora addosso l'aroma della violetta, e quindi chiamò ripetutamente i servi e ordinò di allontanare dalla casa tutto il profumo alla violetta, di arieggiare tutto il palazzo, di disinfettare i suoi vestiti nel ventilatore ad aria vitale e di portare subito Grenouille dal miglior profumiere della città con la sua portantina. Ma proprio questo era lo scopo che Grenouille si era prefisso col suo attacco.

L'arte del profumo aveva una vecchia tradizione a Montpellier, e sebbene negli ultimi tempi fosse un po' decaduta rispetto a Grasse, città concorrente, c'erano validi maestri profumieri e guantai in città. Il più stimato tra loro, un certo Runel, considerando le relazioni commerciali con la casa del marchese de la Taillade-Espinasse, al quale forniva saponi, olii e sostanze aromatiche, si dichiarò pronto alla concessione straordinaria di cedere per un'ora il suo laboratorio al singolare garzone profumiere parigino arrivato in portantina. Costui non si fece spiegare nulla, non volle sapere nulla su dove e come trovare le cose, se ne intendeva, disse, si sarebbe arrangiato: si chiuse in laboratorio e vi rimase per un'ora buona, mentre Runel con il maggiordomo del marchese si recò in un'osteria a bere un paio di bicchieri di vino, e là dovette apprendere il motivo per cui non era più possibile annusare il profumo della sua acqua di viole.

Il laboratorio e il negozio di Runel non erano certo riforniti con la dovizia di mezzi che caratterizzava a suo tempo il negozio di sostanze odorose di Baldini a Parigi. Con il poco che c'era di olii di fiori, di acque e di spezie, un profumiere medio non avrebbe potuto fare grandi cose. Tuttavia Grenouille, al primo fiuto, capì che le sostanze presenti erano più che sufficienti per i suoi scopi. Non voleva creare un grande profumo; non voleva miscelare un'acquetta di prestigio, come aveva fatto un tempo per Baldini, qualcosa che emergesse dal mare della mediocrità e ammansisse la gente. E neppure un semplice profumino di fiori d'arancio, come aveva promesso al marchese, era il suo vero scopo. Le comuni essenze di neroli, eucalipto e foglie di cipresso dovevano soltanto nascondere il vero profumo che si era proposto di creare: ed era il profumo dell'umano. Anche se per il momento sarebbe stato soltanto un cattivo surrogato, voleva appropriarsi dell'odore degli uomini, che lui stesso non possedeva. Certo non esisteva *l*'odore degli uomini, così come non esisteva *il* volto umano. Ogni uomo aveva un odore diverso, nessuno lo sapeva meglio di Grenouille, che conosceva migliaia e migliaia di odori individuali e distingueva al fiuto gli esseri umani già dalla nascita. E tuttavia esisteva una nota fondamentale dell'odore umano, del resto abbastanza semplice: una nota fondamentale di sudore grasso, di formaggio acidulo, nell'insieme assolutamente disgustosa, ugualmente propria a tutti gli uomini, e al disopra della quale, più raffinate e più isolate, aleggiavano le nuvolette di un'aura individuale.

Ma quest'aura, la sigla estremamente complessa, inconfondibile dell'odore *personale*, era comunque impercettibile per la maggior parte degli uomini. I più non sapevano di possederla, oppure facevano di tutto per nasconderla sotto i vestiti o sotto odori artificiali alla moda. Conoscevano bene soltanto quell'aroma di fondo, quell'esalazione primitiva d'umano, in essa soltanto vivevano e si sentivano protetti, e chiunque emanasse quel nauseante effluvio comune era da essi considerato come un loro pari.

Fu uno strano profumo quello che Grenouille creò quel giorno. Fino allora non ce n'era stato mai uno più strano. Non aveva l'odore di un profumo, bensì di *un uomo che ha un profumo*. Se qualcuno avesse sentito questo profumo in una stanza buia, avrebbe creduto che nella stanza ci fosse un altro. E se un uomo con l'odore di un uomo l'avesse usato, all'olfatto avrebbe dato l'impressione di due uomini o, peggio ancora, di una mostruosa duplice creatura, come una figura che non si riesce più a fissare in modo netto, perché, sfocandosi, si presenta come un'immagine sulla superficie di un lago, su cui tremolano le onde.

Per imitare questo profumo umano – del tutto insufficiente, come ben sapeva, ma riuscito quel tanto da ingannare gli altri – Grenouille raccolse qua e là nel laboratorio di Runel gli ingredienti più stravaganti.

Dietro la soglia della porta che conduceva in cortile c'era un cumuletto di merda di gatto, ancora abbastanza fresca. Ne prese un mezzo cucchiaino e lo mise nella bottiglia per la miscela assieme ad alcune gocce d'aceto e a sale pestato. Sotto il tavolo da lavoro trovò un pezzetto di formaggio grande quanto l'unghia di un pollice, resto evidente di un pasto di Runel. Era già abbastanza vecchio, cominciava a decomporsi ed emanava un odore acre e pungente. Dal coperchio del barile delle sardine, che si trovava nel retrobottega, grattò via un qualche cosa che sapeva di pesce rancido, lo mescolò con uovo marcio e castoreo, ammoniaca, noce moscata, limatura di corno e cotenna di maiale ridotta in briciole minute. Vi aggiunse inoltre una porzione piuttosto consistente di zibetto, mescolò questi orridi ingredienti con alcool, fece macerare il tutto e lo filtrò in una seconda bottiglia. Il liquido emanava un odore spaventoso. Puzzava di cloaca, di putrescenza, e rimescolando la sua esalazione con una sventagliata d'aria pura, si aveva l'impressione di trovarsi in un caldo giorno d'estate in Rue aux Fers a Parigi, all'angolo con Rue de la Lingerie, dove s'incrociavano gli odori dei capannoni del mercato, del Cimetière des Innocents e delle case sovraffollate.

Su questa base atroce, che in sé aveva un odore più simile a quello di un cadavere che non di un uomo, Grenouille applicò uno strato di aromi oleosi freschi: menta, lavanda, trementina, limone acido, eucalipto, che moderò e mitigò gradevolmente con un *bouquet* di olii di fiori raffinati come geranio, rosa e fior d'arancio. Dopo un'ulteriore rarefazione con alcool e un po' d'aceto, la base che costituiva tutta la miscela non aveva più un odore disgustoso. Con l'aggiunta di ingredienti freschi, il puzzo latente si era dileguato ed era divenuto impercettibile, la nota disgustosa era stata mitigata dall'aroma dei fiori, anzi era diventata quasi interessante, e, stranamente, non si percepiva più nulla della putrefazione, neppure la minima traccia. Al contrario, sembrava che il profumo emanasse un forte aroma pieno di slancio vitale.

Grenouille ne riempì due flaconi, che tappò e mise in tasca. Poi lavò accuratamente con acqua bottiglie, mortaio, imbuto e cucchiaio, li sfregò con olio di mandorle amare, per cancellare qualsiasi traccia di odore, e prese un'altra bottiglia. In essa miscelò rapidamente un altro profumo, una specie di copia del primo, anch'esso composto di elementi freschi e di parti di fiori, ma la cui base non conteneva più nulla del decotto stregonesco, bensì ingredienti convenzionali come muschio, ambra, un pizzico di zibetto e olio di legno di cedro. Preso a sé, aveva un odore totalmente diverso dal primo – più piatto, più integro, meno virulento –, perché gli mancavano le componenti dell'odore imitato da quello dell'uomo. Ma quando un uomo comune lo usava ed esso si univa al suo odore personale, non era più possibile distinguerlo da quello che Grenouille aveva creato esclusivamente per sé.

Dopo aver versato anche il secondo profumo in flaconi, Grenouille si spogliò e cosparse i propri abiti con il primo profumo. Poi se lo picchiettò sotto le ascelle, tra le dita, sul sesso, sul petto, sul collo, sulle orecchie e sui capelli, si rivestì e lasciò il laboratorio.

3 2

Quando uscì per strada, fu colto da un'improvvisa paura, perché sapeva di emanare un odore umano per la prima volta in vita sua. A lui però sembrava di puzzare, di puzzare in modo assolutamente ripugnante. E non riusciva a figurarsi che altri non trovassero ugualmente ripugnante il suo odore, e non osò dirigersi subito verso l'osteria, dove Runel e il maggiordomo del marchese lo stavano aspettando. Gli sembrava meno rischioso sperimentare prima la nuova aura in un ambiente anonimo.

Scivolò per i vicoli più stretti e più bui giù verso il fiume, dove i conciatori e i tintori avevano i loro laboratori ed esercitavano il loro mestiere puzzolente. Quando incontrava qualcuno o quando passava accanto all'ingresso di una casa, dove stavano giocando bambini o erano sedute vecchie donne, si costringeva a rallentare il passo e a portarsi attorno in tal modo il proprio odore in una grande nuvola compatta.

Fin dall'infanzia era abituato al fatto che le persone che gli passavano accanto non lo notavano in alcun modo, non per disprezzo – come aveva creduto un tempo – ma perché proprio non si accorgevano della sua esistenza. Non c'era stato spazio attorno a lui, non onda che lui, come altre persone, mandasse nell'atmosfera, non c'era stata ombra, per così dire, che avesse potuto gettare sul volto degli altri. Soltanto quando si era scontrato direttamente con qualcuno, nella folla o d'improvviso a un angolo di strada, c'era stato un breve istante di percezione; e in genere chi era stato urtato si ritraeva con orrore, fissava lui, Grenouille, per pochi secondi, come se avesse visto un essere che in realtà non sarebbe dovuto esistere – un essere che, sebbene fosse innegabilmente *lì*, in qualche modo non era presente – e subito prendeva il largo e dopo un attimo si era già dimenticato di lui...

Ma ora, nei vicoli di Montpellier, Grenouille avvertì e constatò con chiarezza – e ogni volta che lo constatava era pervaso da un forte sentimento d'orgoglio – che esercitava un effetto sulle persone. Quando passò accanto a una donna china sul bordo di una fontana, notò che essa alzava un attimo il capo per vedere chi fosse e poi, evidentemente tranquillizzata, si volgeva di nuovo verso la propria secchia. Un uomo, che gli dava le spalle, si girò e lo seguì con lo sguardo a lungo, con curiosità. I bambini che incontrava si facevano indietro, non per paura, ma per fargli posto; e anche quando uscivano di corsa dall'ingresso laterale di una casa e urtavano bruscamente contro di lui, non si spaventavano, ma sgusciavano via con naturalezza, come se avessero avuto il presentimento della sua persona che si avvicinava.

Dopo molti di tali incontri imparò a valutare con maggior precisione il potere e l'effetto della sua nuova aura, e divenne più sicuro di sé e più audace. Camminava più in fretta verso le persone, passava vicinissimo a loro, spingeva persino il braccio leggermente in fuori e sfiorava come per caso il braccio di un passante. Una volta, apparentemente per distrazione, dette uno spintone a un uomo che voleva sorpassare. Si fermò, si scusò, e l'uomo, che solo il giorno prima sarebbe stato colpito dall'apparizione improvvisa di Grenouille come dal fulmine, si comportò come se nulla fosse accaduto, accettò le scuse, fece persino un breve sorriso e gli dette un colpetto sulla spalla.

Grenouille abbandonò i vicoli e arrivò sulla piazza, davanti al duomo di Saint-Pierre. Le campane suonavano. La gente si affollava a entrambi i lati del portale. Stava giusto finendo una cerimonia di matrimonio. Volevano vedere la sposa. Grenouille accorse e si mescolò alla folla. Diede spintoni, s'insinuò, voleva andare dove le persone erano più fitte, a contatto di pelle voleva averle, voleva sfregare il proprio profumo direttamente contro i loro nasi. E in quello spazio angusto e stipato allargò braccia e gambe e si slacciò di scatto il colletto, affinché il profumo potesse fuoriuscire liberamente dal suo corpo... e immensa fu la sua gioia quando si accorse che gli altri non s'accorgevano di nulla, assolutamente di nulla, che tutti quegli uomini e donne e bambini pigiati attorno a lui si potevano ingannare così facilmente, che inalavano il suo puzzo raffazzonato di merda di gatto, formaggio e aceto come l'odore di un loro simile e che accettavano lui, Grenouille, la prole del diavolo, in mezzo a loro, come uomo tra uomini.

Sentì vicino alle sue ginocchia una bimba, una bambina piccola che si era infilata tra gli adulti. La sollevò con finta premura e la prese in braccio perché potesse vedere meglio. Non soltanto la madre lo tollerò, ma lo ringraziò, e la piccola dette grida di gioia.

Così Grenouille restò per un buon quarto d'ora in seno alla moltitudine, tenendo una bimba estranea contro il suo petto ipocrita. E mentre sfilavano i partecipanti alle nozze, accompagnati dal suono rimbombante delle campane e dal giubilo della folla, sopra la quale scrosciava una pioggia di monete, in Grenouille eruppe un altro giubilo, un giubilo funesto, un malvagio senso di trionfo che lo fece tremare e lo inebriò come un attacco di lussuria, e fece fatica a non farlo schizzare su tutta quella gente come bile e veleno e a non gridare in faccia a tutti, esultando, che non aveva paura di loro, anzi neppure quasi li odiava, ma che li disprezzava con tutto il suo ardore, perché erano stupidi puzzoni; perché si lasciavano raggirare e ingannare da lui, perché essi non erano nulla ed egli era tutto! E in segno di scherno strinse più forte la bimba contro di sé, si fece largo e gridò in coro con gli altri: « Viva la sposa! Salute alla sposa! Salute alla splendida coppia! »

Quando i partecipanti alle nozze si allontanarono e la folla cominciò a diradarsi, restituì la bimba alla madre e si recò in chiesa, per riprendersi dalla sua eccitazione e per riposarsi. All'interno del duomo l'aria era satura d'incenso, che fuoriusciva in freddi vapori da due turiboli ai lati dell'altare e si stendeva come una coltre soffocante sugli odori più delicati delle persone che erano appena state sedute in quel luogo. Grenouille sedette su un banco sotto il coro.

D'un tratto lo sopraffece una grande contentezza. Non ebbra, come quella che aveva provato un tempo in seno alla montagna durante le sue orge solitarie, bensì una contentezza molto fredda e sobria, qual è quella prodotta dalla consapevolezza del proprio potere. Adesso sapeva di che cosa era capace. Con mezzi estremamente scarsi, grazie al proprio genio, aveva ricreato il profumo dell'uomo, e l'aveva centrato così bene al primo tentativo, che anche un bambino si era fatto ingannare da lui. Adesso sapeva che poteva fare ancora di più. Sapeva che poteva migliorare questo profumo. Avrebbe potuto creare un profumo non soltanto umano, bensì sovrumano, un profumo angelico, così indescrivibilmente buono e vitale che chi l'avesse annusato ne sarebbe stato affascinato e avrebbe dovuto amare con tutto il suo cuore lui, Grenouille, il portatore di quel profumo.

Sì, amarlo dovevano, quando erano soggiogati dal suo profumo, non soltanto accettarlo come un loro pari, amarlo fino alla follia, all'abnegazione, tremare d'estasi dovevano, gridare, piangere di gioia senza sapere perché, in ginocchio dovevano cadere, come sotto il freddo incenso di Dio, non appena sentivano l'odore di *lui*, di Grenouille! Voleva essere il dio onnipotente del profumo, così come lo era stato nella sua fantasia, ma ora nel mondo reale e regnando su uomini reali. E sapeva che ciò era in suo potere. Poiché gli uomini potevano chiudere gli occhi davanti alla grandezza, davanti all'orrore, davanti alla bellezza, e turarsi le orecchie davanti a melodie o a parole seducenti. Ma non potevano sottrarsi al profumo. Poiché il profumo era fratello del respiro. Con esso penetrava negli uomini, a esso non potevano resistere, se volevano vivere. E il profumo scendeva in loro, direttamente al cuore, e là distingueva categoricamente la simpatia dal disprezzo, il disgusto dal piacere, l'amore dall'odio. Colui che dominava gli odori, dominava i cuori degli uomini.

Del tutto calmo, Grenouille stava seduto sulla panca del duomo di Saint-Pierre e sorrideva. Non era in uno stato d'animo euforico, quando aveva concepito il progetto di dominare gli uomini. Non vi era alcun guizzo di follia nei suoi occhi, e non una smorfia insensata deformava il suo viso. Non era fuori di sé. Era così limpido e sereno di spirito che si chiese perché poi voleva farlo. E si disse che lo voleva perché era malvagio fino alle midolla. E questo lo fece sorridere, ed era molto contento. Aveva un'aria del tutto innocente, come una persona qualsiasi che è felice.

Rimase seduto così ancora un poco, in reverente silenzio, e inspirò a pieni polmoni l'aria satura d'incenso. E di nuovo sul suo volto passò un lieto sorriso di compiacimento: che odore scadente aveva questo Dio! Com'era ridicolmente malcombinato il profumo che questo Dio emanava da sé Non era nemmeno vero profumo d'incenso, quello che esalava dai turiboli. Era un cattivo surrogato, adulterato con legno di tiglio e polvere di cannella e salnitro. Dio puzzava. Dio era un povero puzzoncello. Veniva ingannato, questo Dio, oppure lui stesso era un impostore, non diversamente da Grenouille... soltanto molto peggiore!

33

Il marchese de la Taillade-Espinasse era entusiasta del nuovo profumo. Anche per lui, disse, scopritore del « fluidum letale », era sorprendente constatare l'enorme influenza che esercitava sulle condizioni generali di un individuo una cosa insignificante e fugace come un profumo, a seconda che la sua provenienza fosse legata alla terra o lontana da essa. Grenouille, che soltanto poche ore prima era pallido ed era stato prossimo a uno svenimento, aveva un aspetto fresco e fiorente come qualsiasi altro uomo sano della sua età, anzi, si potrebbe dire che – con tutti i limiti accettabili per un uomo del suo ceto e della sua scarsa cultura – aveva acquisito qualcosa di simile a una personalità. In ogni caso lui, Taillade-Espinasse, nel capitolo riguardante la dietetica vitale del suo trattato di prossima pubblicazione sulla teoria del « fluidum letale », avrebbe dato comunicazione dell'avvenimento. Ma ora, per prima cosa, voleva profumarsi con il nuovo aroma.

Grenouille gli porse i due flaconi con il profumo di fiori convenzionale, e il marchese se lo spruzzò addosso. Si mostrò molto soddisfatto dell'effetto. Dopo essere stato oppresso per anni da quel terribile aroma alla violetta come da piombo – confessò –, si sentiva quasi come se gli spuntassero ali di fiori; e se non sbagliava, l'atroce dolore al ginocchio come pure il rombo alle orecchie erano diminuiti; nell'insieme si sentiva pieno di slancio, tonificato e ringiovanito di qualche anno. Si avvicinò a Grenouille, lo abbracciò e lo chiamò « mio fratello fluidale », aggiungendo che non si trattava affatto di un titolo mondano, bensì puramente spirituale, « in conspectu universalitatis fluidi letalis », di fronte alla quale – di fronte alla quale soltanto! – tutti gli uomini erano uguali; progettava anche – e disse questo staccandosi da Grenouille, in verità molto amichevolmente, con nessuna ripugnanza, quasi come staccandosi da un suo pari – di fondare al più presto una loggia internazionale sovraccorporativa, il cui scopo doveva essere quello di sgominare totalmente il « fluidum letale » e di sostituirlo in brevissimo tempo con « fluidum vitale » puro, e già fin d'ora prometteva di acquisire Grenouille come primo proselito. Poi si fece scrivere su un foglio la ricetta per il profumo di fiori, la intascò e regalò a Grenouille cinquanta luigi d'oro.

Esattamente una settimana dopo la sua prima conferenza, il marchese de la Taillade-Espinasse ripresentò il suo protetto nell'aula dell'università. L'affollamento era enorme. Tutta Montpellier era venuta, non soltanto quella scientifica, ma anche e soprattutto la Montpellier mondana, e vi erano molte signore che volevano vedere il favoloso uomo della caverna. E sebbene gli avversari di Taillade, principalmente rappresentanti del Circolo di Amici dei Giardini Botanici dell'Università e membri della Società per la Promozione Agricola, avessero mobilitato tutti i loro sostenitori, la manifestazione fu un successo fulminante. Per ricordare al pubblico lo stato di Grenouille della settimana precedente, dapprima Taillade-Espinasse fece circolare disegni che mostravano l'uomo della caverna in tutta la sua bruttezza e degradazione. Poi fece introdurre il nuovo Grenouille, con la sua bella giacca di velluto blu e camicia di seta, imbellettato, incipriato e pettinato; e già il modo in cui camminava, cioè ritto e con passi aggraziati ed elegante movimento d'anca, il modo con cui raggiungeva il podio senza nessun aiuto da parte altrui, s'inchinava profondamente, facendo cenno ora qui ora là con un sorriso, fece ammutolire tutti i dubbiosi e i critici. Anche gli Amici dei Giardini Botanici dell'Università tacquero sconfitti. Troppo clamorosa era la trasformazione, troppo sconvolgente il miracolo che qui si era palesemente verificato: dove la settimana prima si era accucciato un animale spelacchiato, imbarbarito, adesso stava ritto un uomo davvero civilizzato, con un bel personale. Nella sala si diffuse un'atmosfera quasi solenne, e quando Taillade-Espinasse dette inizio alla conferenza, regnava un silenzio totale. Egli sviluppò ancora una volta la sua teoria, sufficientemente nota, del « fluidum letale » proveniente dalla terra, spiegò poi con quali mezzi meccanici e dietetici l'avesse scacciato dal corpo del dimostrante e sostituito con « fluidum vitale », e infine esortò tutti i presenti, amici e nemici, a deporre la resistenza contro la nuova dottrina di fronte a una simile schiacciante evidenza e a combattere il fluido malefico unitamente a lui, Taillade-Espinasse, aprendosi al buon « fluidum vitale ». A questo punto allargò le braccia e levò gli occhi al cielo, e molti degli studiosi lo imitarono e le donne piansero.

Grenouille era ritto sul podio e non ascoltava. Osservava con la massima attenzione l'effetto di un « fluidum » totalmente diverso, molto più reale: il proprio. Relativamente alle esigenze spaziali dell'aula, aveva messo una grossa quantità di profumo, e non appena era salito sul podio, l'aura del suo aroma si era irraggiata potentemente da lui. La vide – in effetti la vide proprio con i suoi occhi! – cogliere gli spettatori che sedevano in prima fila, diffondersi poi all'indietro e raggiungere infine le ultime file e la galleria. E chi ne era toccato – a Grenouille balzò il cuore in petto dalla gioia – si trasformava visibilmente. In balia del suo profumo, ma senza esserne consapevoli, gli uomini mutavano l'espressione del volto, l'atteggiamento, i sentimenti. Chi prima si era limitato a guardarlo a bocca aperta con grande stupore, ora lo guardava con occhi più miti; chi era stato immobile, appoggiato alla spalliera della sua sedia, con la fronte corrugata in atteggiamento critico e gli angoli della bocca significativamente all'ingiù, ora si sporgeva più liberamente in avanti con un'espressione rilassata da bambino; e persino nei volti degli ansiosi, degli spaventati, dei più sensibili, che avevano sopportato il suo precedente aspetto solo con orrore e sopportavano il suo aspetto attuale ancora con il dovuto scetticismo, apparivano tracce di cordialità, anzi di simpatia, quando il suo profumo li raggiungeva.

Alla fine della conferenza tutta l'assemblea si alzò e proruppe in frenetico giubilo. « Viva il 'fluidum vitale'! Viva Taillade-Espinasse! Viva la teoria fluidale! Abbasso la medicina ortodossa! » così gridavano i dotti di Montpellier, la città universitaria più importante del meridione francese, e il marchese de la Taillade-Espinasse visse l'ora più celebre della sua vita.

Ma Grenouille, quando scese dal podio e si mescolò tra la folla, sapeva che in realtà le ovazioni erano dirette a lui, soltanto a lui, Jean-Baptiste Grenouille, anche se nessuno di coloro che esultavano in sala lo sospettava.

Rimase ancora qualche settimana a Montpellier. Aveva raggiunto una certa fama ed era invitato nei salotti, dove lo interrogavano sulla sua vita nella caverna e sulla sua guarigione operata dal marchese. Doveva sempre raccontare la storia dei briganti che l'avevano rapito, e del cesto che gli veniva calato, e della scala. E ogni volta l'arricchiva splendidamente e aggiungeva nuovi dettagli. In tal modo riacquistò una certa abitudine al linguaggio – ovviamente molto limitata, perché con la lingua ebbe problemi per tutta la vita – e, cosa più importante, acquisì un'esperta pratica della menzogna.

In fondo, constatò, poteva raccontare alla gente ciò che voleva. Una volta che avevano preso confidenza con lui – e prendevano confidenza al primo respiro, perché inalavano il suo odore artificiale – credevano a qualsiasi cosa. Acquisì inoltre una certa sicurezza nei rapporti sociali, che non aveva mai posseduto. Si esprimeva persino nel suo fisico. Era come se fosse aumentato di statura. La sua gobba sembrava diminuita. Camminava quasi completamente dritto. E quando veniva apostrofato, non trasaliva più, ma restava dritto e fronteggiava gli sguardi rivolti a lui. Certo, in questo periodo non divenne un uomo di mondo, un idolo dei salotti o un brillantone in società. Ma in lui diminuì notevolmente quel tanto di compresso e di maldestro che aveva per dar luogo a un atteggiamento che fu interpretato come naturale modestia o tutt'al più come una lieve timidezza innata che suscitava commozione in molti signori e in più d'una signora: a quei tempi nei circoli mondani avevano un debole per la naturalezza e per una sorta di rozzo *charme*.

All'inizio di marzo prese le sue cose e se ne andò di nascosto, una mattina di buon'ora, non appena aprirono le porte della città, con indosso una modesta giacca marrone acquistata il giorno prima al mercato degli abiti usati e un cappello logoro, che gli nascondeva metà del viso. Nessuno lo riconobbe, nessuno lo vide o lo notò, perché quel giorno aveva rinunciato di proposito a mettersi il suo profumo. E quando il marchese verso mezzogiorno intraprese ricerche, le guardie giurarono e spergiurarono che in verità avevano visto gente di qualsiasi specie lasciare la città, ma non quel famoso uomo della caverna, che sicuramente avrebbe richiamato la loro attenzione. Di conseguenza il marchese fece sapere che Grenouille aveva lasciato Montpellier col suo consenso e si era recato a Parigi per questioni familiari. Ma in cuor suo si irritò terribilmente, perché si era proposto di intraprendere una tournée con Grenouille per tutto il regno, al fine di reclutare proseliti per la sua teoria fluidale.

Dopo qualche tempo si tranquillizzò di nuovo, perché la sua fama si diffuse anche senza tournée, quasi senza il suo intervento. Comparvero lunghi articoli sul « fluidum letale Taillade » nel *Journal des Savans* e persino nel *Courier de l'Europe*, e da lontano arrivarono pazienti mortalmente infetti per farsi guarire da lui. Nell'estate del 1764 fondò la prima Loggia del Fluidum Vitale, che a Montpellier contava centoventi membri, e fondò succursali a Marsiglia e a Lione. Poi decise di arrischiare il gran salto a Parigi, per poter conquistare da là tutto il mondo civilizzato alla sua dottrina, ma prima, per sostenere la sua campagna con la propaganda, volle compiere un'altra grande impresa fluidale, che mettesse in ombra la guarigione dell'uomo della caverna come pure tutti gli altri esperimenti, e all'inizio di dicembre si fece accompagnare da un gruppo di intrepidi adepti al Pic du Canigou, che si trovava sullo stesso meridiano di Parigi ed era considerato il monte più alto dei Pirenei. Quell'uomo sulla soglia dell'età senile voleva farsi portare sulla cima alta 2800 metri e là restare esposto tre settimane alla più pura, più fresca aria vitale, per poi, annunciò, ridiscendere la vigilia di Natale come un giovane arzillo di vent'anni.

Gli adepti rinunciarono già poco prima di Vernet, l'ultimo insediamento umano ai piedi della terribile montagna. Ma il marchese non si lasciò intimorire. Liberandosi dei vestiti nel freddo gelido ed emettendo alte grida di giubilo, cominciò la salita da solo. L'ultima cosa che videro di lui fu la sua silhouette che scompariva cantando nella tempesta di neve con le braccia estaticamente levate al cielo.

La vigilia di Natale i discepoli attesero invano il ritorno del marchese de la Taillade-Espinasse. Non tornò né vecchio né giovane. Anche all'inizio dell'estate dell'anno seguente, quando i più temerari si misero alla sua ricerca e scalarono la cima del Pic du Canigou ancora innevata, non si trovò più nulla di lui, non un capo di vestiario, non una parte del corpo, non un ossicino.

Tutto questo naturalmente non danneggiò affatto la sua dottrina. Al contrario. Presto si diffuse la leggenda che si fosse unito in matrimonio sulla cima della montagna con il fluido vitale eterno, che si fosse dissolto in esso ed esso in lui, e che da allora in poi aleggiasse invisibile, ma in eterna giovinezza, sulla cima dei Pirenei: chi saliva fino a lui diventava parte di lui e per un anno era risparmiato dalla malattia e dal processo dell'invecchiamento. Fino al tardo diciannovesimo secolo la teoria fluidale di Taillade fu propugnata da parecchie cattedre di medicina e applicata come terapia in molte associazioni occulte. E ancora oggi ai due versanti dei Pirenei, cioè a Perpignan e a Figueras, esistono logge segrete di seguaci di Taillade, che s'incontrano una volta all'anno per scalare il Pic du Canigou.

Là accendono un grande fuoco: dicono in occasione del solstizio e in onore di san Giovanni, ma in realtà lo fanno per rendere omaggio al loro maestro Taillade-Espinasse e al suo grande « fluidum », e per ottenere la vita eterna.

PARTE TERZA

35

Mentre Grenouille aveva impiegato sette anni per compiere la prima tappa del suo viaggio attraverso la Francia, portò a termine la seconda in meno di sette giorni. Non evitò più le strade animate e le città, non fece più deviazioni. Aveva un odore, aveva denaro, aveva fiducia in sé e aveva fretta.

La sera stessa del giorno in cui aveva lasciato Montpellier raggiunse Le Grau-du-Roi, un piccolo porto a sud-ovest di Aigues-Mortes, dove s'imbarcò per Marsiglia su un veliero da carico. A Marsiglia non lasciò neppure il porto, ma cercò subito una nave, che lo portò lungo la costa verso est. Dopo due giorni era a Tolone, dopo altri tre giorni a Cannes. Il resto del viaggio lo fece a piedi. Seguì un sentiero che portava a nord verso l'interno del paese, su per le colline.

Due ore dopo era in cima, e davanti a lui si stendeva un bacino di parecchie miglia, un paesaggio fatto come un'enorme conca, i cui confini tutt'attorno consistevano in colline dai morbidi pendii e in catene di montagne dirupate, mentre la vasta conca era coperta di campi appena coltivati, di giardini e di boschi di ulivi. Su questa conca c'era un clima del tutto particolare, stranamente intimo. Sebbene il mare fosse così vicino che si riusciva a vederlo dalla cima delle colline, lì non c'era nulla di marittimo, nulla di salato e sabbioso, nulla di aperto, bensì un quieto isolamento, come se la costa fosse distante molti giorni di viaggio. E sebbene verso nord si ergessero le grandi montagne, sulle quali rimaneva e sarebbe rimasta ancora a lungo la neve, lì non si avvertiva niente di rude o di stentato, e non c'erano correnti fredde. La primavera era molto più avanzata che a Montpellier. Una leggera foschia copriva i campi come una campana di vetro. Gli albicocchi e i mandorli erano in fiore, e il profumo dei narcisi si diffondeva nell'aria tiepida.

All'altro limite della grande conca, a forse due miglia di

distanza, sulle ripide montagne, era adagiata, o per meglio dire incollata, una città. Vista da lontano non dava un'impressione di particolare grandiosità. Non c'era un duomo possente che svettasse al di sopra delle case, ma soltanto un piccolo cono di campanile, non c'era una rocca dominante né un edificio sfarzoso che colpisse l'attenzione. Le mura apparivano tutt'altro che imponenti, qua e là le case sporgevano fuori della loro cerchia, soprattutto in basso verso la pianura, e conferivano a tutto il circondario un aspetto un po' logoro. Era come se quel luogo fosse stato già troppe volte conquistato e poi sbloccato dall'assedio, come se fosse stanco di continuare a opporre una vera e propria resistenza nei confronti di intrusi futuri... ma non per debolezza, bensì per indolenza o addirittura per un senso di potenza. Era come se non sentisse la necessità di far sfoggio di sé. Dominava la grande conca profumata ai suoi piedi, e questo sembrava bastargli.

Quel luogo insignificante e nel contempo consapevole di sé era la città di Grasse, da alcuni decenni incontestata metropoli della produzione e del commercio di sostanze odorose, articoli di profumeria, saponi e olii. Giuseppe Baldini aveva sempre pronunciato il suo nome con estasi rapita. Quella città era la Roma dei profumi, la terra promessa dei profumieri, e chi non si era guadagnato i galloni a Grasse non portava a buon diritto il nome di profumiere.

Grenouille guardò la città di Grasse con occhi spassionati. Non cercava la terra promessa della profumeria, non si sentiva allargare il cuore alla vista del nido incollato lassù sui pendii. Era venuto perché sapeva che lì si potevano imparare alcune tecniche per estrarre il profumo meglio che altrove. E di queste voleva impossessarsi, perché gli servivano per i suoi scopi. Prese dalla tasca il flacone con il suo profumo, se lo picchiettò addosso con parsimonia e si mise in cammino. Dopo un'ora e mezzo, verso mezzogiorno, era a Grasse.

Mangiò in un'osteria al limite superiore della città in Place aux Aires. La piazza era attraversata in lunghezza da un ruscello nel quale i conciatori lavavano le loro pelli, e successivamente le stendevano ad asciugare. L'odore era così pungente da rovinare il gusto del cibo a più d'un ospite. Ma non a lui, Grenouille. L'odore gli era familiare, gli dava un senso di sicurezza. In tutte le città, per prima cosa andava sempre a cercare il quartiere dei conciatori. Poi, quando usciva dalla sfera del puzzo, ed esplorava partendo da lì le altre zone del luogo, gli sembrava di non essere più uno straniero.

Girovagò tutto il pomeriggio per la città. Era incredibilmente sporca, nonostante o piuttosto proprio a causa della molta acqua, che sgorgava da una quantità di sorgenti e fontane, scorreva gorgogliando in ruscelli e rigagnoli incontrollati giù per la città e minava i vicoli oppure li inondava di fango. In molti quartieri le case erano così fitte che restava soltanto un cubito di spazio per i passaggi e le scalette, e i passanti che li attraversavano nel fango dovevano stringersi l'uno all'altro. E anche sulle piazze e sulle poche strade più larghe, i carri riuscivano a evitarsi a stento.

Tuttavia, nonostante lo sporco, il sudiciume e la mancanza di spazio, la città ferveva di attività artigianale. Nel suo giro di ricognizione Grenouille constatò che c'erano non meno di sette saponifici, una dozzina di maestri profumieri e guantai, innumerevoli distillerie, pomaterie e spezierie minori e infine circa sette mercanti che trattavano aromi *en gros*.

Naturalmente si trattava di commercianti che disponevano di vere e proprie ditte all'ingrosso per il commercio delle sostanze aromatiche. Spesso dalle loro case non si sarebbe detto. Le facciate che davano sulla strada avevano un aspetto borghese medio. Ma quello che era accumulato là dietro, nei solai e in enormi cantine, botti di olio, cataste di saponi alla lavanda dei più fini, damigiane di acque di fiori, di vini, di alcool, balle di cuoio profumato, sacchi e cassapanche e casse stipate di spezie – Grenouille lo percepiva al fiuto in tutti i particolari attraverso i muri più spessi –, erano ricchezze che neanche i principi possedevano. E quando acuiva l'olfatto, annusando al di là dei prosaici negozi e magazzini che davano sulla strada, scopriva che sul lato posteriore di queste casette borghesi disposte a scacchiera si trovavano dimore della specie più lussuosa. Attorno a giardini piccoli ma deliziosi, in cui crescevano palme e oleandri e mormoravano graziose fontane a zampillo circondate da aiuole, si estendevano, per lo più costruite verso sud a forma di « U », le vere e proprie ali della casa: camere da letto inondate di sole e ricoperte da tappeti di seta al piano superiore, saloni sontuosi rivestiti di legno esotico al piano terra e sale da pranzo, talvolta sporgenti nel vuoto come una terrazza, in cui si pranzava davvero, come aveva raccontato Baldini, in piatti di porcellana con posate d'oro. I signori che abitavano dietro queste quinte discrete avevano odore d'oro e di potere, di solida e consistente ricchezza, e quest'odore in loro era più forte di tutto quello che Grenouille aveva annusato finora al riguardo durante il suo viaggio attraverso la provincia.

Di fronte a uno di questi palazzi camuffati Grenouille si soffermò. La casa si trovava all'inizio di Rue Droite, un'arteria principale che attraversava la città in tutta la sua lunghezza da ovest a est. Non era niente di eccezionale: la facciata era sì un po' più ampia ed elegante di quelle degli edifici confinanti, ma non particolarmente imponente. Di fronte all'ingresso principale era fermo un carro con barili, che venivano scaricati per mezzo di un piano inclinato. Un secondo carro era in attesa. Un uomo entrò con dei documenti in ufficio, ne uscì assieme a un altro, ed entrambi scomparvero nell'ingresso principale. Grenouille si trovava sul lato di fronte e osservava l'andirivieni. Quello che succedeva lì non lo interessava. Tuttavia restava fermo. Qualcosa lo tratteneva.

Chiuse gli occhi e si concentrò sugli odori che gli arrivavano dall'edificio di fronte. C'erano gli odori dei barili, di aceto e di vino, poi le centinaia di odori grevi del magazzino, poi gli odori della ricchezza, che traspiravano dai muri come leggero sudore dorato, e infine gli odori di un giardino, che probabilmente si trovava dall'altra parte della casa. Non era facile cogliere gli aromi più delicati del giardino, perché passavano sopra il frontone della casa in scie molto esili e poi scendevano sulla strada. Grenouille accertò un profumo di magnolie, di giacinti, di mezereo, di rododendro... ma sembrava che ci fosse qualcos'altro, qualcosa di indicibilmente buono che emanava profumo in quel giardino, un odore così sublime come mai in vita sua – o forse una sola volta – era arrivato al suo naso... Doveva avvicinarsi a questo profumo.

Rifletté se era il caso di introdursi nell'edificio attraverso l'ingresso principale. Ma in quel momento c'era troppa gente occupata a scaricare e a controllare i barili, e avrebbe certo dato nell'occhio. Decise di ritornare sui suoi passi per trovare un vicolo o un passaggio che potessero condurre di fianco alla casa. Pochi metri dopo aveva raggiunto la porta della città all'inizio di Rue Droite. La varcò, si tenne tutto a sinistra e seguì le mura in discesa della città. Poco dopo sentì il profumo del giardino, dapprima debole, ancora mescolato con l'aria dei campi, poi sempre più forte. Infine capì che era vicinissimo. Il giardino confinava con le mura della città. Si trovava proprio accanto a esso. Se indietreggiava di qualche passo, riusciva a vedere i rami più alti degli aranci.

Richiuse gli occhi. I profumi del giardino calarono su di lui, netti e ben distinti, come le bande colorate di un arcobaleno. E tra essi ce n'era uno prezioso, quello che gli interessava. Grenouille si sentì ardere di gioia e gelare di paura. Il sangue gli salì alla testa come a un monello colto sul fatto, poi scivolò nel centro del suo corpo, e risalì di nuovo e di nuovo ridiscese, e lui non riusciva a controllarsi. Troppo improvvisa era stata quest'aggressione olfattiva. Per un attimo, per la durata di un respiro, per l'eternità gli sembrò che il tempo si fosse raddoppiato o fosse scomparso del tutto, poiché non sapeva più se l'adesso fosse adesso e se il qui fosse qui o non piuttosto l'adesso fosse allora e il qui fosse là, e cioè Rue des Marais a Parigi, settembre 1753: il profumo che veniva fluttuando dal giardino era il profumo della fanciulla dai capelli rossi che aveva ucciso allora. L'aver ritrovato questo profumo sulla terra lo faceva piangere di felicità... e il fatto che poteva non esser vero lo spaventava a morte.

Gli vennero le vertigini, barcollò un poco e dovette appoggiarsi al muro, e lì si lasciò scivolare lentamente a terra a gambe piegate. Raccogliendosi e cercando di tenere a freno il suo spirito, cominciò a inalare il fatale profumo con inspirazioni brevi, meno rischiose. E constatò che il profumo dietro al muro era estremamente simile al profumo della fanciulla dai capelli rossi, ma non del tutto uguale. Naturalmente proveniva anch'esso da una fanciulla con capelli rossi, su questo non c'era dubbio. Nella sua immaginazione olfattoria, Grenouille vedeva questa fanciulla davanti a sé come in un quadro: non stava ferma, ma saltava qua e là, si accaldava e poi si riacquietava, evidentemente giocava a un gioco in cui bisognava muoversi rapidamente e poi rapidamente fermarsi... con un'altra persona, dall'odore peraltro assolutamente insignificante. Aveva la pelle di un bianco abbagliante. Aveva occhi verdastri. Aveva lentiggini sul viso, sul collo e sul seno... cioè – Grenouille trattenne il respiro per un attimo, poi annusò a fondo e cercò di richiamare il ricordo olfattivo della fanciulla di Rue des Marais – ... cioè, questa fanciulla non aveva ancora seno nel vero senso della parola! Aveva soltanto un accenno di seno. Aveva appena un inizio di curve di seno, infinitamente delicato e dall'aroma esile, picchiettato di lentiggini, che cominciava a gonfiarsi forse soltanto da pochi giorni, forse soltanto da poche ore, in realtà da quel momento. In breve, la fanciulla era ancora una bambina. Ma che bambina!

Grenouille aveva la fronte sudata. Sapeva che i bambini non hanno un odore particolare, proprio come i fiori, che prima di fiorire sono tutti verdi. Ma lei, questo fiore ancora chiuso dietro le mura, che spingeva in fuori le prime punte odorose, che Grenouille, e nessun altro tranne lui, aveva appena avvertito, già ora aveva un profumo così divino da far rizzare i capelli, e quando fosse sbocciata in tutto il suo splendore avrebbe emanato un profumo mai sentito al mondo. Già ora è migliore di quello della fanciulla di Rue des Marais, pensò Grenouille, non così forte, non così intenso, ma più fine, più sfumato e nello stesso tempo più naturale. Fra un anno o due questo profumo sarebbe stato maturo, e avrebbe avuto un potere cui nessun essere umano, uomo o donna, sarebbe riuscito a sottrarsi. E la gente sarebbe stata sopraffatta, disarmata, inerme dinanzi alla magia di questa fanciulla, e non avrebbe saputo perché. E poiché gli uomini sono sciocchi e usano il naso solo per sbuffare, ma credono di capire tutto e tutti con i propri occhi, avrebbero detto che era perché questa fanciulla era dotata di bellezza, di grazia e di avvenenza. Nella loro limitatezza ne avrebbero lodato i tratti regolari, la figura snella, il petto ineccepibile. E i suoi occhi, avrebbero detto, sono come smeraldi e i denti come perle e le sue membra lisce come l'avorio... e avrebbero fatto tutti i possibili paragoni idioti. E l'avrebbero eletta regina dei gelsomini, sarebbe stata dipinta da stupidi ritrattisti, il suo ritratto sarebbe stato guardato a bocca aperta, avrebbero detto che era la più bella donna di Francia. E i giovani avrebbero trascorso la notte sotto la sua finestra uggiolando al suono dei mandolini... Vecchi signori grassi sarebbero caduti in ginocchio davanti a suo padre implorando la mano di lei... e donne di ogni età avrebbero sospirato al vederla, e in sonno avrebbero sognato di essere seducenti come lei soltanto per un giorno. E nessuno di loro avrebbe mai saputo che in verità non era il suo aspetto ad averli resi schiavi, non la sua presunta bellezza senza macchia, ma unicamente il suo incomparabile, stupendo profumo! Soltanto lui l'avrebbe saputo, lui Grenouille, lui solo. Anzi, lo sapeva fin d'ora.

Ah! Voleva avere questo profumo! Non in modo inutile e goffo, come una volta aveva avuto il profumo della fanciulla di Rue des Marais. Quel profumo, l'aveva bevuto con avidità e quindi l'aveva distrutto. No, il profumo della fanciulla dietro il muro voleva davvero farlo suo; voleva staccarlo da lei come una pelle e farne il proprio profumo. Come sarebbe accaduto, non sapeva ancora. Ma aveva due anni di tempo per impararlo. In fondo non poteva essere più difficile che carpire il profumo a un fiore raro.

Si alzò. Si allontanò quasi con riverenza, come se lasciasse qualcosa di sacro o una donna addormentata, curvo, pian piano, affinché nessuno lo vedesse, nessuno lo udisse, nessuno si accorgesse della sua preziosa scoperta. Così scivolò lungo il muro fino al limite opposto della città, dove infine il profumo della fanciulla svanì ed egli ritrovò l'accesso alla Porte des Fénéants. All'ombra delle case si fermò. L'esalazione puzzolente dei vicoli gli diede sicurezza e lo aiutò a frenare la passione che l'aveva sopraffatto. Dopo un quarto d'ora aveva riacquistato tutta la sua tranquillità. Per prima cosa, pensò, non sarebbe più andato nei pressi del giardino dietro il muro. Non era necessario. Lo agitava troppo. Il fiore là dietro cresceva senza il suo intervento, e lui sapeva come sarebbe cresciuto. Non doveva inebriarsi del suo profumo anzitempo. Doveva buttarsi nel lavoro. Doveva ampliare le sue cognizioni e perfezionare le sue capacità artigianali, ed essere preparato per l'epoca della raccolta. Aveva ancora due anni di tempo.

36

Non lontano dalla Porte des Fénéants, in Rue de la Louve, Grenouille trovò un piccolo laboratorio di profumiere e chiese lavoro.

Risultò che il padrone, *maître parfumeur* Honoré Arnulfi, era morto l'inverno precedente e che la sua vedova, una donna vivace dai capelli neri sui trent'anni circa, dirigeva il negozio soltanto con l'aiuto di un garzone.

Madame Arnulfi, dopo essersi lamentata a lungo dei tempi duri e della sua precaria situazione economica, spiegò che in realtà non avrebbe potuto permettersi un secondo garzone, ma che d'altra parte gliene occorreva uno con urgenza a causa del lavoro che sopravveniva, inoltre che non avrebbe proprio potuto ospitare a casa presso di sé un secondo garzone, tuttavia aveva una piccola capanna nel suo oliveto dietro al chiostro dei francescani – a neanche dieci minuti da lì –, nella quale un giovanotto senza pretese all'occorrenza avrebbe potuto pernottare; e che, come padrona coscienziosa, si rendeva conto della sua responsabilità nei confronti della salute fisica dei suoi garzoni, ma d'altronde non era assolutamente in grado di fornire due pasti caldi al giorno... in breve: Madame Arnulfi era – come ovviamente il fiuto di Grenouille aveva già avvertito da tempo – una donna sanamente benestante e con un sano senso degli affari. E poiché a lui non interessava il denaro e si dichiarò soddisfatto di due franchi di salario la settimana e delle altre misere condizioni, si accordarono rapidamente. Fu chiamato il primo garzone, un uomo gigantesco di nome Druot: Grenouille indovinò subito che era abituato a condividere il letto di Madame e che evidentemente quest'ultima non assumeva certe decisioni senza averlo consultato. Egli si presentò davanti a Grenouille – che al cospetto di questo gigante appariva addirittura ridicolo come una foglia al vento – a gambe larghe, diffondendo una nuvola di odore spermatico, lo squadrò, lo considerò attentamente, cercando quasi di individuare qualche proposito sleale o un possibile rivale, infine sogghignò con condiscendenza e diede il proprio assenso con un cenno.

Così tutto fu regolato. Grenouille ricevette una stretta di mano, una cena fredda, una coperta e la chiave della capanna, un bugigattolo privo di finestre che puzzava gradevolmente di sterco vecchio di pecora e di fieno, e nel quale si sistemò come poteva. Il giorno seguente cominciò il suo lavoro da Madame Arnulfi.

Era l'epoca dei narcisi. Madame Arnulfi faceva coltivare i fiori in piccoli appezzamenti di terreno suo, che possedeva fuori città nella grande conca, oppure li acquistava dai contadini, con i quali mercanteggiava accanitamente per

ogni quarto di libbra. I fiori venivano consegnati la mattina presto, li rovesciavano in laboratorio a cesti, a diecimila
per volta in fragranti mucchi voluminosi, ma leggeri come
una piuma. Nel frattempo Druot, in un grande paiolo, faceva fondere sego di porco e sego di bue in una sorta di
zuppa cremosa, nella quale, mentre Grenouille doveva mescolare senza tregua con una spatola lunga quanto una sco-
pa, gettava i fiori freschi a palate. Come occhi spaventati
a morte, essi giacevano sulla ʳuperficie per un secondo e
impallidivano nel momento in cui la spatola li spingeva
sotto e il grasso caldo li racchiudeva. E quasi nello stesso
istante erano anche già afflosciati e appassiti, ed evidentemente la morte sopravveniva così in fretta da non lasciare
a essi altra scelta se non quella di insufflare il loro ultimo
sospiro odoroso proprio in quell'elemento che li annegava;
infatti – Grenouille lo notava con indescrivibile entusiasmo – quanti più fiori spingeva sotto mescolando nel suo
paiolo, tanto più il grasso emanava profumo. E in verità
non erano i fiori morti a diffondere profumo nel grasso,
no, era il grasso stesso che si appropriava del profumo dei
fiori.

Talvolta la poltiglia diventava troppo densa, e dovevano
colarla rapidamente in grandi setacci, per liberarla dai cadaveri estenuati e prepararla a ricevere fiori freschi. Poi
gettavano dentro altre palate di fiori e mescolavano e setacciavano, così per tutto il giorno senza tregua, perché il mestiere non tollerava ritardi, finché verso sera tutto il mucchio di fiori era passato attraverso il paiolo col grasso. I resti – affinché nulla andasse perduto – venivano passati di
nuovo in acqua bollente e strizzati in una pressa a vite fino
all'ultima goccia, e riuscivano ancora a dare un olio dal-
l'aroma delicato. Ma la parte più consistente del profumo,
l'anima di un mare di fiori, era rimasta nel paiolo, racchiu-
sa e conservata nel grasso, di un insignificante bianco-gri-
gio, che si rapprendeva a poco a poco.

Il giorno seguente si continuava con la macerazione, così
si chiamava questa procedura: di nuovo si accendeva il fuo-

co sotto il paiolo, si faceva fondere il grasso e si gettavano dentro altri fiori freschi. Così per parecchi giorni, da mattina a sera. Il lavoro era faticoso. Grenouille aveva braccia di piombo, calli alle mani e dolori alla schiena, quando la sera tornava barcollando alla sua capanna. Druot, che era almeno tre volte più robusto di lui, non lo sostituiva neppure una volta nel rimestare, ma si limitava ad aggiungere i fiori quasi privi di peso e a badare al fuoco, e talvolta, a causa del calore, si allontanava per bere un goccio. Tuttavia Grenouille non si ribellava. Rimestava i fiori nel grasso senza lamentarsi, dalla mattina alla sera, e rimestando quasi non avvertiva la fatica, perché ogni volta era affascinato dal processo che si svolgeva sotto i suoi occhi e sotto il suo naso: il rapido appassire dei fiori e l'assorbimento del loro profumo.

Dopo un certo tempo Druot constatava che il grasso era saturo e non poteva più assorbire altro profumo. Spegnevano il fuoco, setacciavano la pesante poltiglia per l'ultima volta e la versavano in recipienti di terraglia, dove essa ben presto si solidificava in una pomata dall'aroma squisito.

Questo era il momento di Madame Arnulfi, che arrivava per esaminare il prezioso prodotto, per apporvi una scritta e per registrare nei suoi libri, con la massima precisione, il ricavato secondo qualità e quantità. Dopo aver chiuso personalmente i recipienti, averli sigillati e portati nei freschi recessi della cantina, indossava il suo abito nero, metteva il suo velo vedovile e iniziava il giro tra i commercianti e le ditte di profumo della città. Con parole toccanti descriveva ai compratori la sua situazione di donna sola, si faceva fare offerte, confrontava i prezzi, sospirava e infine vendeva... o non vendeva. Le pomate profumate, conservate al fresco, si mantenevano a lungo. E se ora i prezzi lasciavano a desiderare, chissà, forse d'inverno o nella prossima primavera sarebbero risaliti. C'era anche da riflettere se non convenisse, anziché vendere a quei bottegai, inviare per nave un carico di pomate a Genova assieme ad altri piccoli produttori, oppure associarsi a un convoglio diretto a

Beaucaire per la fiera d'autunno: imprese rischiose, certo, ma estremamente redditizie in caso di successo. Madame Arnulfi soppesava con cura queste diverse possibilità, e talvolta anche le combinava, vendeva una parte dei suoi tesori, un'altra la conservava e con una terza trattava a proprio rischio. Quando comunque le sue informazioni le davano l'impressione che il mercato delle pomate fosse saturo e che il prossimo futuro non lasciasse presagire penurie di prodotto che avrebbero indotto i commercianti a ricorrere alle sue scorte, correva verso casa col velo fluttuante e incaricava Druot di sottoporre tutta la produzione a un lavaggio e di tramutarla in *essence absolue*.

E allora riprendevano la pomata dalla cantina, la riscaldavano con estrema cautela in recipienti chiusi, vi aggiungevano alcool etilico del più raffinato e, introducendo un agitatore che Grenouille manovrava, la rimescolavano e la sottoponevano a un lavaggio accurato. Una volta riportata in cantina, questa miscela si raffreddava rapidamente, l'alcool si separava dal grasso della pomata che via via si rapprendeva, ed era pronto per essere travasato in una bottiglia. Ora si presentava quasi come un profumo, ma estremamente intenso, mentre la rimanente pomata aveva perso la maggior parte del suo aroma. Così, ancora una volta, il profumo dei fiori si era trasmesso a un altro elemento. Tuttavia l'operazione non era ancora finita. Dopo un filtraggio accurato con garze che trattenevano anche i più piccoli grumi di grasso, Druot versava l'alcool profumato in un piccolo alambicco e lo distillava lentamente a fuoco molto moderato. Ciò che restava nella storta dopo la sublimazione dell'alcool era una quantità minima di liquido dal colore pallido, che a Grenouille era ben noto, ma di una qualità e purezza che il suo olfatto non aveva mai conosciuto né da Baldini né da Runel: l'olio puro dei fiori, il loro aroma netto, concentrato centomila volte in una piccola quantità di *essence absolue*. Quest'essenza non aveva più un odore gradevole. Aveva un odore quasi dolorosamente intenso, acuto e pungente. E tuttavia già solo una goccia, sciolta in un litro d'alcool, bastava a rianimare, a far risuscitare un intero campo di fiori senza profumo.

Il ricavato era minimo. Il liquido derivato dalla distillazione bastava giusto a riempire tre flaconi. Dell'aroma di centomila fiori non era rimasto altro se non tre piccoli flaconi. Ma valevano una fortuna, già lì a Grasse. E quanto più ancora, quando li spedivano a Parigi o a Lione, a Grenoble, a Genova o a Marsiglia! Alla vista di quei flaconcini Madame Arnulfi assumeva uno sguardo languido, li accarezzava con gli occhi, e quando li prendeva e li tappava con tappi di vetro debitamente smerigliato, tratteneva il respiro, per non disperdere nulla del prezioso contenuto. E affinché anche dopo la chiusura non sfuggisse neppure un atomo di profumo in esalazioni, sigillava i tappi con cera liquida e infilava una vescica di pesce sul collo della bottiglia, che poi legava saldamente con uno spago. Quindi deponeva i flaconi in una cassettina foderata d'ovatta e li metteva sotto chiave in cantina.

3 7

In aprile macerarono ginestre e fiori d'arancio, in maggio un mare di rose, il cui aroma immerse la città per un mese intero in una nebbia invisibile dolce come crema. Grenouille lavorava come un mulo. Eseguiva umilmente, con una disponibilità quasi da schiavo, tutti i lavori da subalterno che Druot gli accollava. Ma mentre con apparente ottusità rimestava, spatolava, lavava tinozze, puliva il laboratorio o andava a prendere la legna da ardere, alla sua attenzione non sfuggiva nulla dei processi fondamentali del mestiere, nulla della metamorfosi dei profumi. Con una precisione maggiore di quella che avrebbe potuto avere Druot, e cioè con il suo naso, Grenouille seguiva e sorvegliava la migrazione dei profumi dai petali dei fiori al grasso e all'alcool fino ai preziosi flaconcini. Molto prima che Druot se ne accorgesse, sentiva al fiuto quando il grasso si riscaldava trop-

po, sentiva quando i fiori erano esauriti, quando la poltiglia era satura di profumo, sentiva quello che succedeva
dentro al recipiente di miscelatura e in quale preciso momento si doveva porre fine al processo di distillazione. E
all'occasione si faceva capire, naturalmente con molto tatto
e senza perdere il suo atteggiamento sottomesso. Aveva la
sensazione, diceva, che ora il grasso potesse essersi scal-
dato troppo; pensava quasi che fra non molto si potesse
filtrare; aveva un certo presentimento che ora l'alcool nel-
l'alambicco fosse evaporato... E Druot, che a dire il vero
non era proprio di un'intelligenza eccezionale, ma nemmeno del tutto stupido, con il tempo capì che le sue decisioni
si dimostravano le più giuste allorché faceva o ordinava di
fare appunto quello che Grenouille « pensava quasi » o di
cui aveva « un certo presentimento ». E poiché Grenouille
non esprimeva mai in modo saputo o saccente quello che
pensava o presentiva, e poiché mai – e soprattutto mai in
presenza di Madame Arnulfi – avrebbe messo in dubbio
anche solo con ironia l'autorità di Druot e la sua posizione
preminente di primo garzone, Druot non aveva motivo di
non seguire i consigli di Grenouille, anzi, con l'andar del
tempo, di non affidargli sempre più potere decisionale.

Sempre più spesso Grenouille non soltanto rimestava,
ma riforniva di fiori il paiolo, lo faceva scaldare e filtrava,
mentre Druot spariva per fare un salto ai Quatre Dauphins
a bere un bicchiere di vino o saliva da Madame per vedere
se tutto era in ordine. Sapeva di potersi fidare di Grenouille. E a Grenouille, sebbene sbrigasse doppio lavoro, piaceva essere solo, perfezionarsi nella nuova arte e all'occasione
eseguire piccoli esperimenti. E con immensa gioia constatò
che la pomata preparata da lui era incomparabilmente più
fine, che la sua *essence absolue* era più pura di grado di
quelle che produceva assieme a Druot.

Alla fine di luglio cominciò l'epoca dei gelsomini, in
agosto quella delle tuberose. Entrambi i fiori avevano un
profumo così squisito e fragile a un tempo che non soltanto si dovevano raccogliere prima dell'alba, ma richiede-

vano una lavorazione particolarissima, estremamente delicata. Il calore riduceva il loro profumo, l'immersione brutale nel grasso caldo della macerazione l'avrebbe totalmente distrutto. Questi fiori tra i più nobili non si lasciavano strappare l'anima così semplicemente, bisognava carpirla con vere e proprie lusinghe. Bisognava spargerli su lastre spalmate di grasso freddo o avvolgerli mollemente in pezze di stoffa imbevute d'olio in un ambiente apposito, e là lasciarli riposare fino alla morte. Soltanto dopo tre o quattro giorni erano appassiti, e avevano ceduto il loro aroma al grasso e all'olio con cui erano stati a contatto. Poi si staccavano con cautela dalle lastre e dalle pezze di stoffa, e su queste si spargevano altri fiori freschi. Il procedimento si ripeteva anche dieci, venti volte, e durava fino a settembre, periodo in cui la pomata si era saturata del tutto e l'olio aromatico si poteva spremere dalle pezze. Il ricavato era notevolmente minore rispetto a quello ottenuto con la macerazione. Ma la qualità di una simile pasta di gelsomino ottenuta con l'*enfleurage* a freddo o di un *huile antique de tubéreuse* superava in finezza e fedeltà al profumo originale qualsiasi altro prodotto dell'arte profumiera. Soprattutto nel caso del gelsomino, era come se il profumo dolce e avvincente, erotico del fiore si fosse riflesso sulle lastre spalmate di grasso come in uno specchio, e da esso s'irraggiasse di nuovo tale e quale... *cum grano salis*, ovviamente. Infatti il naso di Grenouille distingueva ancora perfettamente l'odore dei fiori dal loro aroma conservato; l'odore particolare del grasso – per quanto puro fosse – si stendeva come un velo delicato sull'immagine odorosa dell'originale, la mitigava, ne indeboliva un poco la nota emergente, forse soltanto allora rendeva la sua bellezza sopportabile per la gente comune... Ma comunque l'*enfleurage* a freddo era il sistema più raffinato e più efficace per catturare i profumi delicati. E anche se il metodo non bastava a convincere del tutto il naso di Grenouille, egli sapeva che era più che sufficiente per ingannare un mondo fatto di nasi ottusi.

In breve tempo aveva già superato il suo maestro Druot sia nella macerazione sia nell'arte della profumazione a freddo, e gliel'aveva fatto capire nel solito modo discreto e sottomesso. Druot gli affidava volentieri il compito di andare al mattatoio ad acquistare i grassi più adatti e quello di pulirli, scioglierli, filtrarli e decidere in quale proporzione combinarli nella miscela: un compito sempre molto difficile e temuto da Druot, perché un grasso impuro, rancido o con un odore troppo forte di maiale, di montone o di bue poteva rovinare la più pregiata delle pomate. Lasciava che decidesse la distanza tra le lastre spalmate di grasso nell'ambiente della profumazione, il momento in cui cambiare i fiori, il grado di saturazione della pomata, e presto gli affidò tutte le decisioni critiche che lui, Druot, come a suo tempo Baldini, riusciva a prendere soltanto con una certa approssimazione secondo regole imparate macchinalmente, ma che Grenouille indovinava con la sapienza del suo naso: cosa che naturalmente Druot non sospettava.

« Ha una mano felice », diceva Druot, « ha un senso sicuro delle cose. » E talvolta pensava anche: « È semplicemente molto più dotato di me, è un profumiere cento volte migliore ». E nello stesso tempo lo considerava uno stupido fatto e finito, perché pensava che Grenouille non traesse il minimo profitto dal suo talento; ma lui, Druot, con le sue capacità più modeste, in avvenire ne avrebbe fatto un maestro. E Grenouille lo rafforzava in questa convinzione, si comportava deliberatamente come uno sciocco, non mostrava la minima ambizione, fingeva di non sospettare affatto la propria genialità, ma di agire soltanto secondo le disposizioni del molto più esperto Druot, senza il quale lui sarebbe stato un nonnulla. In tal modo andavano perfettamente d'accordo.

Poi arrivò l'autunno e anche l'inverno. Nel laboratorio ci fu più calma. I profumi di fiori erano chiusi in cantina, nei loro recipienti e flaconi, e quando Madame non voleva lavare questa o quella pomata o non dava ordine di distillare un sacco di spezie secche, non c'era più molto da fare.

C'erano ancora le olive, ogni settimana un paio di ceste colme. Spremevano da esse l'olio vergine e gettavano il resto nel frantoio. E il vino, che Grenouille in parte distillava e rettificava in alcool...

Druot si faceva vedere sempre meno. Faceva il suo dovere nel letto di Madame, e quando compariva, puzzando di sudore e di sperma, era soltanto per sparire ben presto alla volta dei Quatre Dauphins. Anche Madame scendeva di rado. Si occupava delle sue questioni patrimoniali e della trasformazione del suo guardaroba per il periodo successivo all'anno di lutto. Spesso Grenouille non vedeva nessuno per giorni tranne la serva, dalla quale a mezzogiorno riceveva una zuppa e alla sera pane e olive. Usciva di rado. Partecipava alla vita corporativa, cioè alle riunioni regolari dei garzoni e ai cortei, giusto quel tanto da non essere notato né per la sua assenza né per la sua presenza. Amicizie e conoscenze più intime non ne aveva, ma stava ben attento a non farsi considerare arrogante o diverso dagli altri. Lasciava che fossero gli altri garzoni a trovare la sua compagnia insulsa e improduttiva. Era un maestro nell'arte di diffondere attorno a sé la noia e di spacciarsi per uno sciocco maldestro... naturalmente non in modo così esagerato che ci si potesse prendere gioco di lui con piacere o farne la vittima di qualche scherzo grossolano, tipico della corporazione. Riuscì a farsi considerare del tutto privo di interesse. Lo lasciarono in pace. E lui non voleva altro.

38

Passava il suo tempo in laboratorio. A Druot diede a intendere che voleva inventare una ricetta per l'acqua di Colonia. Ma in verità sperimentava aromi del tutto diversi. Il suo profumo, quello miscelato a Montpellier, stava per terminare, sebbene lo usasse con molta parsimonia. Ne creò uno nuovo. Questa volta però non si accontentò più di imitare alla meno peggio l'odore fondamentale degli uomini usando elementi combinati più o meno a caso, ma mise in gioco tutta la sua ambizione per crearsi un profumo personale o piuttosto una serie di profumi personali.

Dapprima si fece un odore non appariscente, un abito profumato grigio-topo per tutti i giorni, in cui l'odore umano di formaggio acido era ancora presente, ma si diffondeva all'esterno quasi soltanto come attraverso uno spesso strato di indumenti di lino e di lana messi sulla pelle secca di un vecchio. Con questo odore poteva mescolarsi tranquillamente agli altri. Il profumo era abbastanza forte da motivare l'esistenza di una persona dal punto di vista olfattivo, e nel contempo abbastanza discreto da non disturbare nessuno. Con esso Grenouille non era del tutto presente in quanto a odore, e tuttavia era pur sempre giustificato, in misura estremamente discreta, nella sua presenza: una condizione ambigua che gli giungeva molto a proposito sia in casa Arnulfi sia nei suoi giri occasionali per la città.

Certo, in qualche occasione quell'aroma discreto era di ostacolo. Quando doveva fare commissioni per incarico di Druot o voleva acquistare per sé da un commerciante un po' di zibetto o qualche granulo di muschio, poteva accadere che, dal momento che nessuno lo notava, o lo ignorassero del tutto non servendolo, o, se lo vedevano, lo servissero in modo sbagliato o si dimenticassero di lui mentre stavano servendolo. Per simili occasioni si era preparato un profumo un po' più piccante, con una leggera traccia di sudore, con alcuni angoli e spigoli olfattori, che gli conferiva un aspetto più rude e faceva credere alla gente che andasse di fretta e che lo aspettassero affari urgenti. Anche con un'imitazione dell'*aura seminalis* di Druot, che seppe fabbricare in modo incredibilmente somigliante ungendo una pezza di lino con una pasta di uova fresche d'anitra e farina di frumento fermentata, ottenne discreti successi, quando si trattava di richiamare una certa attenzione.

Un altro profumo del suo arsenale era un aroma atto a suscitare compassione, che funzionava con donne di età media e avanzata. Sapeva di latte magro e di legno tenero scortecciato. Con esso Grenouille – anche quando si presentava non rasato, con la faccia scura, avvolto nel suo mantello – dava l'impressione di un povero ragazzo pallido, con una giacchetta logora, che bisognava aiutare. Le donne del mercato, quando avvertivano il suo odore, gli davano di nascosto noci e pere secche, perché trovavano che avesse un'aria davvero affamata e indifesa. E dalla moglie del macellaio, una vecchiaccia di per sé severa e inflessibile, Grenouille ebbe il permesso di scegliersi vecchi resti di carne puzzolente e pezzi di osso e di portarli via gratis, perché il suo profumo innocente commuoveva il cuore materno della vecchia. Con questi resti egli poi, facendoli macerare direttamente in alcool, fabbricò la componente principale di un odore che si metteva addosso quando voleva stare tutto solo ed essere evitato. L'odore gli creava attorno un'atmosfera di leggero disgusto, un sentore di marcio, simile all'alito che proviene da vecchie bocche malandate al momento del risveglio. L'effetto era così potente che persino Druot, non certo molto schizzinoso, doveva voltarsi immediatamente e andare all'aperto, senza ben rendersi conto di quello che l'aveva disgustato. E un paio di gocce del repellente, sparse sulla soglia della sua capanna, bastavano a tener lontano ogni possibile intruso, uomo o animale.

Protetto da questi odori diversi, che cambiava come abiti a seconda delle esigenze esterne e che gli servivano per passare inosservato nel mondo degli uomini e per non far conoscere la sua natura, Grenouille si dedicò alla sua vera passione: la raffinata caccia agli aromi. E poiché aveva in vista una meta importante e ancora più di un anno di tempo, nell'affilare le sue armi, nel limare le sue tecniche, nel perfezionare gradualmente i suoi metodi non procedeva con fervido zelo, bensì in modo pianificato e sistematico. Cominciò dal punto in cui aveva smesso quando lavorava da Baldini, cioè cercando di carpire gli aromi di cose inanimate: pietra, metallo, vetro, legno, sale, acqua, aria...

Ciò che allora era miserabilmente fallito tramite il rozzo procedimento della distillazione, ora riusciva grazie al forte potere di assorbimento dei grassi. Per un paio di giorni Grenouille spalmò di sego di bue il pomello d'ottone di una porta, di cui gli piaceva l'odore che lo permeava, di muffa fresca. Ed ecco che, quando raschiò via il sego e lo analizzò, aveva proprio l'odore di quel pomello, in misura minima, ma inequivocabilmente chiaro. E persino dopo un lavaggio in alcool l'odore era ancora presente, estremamente delicato, lontano, offuscato dall'esalazione dell'alcool e percepibile unicamente dal naso affinato di Grenouille... ma pur sempre presente, e cioè disponibile in linea di principio. Se avesse avuto diecimila pomelli e li avesse spalmati di sego per mille giorni, sarebbe riuscito a fabbricare una minuscola goccia di *essence absolue* dell'aroma del pomello di ottone, così intenso che ognuno avrebbe avuto innegabilmente sotto il proprio naso l'illusione dell'originale.

La stessa cosa gli riuscì con l'aroma poroso di una pietra calcarea che aveva trovato sull'uliveto davanti alla sua capanna. La fece macerare e ottenne una piccola quantità di pomata alla pietra, il cui odore infinitesimale lo rallegrò indescrivibilmente. Lo unì ad altri odori, estratti da tutti i possibili oggetti che si trovavano attorno alla sua capanna, e fabbricò a poco a poco un modello olfattivo in miniatura di quell'uliveto dietro al chiostro dei francescani, che poteva portare con sé chiuso in un piccolo flacone ed espandere quando voleva far rivivere l'odore.

Erano virtuose acrobazie dell'arte profumiera, quelle che eseguiva, splendidi passatempi, che naturalmente nessuno tranne lui poteva apprezzare o anche soltanto riconoscere. Ma quanto a lui, era affascinato dalle perfezioni assurde, e né prima né dopo nella sua vita ci furono momenti di felicità davvero innocente come in quel periodo, in cui con zelo giocoso creò paesaggi, nature morte e immagini di singoli oggetti odorosi. E ben presto passò a esseri viventi.

Diede la caccia a mosche invernali, larve, ratti, gattini appena nati e li annegò nel grasso caldo. Di notte s'insinuava nelle stalle, e per un paio d'ore avvolgeva vacche, capre e maialini in panni spalmati di grasso, o li fasciava con bende oleose. Oppure s'introduceva furtivo in un recinto di pecore per tosare in segreto un agnello e lavare poi la sua lana odorosa in alcool etilico. Dapprima i risultati non furono del tutto soddisfacenti. Infatti, diversamente dal pomello e dalla pietra, gli animali erano molto riluttanti a lasciarsi carpire il loro aroma. I maiali si strappavano le bende sfregandosi contro gli stipiti dei loro porcili. Le pecore belavano, quando lui di notte si avvicinava con il coltello. Le mucche si ostinavano a scuotersi dalle mammelle i panni spalmati di grasso. Alcuni coleotteri che trovò, mentre stava per trattarli, produssero secrezioni puzzolenti, e i ratti, sicuramente per paura, cagarono sulle sue pomate, estremamente sensibili dal punto di vista olfattivo. Diversamente dai fiori, gli animali che tentava di macerare non cedevano il loro aroma senza un lamento oppure soltanto con un muto sospiro, ma rifiutavano disperatamente di morire, non volevano a nessun costo essere spinti sotto con la spatola, si dimenavano e lottavano, producendo in tal modo quantità eccessive di sudore di paura e di morte, che con la loro iperacidità rovinavano il grasso caldo. Naturalmente così non si poteva fare un buon lavoro. I soggetti dovevano essere immobilizzati, e così all'improvviso da non arrivare neppure ad aver paura o a opporre resistenza. Doveva ucciderli.

Per prima cosa provò con un cagnolino. Davanti al mattatoio, lo distolse dalla madre e lo attirò con un pezzo di carne fino al laboratorio, e mentre l'animale, ansimando con gioiosa eccitazione, cercava di addentare la carne alla sinistra di Grenouille, quest'ultimo lo colpì seccamente alla nuca con un pezzo di legno che teneva nella mano destra. La morte sorprese il cagnolino così repentina, che esso mantenne a lungo un'espressione di felicità attorno alla bocca e negli occhi, anche quando Grenouille lo depose su una griglia tra due lastre spalmate di grasso nell'ambiente di profumazione, dove poi cominciò a diffondere il suo profumo di cane, puro, non contaminato dal sudore della paura. Naturalmente bisognava stare attenti! I cadaveri, così come i fiori recisi, si guastavano in fretta. E così Grenouille montò la guardia accanto alla sua vittima, per dodici ore circa, finché si accorse che il corpo del cane emanava le prime esalazioni di decomposizione, in verità gradevoli, ma adulteranti. Subito interruppe l'*enfleurage*, tolse il cadavere e mise al sicuro il grasso lievemente profumato in un paiolo, dove lo lavò con cura. Distillò l'alcool fino a ridurlo alla quantità di un ditale, e con questo ricavato riempì una minuscola cannula di vetro. Il profumo sapeva chiaramente dell'aroma umido, fresco e grasso della pelle del cane, e continuò a mantenere quest'aroma sorprendentemente forte. E quando Grenouille lo fece fiutare alla vecchia cagna del mattatoio, essa proruppe in ululati di gioia e guaì e non voleva più staccare le narici dalla cannula. Ma Grenouille la tappò con cura, la prese e la portò con sé ancora a lungo a ricordo di quel giorno di trionfo in cui era riuscito per la prima volta a carpire l'anima odorosa a un essere vivente.

Poi, molto gradualmente e con estrema cautela, si accostò agli esseri umani. Dapprima andò a caccia da una distanza di sicurezza con una rete a maglia larga, perché gl'importava non tanto fare grossi bottini, quanto piuttosto sperimentare il suo metodo di caccia.

Camuffato con il suo profumo leggero che non dava nell'occhio, una sera si mescolò agli ospiti della locanda Quatre Dauphins, e attaccò piccoli brandelli di stoffa imbevuti di olio e di grasso sotto i banchi e i tavoli e in nicchie nascoste. Qualche giorno dopo li raccolse e li esaminò. In effetti, oltre a tutte le possibili esalazioni di cucina, odori di fumo, di tabacco e di vino, avevano assorbito anche un lieve odore umano. Ma esso restava molto vago e velato, era più il sentore di un'esalazione generica che non un odore personale. Una simile aura di massa, ma più pura e intensificata nel sublime-sudaticcio, si poteva trovare nella cattedrale, dove Grenouille il 24 dicembre attaccò sotto i

banchi i suoi straccetti di prova, e li riprese il 26, dopo
che non meno di sette messe vi si erano depositate sopra:
un orribile conglomerato di odori di sudore anale, sangue
mestruale, popliti umidicci e mani contratte, frammisto al
respiro emesso da mille gole che avevano cantato in coro e
snocciolato avemarie, e alle esalazioni opprimenti dell'incenso e della mirra, si era condensato sugli straccetti impregnati, orribile nel suo addensamento nebuloso, privo
di contorni, nauseante, e tuttavia già inconfondibilmente
umano.

Il primo odore individuale Grenouille se lo procurò al-
l'ospizio della Charité. Riuscì a trafugare il lenzuolo, destinato a essere bruciato, di un garzone valigiaio appena
morto di tisi, nel quale costui era stato avvolto per due
mesi. Il lenzuolo era talmente impregnato dell'unto del valigiaio, che aveva assorbito le sue esalazioni come una pasta
da *enfleurage*, e si poté sottoporre direttamente al lavaggio. Il risultato dette qualcosa di simile a uno spettro: dal
punto di vista olfattivo, sotto il naso di Grenouille il valigiaio risuscitò dalla soluzione di alcool etilico, e fluttuò
per la stanza, anche se spettralmente alterato dal singolare
metodo della riproduzione e dai numerosi miasmi della sua
malattia, ma tuttavia discretamente riconoscibile come immagine olfattiva individuale: un uomo piccolo di trent'anni, biondo, col naso tozzo, gli arti corti, i piedi piatti simili
a cera, il membro enfiato, il temperamento bilioso e l'alito
insipido: non certo un bell'uomo dal punto di vista olfattivo, questo valigiaio, non degno di essere conservato oltre
come quel piccolo cane. E tuttavia Grenouille lo lasciò flut-
tuare come spirito odoroso per una notte intera nella sua
capanna, e continuò a fiutarlo, felice e profondamente soddisfatto per il potere che aveva acquisito sull'aura di un
altro uomo. Il giorno seguente lo gettò via.

In quei giorni d'inverno fece un'altra prova. A una mendicante muta, di passaggio in città, diede un franco affinché
portasse per un giorno sulla pelle nuda straccetti trattati
con diverse misture di grasso e d'olio. Risultò che una com-

binazione di grasso di reni di agnello e di sego di porco e di vacca depurati più volte in proporzione due/cinque/tre, con l'aggiunta di piccole dosi di olio vergine, era la più adatta ad assorbire l'odore umano.

Con ciò Grenouille si ritenne appagato. Rinunciò a impossessarsi di un essere umano vivo nella sua totalità e a utilizzarlo per carpirgli il profumo. Una cosa simile sarebbe sempre stata rischiosa e non avrebbe procurato cognizioni nuove. Ora sapeva di possedere le tecniche per carpire l'odore di un uomo, e non era necessario provarlo ancora a se stesso.

Inoltre, l'odore umano di per sé gli era indifferente. Con surrogati poteva imitare discretamente l'odore dell'uomo. Quello che voleva, era l'odore di *certi* esseri umani: e cioè le creature estremamente rare che ispirano l'amore. Queste erano le sue vittime.

39

In gennaio la vedova Arnulfi sposò il suo primo garzone Dominique Druot, che in tal modo fu promosso *maître gantier* e *parfumeur*. Ci fu un gran pranzo per i maestri della corporazione e uno più modesto per i garzoni; Madame acquistò un materasso nuovo per il suo letto, che ora condivideva ufficialmente con Druot, e tirò fuori dall'armadio il suo guardaroba colorato. Per il resto tutto rimase come prima. Mantenne il buon vecchio nome di Arnulfi, mantenne il patrimonio indiviso, la conduzione finanziaria della ditta e le chiavi della cantina; Druot adempiva quotidianamente i suoi doveri sessuali e poi si rinfrescava col vino; e Grenouille, sebbene ora fosse primo e unico garzone, sbrigava il grosso del lavoro che sopravveniva con lo stesso salario esiguo, lo stesso vitto modesto e lo stesso misero alloggio.

L'anno cominciò con la marea gialla delle cassie, con i giacinti, con la fioritura delle violette e con i narcotici narcisi. Una domenica di marzo – era trascorso forse un anno dal suo arrivo a Grasse – Grenouille si mise in cammino per andare a controllare lo stato delle cose nel giardino dietro il muro all'altro limite della città. Questa volta era preparato al profumo, sapeva molto bene quello che l'aspettava... e tuttavia, quando lo fiutò, già alla Porte Neuve, appena a mezza strada da quel punto accanto al muro, il cuore gli batté più forte, e sentì che il sangue gli guizzava nelle vene dalla felicità: c'era ancora, la pianta incomparabilmente bella, aveva superato indenne l'inverno, era in succhio, cresceva, si espandeva, buttava splendide infiorescenze! Il suo profumo, come si era aspettato, era diventato più intenso senza perdere in finezza. Ciò che ancora un anno prima si era diffuso con delicatezza a spruzzi e a gocce, adesso si era quasi composto in un fiume d'aroma lievemente pastoso, che s'iridava di mille colori e tuttavia fissava ogni tonalità e non la lasciava più sfuggire. E questo fiume, constatò raggiante Grenouille, si alimentava da una fonte sempre più rigogliosa. Un anno ancora, soltanto un anno, soltanto dodici mesi ancora, e questa fonte sarebbe traboccata, e lui sarebbe tornato a catturare il getto impetuoso del suo profumo.

Corse lungo il muro fino al punto conosciuto dietro a cui si trovava il giardino. Sebbene la fanciulla non fosse evidentemente in giardino, bensì in casa, in una stanza dietro a finestre chiuse, il suo aroma spirava verso il basso come una lieve brezza ininterrotta. Grenouille stava completamente immobile. Non era inebriato o stordito come la prima volta che l'aveva sentito. Era colmo del sentimento di felicità dell'amante che spia o contempla la sua adorata da lontano e sa che verrà a prenderla tra un anno per portarla con sé. Invero Grenouille, la zecca solitaria, il bruto, il mostro Grenouille, che mai aveva provato amore e mai avrebbe potuto ispirare amore, quel giorno di marzo stava accanto alle mura della città di Grasse e amava, e il suo amore lo rendeva profondamente felice.

Non amava certo un essere umano, non certo la fanciulla della casa dietro il muro. Amava il profumo. Solo quello e nient'altro, e quello soltanto perché sarebbe stato il suo. Sarebbe tornato a prenderlo fra un anno, lo giurò sulla sua vita. E dopo aver fatto questo strano voto, o promessa di fidanzamento, dopo questa promessa di fedeltà a se stesso e al suo futuro profumo, lasciò il luogo con animo lieto e rientrò in città attraverso la Porte du Cours.

La notte, steso nella sua capanna, ancora una volta richiamò il profumo dalla memoria – non poté resistere alla tentazione – e s'immerse in esso, lo accarezzò e se ne lasciò accarezzare, così intimo, così favolosamente vicino, come se già lo possedesse realmente, il suo profumo, il suo profumo personale, e lo amò in sé e amò se stesso in lui in un prezioso momento d'ebbrezza. Voleva portarsi nel sonno questo sentimento, questo innamoramento di sé. Ma proprio nel momento in cui chiuse gli occhi e già al prossimo respiro si sarebbe assopito, esso lo abbandonò, d'un tratto era scomparso e in sua vece nella stanza c'era l'odore acre e freddo della stalla delle capre.

Grenouille sussultò. « Che cosa avverrà », pensò, « se questo profumo, che sarà mio... che cosa avverrà, quando finirà? Non è come nella memoria, dove tutti i profumi sono immortali. Quello reale si consuma nel mondo. È fugace, e quando si sarà esaurito, la fonte da cui l'ho preso non esisterà più. E io sarò nudo come prima, e dovrò arrangiarmi con i miei surrogati. No, sarà peggio di prima! Poiché nel frattempo l'avrò conosciuto e posseduto, il mio splendido profumo personale, e non riuscirò a dimenticarlo, perché non dimentico mai un profumo. E dunque vivrò tutta la vita del ricordo che ne ho; come già adesso, per un momento, ho vissuto del ricordo anticipato di lui, che sarà mio... A che cosa mi serve, dunque? »

Questo pensiero fu estremamente spiacevole per Grenouille. Lo spaventava moltissimo l'idea di dover inevitabilmente perdere il profumo, che ancora non possedeva, quando l'avesse posseduto. Per quanto tempo sarebbe durato? Qualche giorno? Qualche settimana? Un mese forse, se l'avesse usato con estrema parsimonia? E poi? Si vedeva già versare l'ultima goccia dalla bottiglia, sciacquare il flacone con alcool etilico, affinché neanche un minimo residuo andasse perduto, e poi vedeva, sentiva che il suo amato profumo si dileguava irrimediabilmente e per sempre. Sarebbe stato come un lento morire, come una sorta di asfissia alla rovescia, uno straziante graduale evaporare del suo sé nell'orribile mondo.

Rabbrividì. Fu sopraffatto dal desiderio di uscire nella notte e di andarsene. Sui monti innevati voleva andare, senza fermarsi, a cento miglia di distanza, nell'Auvergne, e là strisciare nella sua vecchia caverna e dormire fino alla morte. Ma non lo fece. Rimase dov'era e non cedette al desiderio, sebbene fosse forte. Non gli cedette perché era un suo vecchio desiderio andarsene e rinchiudersi in una caverna. Lo conosceva già. Quello che non conosceva era il possesso di un profumo umano, un profumo stupendo come quello della fanciulla dietro il muro. E anche se sapeva che avrebbe dovuto pagare un prezzo terribilmente alto per il possesso di questo profumo e la sua perdita, tuttavia il possesso *e* la perdita gli sembravano più degni d'esser desiderati che non la secca rinuncia a entrambi. Poiché sempre aveva rinunciato a qualcosa. Ma mai aveva posseduto e perso qualcosa.

A poco a poco i dubbi svanirono e con essi anche i brividi di freddo. Sentì che il sangue caldo lo rianimava, e la volontà di fare ciò che si era proposto riprendeva possesso di lui. Ed era una volontà ancora più forte di prima, poiché adesso non derivava più da un puro desiderio, bensì anche da una decisione ponderata. La zecca Grenouille, messa di fronte alla scelta se disseccarsi o lasciarsi cadere, si decise per la seconda ipotesi, ben sapendo che questa caduta sarebbe stata l'ultima. Si stese di nuovo sul giaciglio, piacevolmente nella paglia, piacevolmente sotto la coperta, e si sentì molto eroico.

Ma Grenouille non sarebbe stato Grenouille se si fosse accontentato a lungo di un sentimento di eroico fatalismo.

Era dotato di una volontà d'autoaffermazione troppo tenace, di una natura troppo scaltra e di uno spirito troppo raffinato per farlo. Bene: aveva deciso di possedere quel profumo della fanciulla dietro il muro. E se l'avesse perso dopo qualche settimana e fosse morto per la perdita, bene anche così. Ma sarebbe stato meglio non morire e tuttavia possedere il profumo, o comunque differire la sua perdita per quanto possibile. Bisognava conservarlo. Bisognava eliminare la sua fugacità senza privarlo del suo carattere: un problema da profumiere.

Esistono profumi che durano decenni. Un armadio strofinato con muschio, un pezzo di cuoio imbevuto d'olio di cannella, uno gnocco d'ambra, una cassettina di legno di cedro mantengono l'odore quasi in eterno. Altri invece — olio di limoncello, bergamotto, estratti di narciso e di tuberosa — si dileguano già dopo qualche ora, se sono esposti all'aria puri e liberi. Il profumiere affronta questa fatale circostanza quando vincola i profumi troppo volatili con quelli duraturi, cioè impone a essi per così dire delle catene che ne regolino l'impulso di libertà, e in tal caso l'arte consiste nell'allentare le catene quel tanto che basta perché il profumo vincolato mantenga in apparenza la sua libertà, e nello stringerle quel tanto che basta perché il profumo non possa svanire. Una volta Grenouille era riuscito a eseguire alla perfezione questo pezzo di bravura con l'olio di tuberosa, incatenando il suo profumo effimero con l'aggiunta di piccole quantità di zibetto, di vaniglia, di laudano e di cipresso, e solo in tal modo era riuscito a renderlo veramente efficace. Perché non doveva essere possibile qualcosa di simile anche con il profumo della fanciulla? Perché avrebbe dovuto usare e sprecare questo profumo, il più prezioso e delicato di tutti, allo stato puro? Che sistema grossolano! Straordinariamente rozzo! I diamanti si lasciavano forse grezzi? L'oro si portava forse a pezzi attorno al collo? E lui, Grenouille, era forse un primitivo rapinatore di sostanze aromatiche come Druot e come gli altri maceratori, distillatori e torchiatori di fiori? O non era invece il più grande profumiere del mondo?

Si batté in testa inorridito per non esserci arrivato prima: naturalmente questo profumo unico non si doveva usare allo stato grezzo. L'avrebbe incastonato, come la più preziosa delle gemme. Avrebbe forgiato un diadema profumato, in cui il *suo* profumo, più in alto di tutti, vincolato da altri profumi e nel contempo su essi dominante, avrebbe diffuso il suo splendore. Avrebbe creato un profumo secondo tutte le regole dell'arte, e il profumo della fanciulla dietro il muro ne avrebbe rappresentato il cuore.

Naturalmente come coadiuvanti, come nota di base, di centro e di testa, come aroma di punta e come fissatore non erano adatti né il muschio né lo zibetto, né l'olio di rose né quello di neroli. Per un profumo simile, per un profumo umano, gli occorrevano altri ingredienti.

40

Nel maggio dello stesso anno, in un roseto a mezza strada tra Grasse e il borgo di Opio a est, fu rinvenuto il cadavere nudo di una fanciulla quindicenne. Era stata uccisa con una randellata alla nuca. Il contadino che l'aveva trovata era così turbato dall'atroce scoperta da rendersi quasi sospetto, mentre riferiva con voce tremante al tenente di polizia che non aveva mai visto una simile bellezza... quando in realtà avrebbe voluto dire che non aveva mai visto un simile orrore.

In effetti la fanciulla era di una bellezza squisita. Apparteneva a quel tipo di donne malinconiche che sembrano fatte di miele scuro, liscio e dolce e incredibilmente appiccicoso, che con un gesto vischioso, una scossa di capelli, una sola lenta sferzata del loro sguardo dominano l'ambiente, e tuttavia restano imperturbabili come al centro di un uragano, apparentemente inconsapevoli della propria forza gravitazionale, con cui attraggono irresistibilmente a sé i desideri e l'anima sia degli uomini sia delle donne. Ed era giovane, giovanissima, il fascino tipico della sua specie non era ancora trascorso in mollezza. Le sue membra robuste erano ancora compatte e sode, i suoi seni simili a uova sode appena sbucciate, e il suo volto liscio, incorniciato da capelli neri e forti, aveva ancora contorni estremamente delicati e zone di mistero. Ma i capelli non c'erano più. L'assassino li aveva tagliati e portati via, come aveva portato via i vestiti.

I sospetti caddero sugli zingari. Gli zingari erano capaci di tutto. Era noto che gli zingari tessevano tappeti con abiti vecchi e imbottivano i loro cuscini di capelli umani e fabbricavano piccole bambole con la pelle e con i denti degli impiccati. Un delitto così perverso poteva solo essere opera degli zingari. Tuttavia in quel periodo non c'erano zingari, da nessuna parte, gli zingari erano passati di lì per l'ultima volta in dicembre.

In mancanza di zingari passarono a sospettare i lavoratori stagionali italiani. Ma non c'erano neppure italiani, per loro era troppo presto, sarebbero arrivati in paese soltanto a giugno, per la raccolta dei gelsomini, dunque non potevano essere stati loro. Infine furono sospettati i fabbricanti di parrucche, presso i quali cercarono i capelli della fanciulla assassinata. Inutilmente. Allora si pensò che fossero stati gli ebrei, poi i monaci, presunti lussuriosi, del convento dei benedettini – che naturalmente erano tutti già oltre i sessanta –, poi i cistercensi, poi i massoni, poi i malati di mente della Charité, poi i carbonai, poi i mendicanti, e buon'ultima la nobiltà dissoluta, in particolare il marchese di Cabris: infatti, si era sposato già per la terza volta, allestiva, dicevano, messe orgiastiche nelle sue cantine e in tali occasioni beveva sangue di vergini per aumentare la propria potenza sessuale. Ovviamente non si riuscì a provare nulla in concreto. Nessuno aveva assistito al delitto, abiti e capelli della morta non furono trovati. Dopo qualche settimana il tenente di polizia sospese le indagini.

A metà giugno arrivarono gli italiani, molti con le loro

famiglie, per andare a servizio come raccoglitori. I contadini li assunsero, ma, memori del delitto, proibirono alle mogli e alle figlie di frequentarli. La prudenza non era mai troppa. Infatti, sebbene in realtà i lavoratori stagionali non fossero responsabili del delitto accaduto, in linea di principio avrebbero ben potuto esserlo, e quindi era meglio guardarsi da loro.

Poco dopo l'inizio della raccolta dei gelsomini ci furono altri due delitti. Di nuovo le vittime erano fanciulle bellissime, di nuovo appartenevano a quel tipo malinconico dai capelli neri, di nuovo furono trovate in campi di fiori nude e coi capelli tagliati, con una ferita da botta alla nuca. Di nuovo non c'era traccia del colpevole. La notizia si diffuse con la rapidità di un incendio, e quando si seppe che entrambe le vittime erano italiane, figlie di un bracciante genovese, ci fu il rischio che scoppiassero ostilità contro gli immigrati.

Ora la paura gravava sul paese. La gente non sapeva più su chi dirigere la sua rabbia impotente. C'era sì ancora qualcuno che sospettava i pazzi o l'ambiguo marchese, ma nessuno ci credeva fino in fondo, perché i pazzi erano sorvegliati giorno e notte, e il marchese era partito da tempo per Parigi. Quindi gli uomini si appressarono l'uno all'altro. I contadini aprirono i loro granai agli immigrati, che fino allora si erano accampati all'aperto. I cittadini allestirono in ogni quartiere un servizio di pattuglie notturne. Il tenente di polizia rafforzò le guardie alle porte della città. Ma tutti i provvedimenti non servirono a nulla. Pochi giorni dopo il duplice omicidio, si trovò ancora il cadavere di una fanciulla, conciato come i precedenti. Questa volta si trattava di una lavandaia sarda del palazzo vescovile, che era stata uccisa vicino al grande bacino d'acqua alla Fontaine de la Foux, dunque proprio davanti alle porte della città. E sebbene le autorità, spinte dalla cittadinanza eccitata, avessero intrapreso nuove misure – controlli più rigidi alle porte della città, rinforzo della guardia notturna, divieto di uscire per tutte le persone di sesso femminile dopo il calar delle tenebre –, quell'estate non passò più settimana senza che si trovasse il cadavere di una giovanetta. E sempre si trattava di adolescenti che avevano appena cominciato a farsi donne, e sempre delle più belle e per lo più di quel tipo scuro e vischioso. Per quanto l'assassino ben presto non disdegnasse più neppure il tipo femminile predominante nella popolazione locale, molle, di pelle bianca e lievemente corpulenta. Da ultimo erano diventate sue vittime persino le castane, adolescenti dai capelli biondo-scuro... sempreché non fossero troppo magre. Le braccava ovunque, non più soltanto nei dintorni di Grasse, ma nel cuore della città, addirittura nelle case. La figlia di un falegname fu trovata morta nella sua stanza al quinto piano, e nessuno in casa aveva sentito il minimo rumore, e non uno dei cani, che in genere fiutavano qualsiasi sconosciuto e lo segnalavano con latrati, aveva abbaiato. Sembrava che l'assassino fosse inafferrabile, immateriale, come uno spirito.

La gente s'indignò e se la prese con l'autorità. La minima diceria provocava assembramenti. Un mercante girovago, che vendeva polverine d'amore e ciarlatanerie varie, fu quasi massacrato, perché si disse che i suoi rimedi contenevano capelli triturati di giovanette. Al palazzo di Cabris e all'ospizio della Charité tentarono di appiccare incendi. Il mercante di tessuti Alexandre Misnard sparò al proprio domestico uccidendolo mentre costui tornava a casa di notte, poiché l'aveva scambiato per il famigerato assassino delle fanciulle. Chi poteva permetterselo, mandò le figlie adolescenti da parenti lontani o in pensionati a Nizza, Aix o Marsiglia. Il tenente di polizia fu destituito dalla sua carica in seguito alle pressioni del consiglio municipale. Il suo successore fece esaminare i cadaveri di quelle bellezze private dei capelli da un collegio di medici, per accertare la loro condizione verginale. Risultò che erano tutte intatte.

Stranamente questo annuncio aumentò l'orrore, anziché diminuirlo, perché in cuor suo ognuno aveva pensato che le fanciulle fossero state violentate. In tal modo potevano almeno conoscere il movente dell'assassinio. Ora non sapevano più nulla, erano totalmente confusi. E chi credeva in Dio si rifugiava nella preghiera, perché almeno la sua casa fosse risparmiata dalla visita del demonio.

Il consiglio municipale – un organo composto da trenta fra i cittadini e i nobili più ricchi e più stimati di Grasse, per lo più gente illuminata e anticlericale, che finora non aveva tenuto in gran conto il vescovo e per lo più aveva trasformato conventi e abbazie in magazzini e fabbriche –, i fieri, potenti signori del consiglio municipale, nel momento del bisogno, acconsentirono a pregare monsignore il vescovo, con una petizione redatta in tono sottomesso, affinché maledicesse e colpisse con la scomunica il mostro che assassinava le fanciulle e su cui le forze terrene non riuscivano a prevalere, così come aveva fatto il suo illustre predecessore nel 1708 con le terribili cavallette che a quel tempo minacciavano il paese. E in effetti l'assassino delle fanciulle di Grasse, che fino allora aveva strappato a tutti i ceti della popolazione non meno di ventiquattro tra le vergini più belle, fu scomunicato e maledetto solennemente dal vescovo in persona, sia per iscritto con un affisso sia a voce da tutti i pulpiti della città, tra i quali anche il pulpito di Notre-Dame-du-Puy.

Il successo fu travolgente. I delitti cessarono da un giorno all'altro. Ottobre e novembre trascorsero senza cadaveri. All'inizio di dicembre da Grenoble giunsero rapporti su un assassino di fanciulle che di recente circolava nel luogo, strangolava le sue vittime e strappava loro gli abiti a brandelli dal corpo e i capelli a mazzi dalla testa. E sebbene questi rozzi crimini non avessero niente a che vedere con i delitti di Grasse, eseguiti in modo ineccepibile, tutti erano convinti che si trattasse di un solo e unico autore. Gli abitanti di Grasse si fecero tre volte il segno della croce dal sollievo che la bestia imperversasse non più tra di loro, bensì a Grenoble, distante sette giorni di viaggio. Organizzarono una fiaccolata in onore del vescovo e il 24 dicembre celebrarono una grande messa di ringraziamento. Il 1° gennaio 1766 le accresciute misure di sicurezza furono ridotte, e il divieto di uscite notturne per le donne fu abolito. La normalità tornò nella vita pubblica e privata con una sveltezza incredibile. La paura era sparita come per incanto, nessuno parlava più del terrore che solo pochi mesi prima aveva dominato la città e i dintorni. Non se ne parlava neppure nelle famiglie colpite. Era come se la maledizione del vescovo avesse bandito non soltanto l'assassino, ma anche qualsiasi ricordo di lui. E alla gente andava bene così.

Soltanto chi aveva una figlia che si stava giusto avvicinando a quell'età particolare non era del tutto tranquillo a lasciarla incustodita, veniva colto dall'ansia all'ora del tramonto ed era felice la mattina quando la ritrovava viva e vegeta... naturalmente senza volersene confessare il motivo.

4 1

Ma c'era un uomo a Grasse che non credeva a quell'atmosfera di pace. Si chiamava Antoine Richis, rivestiva la carica di secondo console della città e abitava in un edificio imponente all'inizio della Rue Droite.

Richis era vedovo e aveva una figlia di nome Laure. Sebbene non avesse ancora quarant'anni e possedesse un'indomita vitalità, pensava di rimandare un secondo matrimonio ancora per qualche tempo. Prima voleva far sposare sua figlia. E non certo col primo arrivato, bensì con un uomo di rango. C'era un tal barone di Bouyon, con un figlio e un feudo a Vence, con una buona reputazione e una cattiva situazione finanziaria, con il quale Richis aveva già preso accordi per un futuro matrimonio dei rispettivi figli. Quando poi Laure fosse stata maritata, lui stesso avrebbe allungato le sue antenne di uomo libero in direzione di tre casati molto ragguardevoli, i Drée, i Maubert o i Fontmichel — non perché fosse vanesio e dovesse a ogni costo dividere il letto con una consorte nobile, ma perché voleva fondare una dinastia e indirizzare i suoi discendenti verso una via che portasse alla massima considerazione sociale e alla massima influenza politica. Per questo gli occorrevano ancora almeno due figli, uno dei quali si sarebbe occupato dei suoi affari, mentre l'altro, con una carriera giuridica e tramite il Parlamento di Aix, si sarebbe introdotto nella nobiltà. Tuttavia, come uomo del suo ceto, poteva nutrire simili ambizioni con prospettive di successo soltanto legando intimamente la sua persona e la sua famiglia alla nobiltà provenzale.

Ciò che comunque giustificava in lui progetti così ambiziosi era la sua favolosa ricchezza. Antoine Richis era di gran lunga il cittadino più facoltoso e aveva proprietà un po' ovunque. Possedeva latifondi non soltanto nella zona di Grasse, dove faceva coltivare aranci, ulivi, frumento e canapa, ma anche nei pressi di Vence e verso Antibes, dove li aveva appaltati. Possedeva case ad Aix, case in campagna, partecipazioni in flottiglie che facevano rotta per l'India, un ufficio stabile a Genova e la più grossa ditta di Francia di sostanze odorose, spezie, olii e pelli.

Ma la cosa più preziosa che Richis possedeva era sua figlia. Era la sua unica figlia, di sedici anni giusti, con capelli rosso-scuro e occhi verdi. Aveva un viso così incantevole che i visitatori di qualsiasi età e sesso restavano a guardarla impietriti e non riuscivano più a staccare gli occhi da lei, pareva che addirittura leccassero il suo viso con gli occhi come se stessero leccando il gelato con la lingua, e, così facendo, assumevano l'espressione tipica della stupida devozione che tale attività leccatoria comporta. Persino Richis, quando guardava la propria figlia, si sorprendeva al punto che per qualche tempo, per un quarto d'ora, anche per una mezz'ora, dimenticava il mondo e con esso i suoi affari − cosa che altrimenti non gli succedeva neppure nel sonno −, si scioglieva tutto nella contemplazione della splendida fanciulla e in seguito non sapeva più dire che cosa avesse fatto. E di recente − lo avvertiva con malessere − la sera quando l'accompagnava a letto o talvolta la mattina, quando andava a svegliarla, e lei stava ancora dormendo, come adagiata là da mani divine, e attraverso la sua sottile camicia da notte si manifestavano le forme dei suoi fianchi e del suo seno, e il suo respiro si levava calmo e tranquillo dal quadrato del petto, della curva dell'ascella, del gomito e dell'avambraccio liscio, su cui aveva appoggiato il viso... in quel momento, gli si torceva sgradevolmente lo stomaco, si sentiva stringere la gola e inghiottiva, e Dio sa se si malediceva per essere il padre di questa donna e non uno sconosciuto, dinanzi al quale lei giacesse come ora dinanzi a lui, che senza scrupoli avrebbe potuto stendersi accanto a lei, su di lei, entrare in lei con tutto il suo desiderio. E il sudore gli usciva a fiotti, e le sue membra tremavano, mentre soffocava in sé quel desiderio mostruoso e si chinava su di lei per svegliarla con un casto bacio paterno.

L'anno precedente, al tempo dei delitti, non aveva ancora subìto simili tentazioni funeste. Il fascino che a quell'epoca sua figlia aveva esercitato su di lui era stato – così almeno gli sembrava – un fascino ancora infantile. E anche per questo non aveva mai seriamente temuto che Laure potesse diventare vittima di quell'assassino che, com'era noto, non aggrediva né donne né bambine, ma esclusivamente adolescenti in età virginale. In verità aveva intensificato la sorveglianza della sua casa, aveva fatto mettere nuove inferriate alle finestre del piano terreno e incaricato la cameriera di dividere la stanza da letto con Laure. Ma era restio a mandarla via, come facevano i suoi parigrado con le loro figlie, anzi persino con tutta la loro famiglia. Trovava questo comportamento spregevole e indegno di un membro del Consiglio e secondo console che, pensava, per i suoi concittadini avrebbe dovuto essere un modello di pacatezza, di coraggio e d'inflessibilità. Inoltre era un uomo che non si lasciava dettare decisioni da altri, non da una folla in preda al panico e meno che mai da un solo cialtrone anonimo d'un assassino. E così per tutto quel terribile periodo era stato uno dei pochi in città a restare immune dalla febbre della paura e a serbare la mente fredda.

Ma ora, stranamente, tutto cambiò. Cioè, mentre gli altri
là fuori, come se avessero già impiccato l'assassino, festeg-
giavano la fine delle sue imprese e presto dimenticarono
del tutto i tempi infausti, nel cuore di Antoine Richis si
annidò la paura, come un orribile veleno. Per molto tempo
non volle ammettere che era la paura che lo portava a differire viaggi a lunga scadenza, a lasciare la casa malvolentieri, ad abbreviare le visite e le sedute per poter rientrare
presto. Si giustificava di fronte a se stesso adducendo un'in-
disposizione o un eccesso di lavoro, ammetteva anche di
essere un po' preoccupato, proprio come qualsiasi padre
che ha una figlia in età da marito, una preoccupazione del
tutto normale... La fama della bellezza di Laure non era
forse di pubblico dominio? Non si allungavano già forse
i colli, quando la domenica qualcuno l'accompagnava in
chiesa? E certi membri del Consiglio non facevano già
delle avance, a nome proprio o dei loro figli?...

42

Poi, un giorno di marzo, Richis era seduto in salotto e osservava Laure passeggiare fuori in giardino: la ragazza indossava un abito blu su cui ricadevano i suoi capelli rossi,
fiammeggianti alla luce del sole; Richis non l'aveva ancora
mai vista così bella. La scorse sparire dietro una siepe. E
poi attese un po' più a lungo di quanto si era aspettato, forse soltanto il tempo di due battiti del cuore in più, prima
che lei ricomparisse... e si spaventò a morte, perché in quei
due istanti aveva pensato di averla persa per sempre.

Quella notte stessa si destò da un sogno terribile, del
quale non riuscì più a ricordare il contenuto, ma sapeva
che aveva a che fare con Laure, e si precipitò nella sua
stanza, convinto che fosse morta, che giacesse nel letto assassinata, violentata, coi capelli tagliati... e la trovò inco-
lume.

Tornò nella sua camera, bagnato di sudore e tremante di

eccitazione, no, non d'eccitazione, bensì di paura, ora finalmente confessò a se stesso che era stato soltanto un attacco
di paura e, mentre se lo confessava, la sua mente divenne
lucida e tranquilla. Se doveva essere onesto, fin dall'inizio
non aveva creduto alla scomunica del vescovo; né aveva
creduto che l'assassino si fosse poi spostato a Grenoble; e
neppure che avesse lasciato definitivamente la città. No,
viveva sempre lì, tra i cittadini di Grasse, e un giorno o
l'altro avrebbe colpito ancora. In agosto e in settembre
Richis aveva visto alcune delle fanciulle assassinate. Quella vista l'aveva orripilato e affascinato a un tempo, doveva
ammetterlo, perché tutte, e ognuna in modo molto particolare, erano di una notevole bellezza. Mai avrebbe pensato
che a Grasse esistesse tanta bellezza nascosta. L'assassino
gli aveva aperto gli occhi. L'assassino aveva un gusto squisito. E aveva un sistema. Non soltanto perché tutti i delitti erano eseguiti con la stessa tecnica metodica, ma anche
la scelta delle vittime rivelava un proposito, per così dire,
di pianificazione economica. In verità Richis non sapeva
che cosa realmente volesse l'assassino dalle sue vittime, infatti non poteva certo averle depredate della loro cosa migliore, la bellezza e il fascino della loro giovinezza... oppure sì? Comunque gli pareva che l'assassino, per quanto assurdo potesse sembrare, non fosse uno spirito distruttivo, bensì un meticoloso collezionista. Vale a dire: imma-
ginando – rifletteva Richis – tutte le vittime non più come
singole creature, bensì come elementi di un principio superiore, e pensando in modo idealistico alle loro diverse qualità come fuse in un tutto unitario, ne derivava che l'immagine composta da simili pezzi di mosaico doveva essere l'immagine della bellezza per antonomasia, e il fascino che
emanava da essa non era più di specie umana, bensì divina.
(Come si vede, Richis era un uomo dalla mente illuminata,
che non indietreggiava neppure di fronte a conclusioni bla-
sfeme, e pur se pensava per categorie non olfattive, bensì
ottiche, giungeva molto vicino alla verità.)
Ora, posto il caso – continuava a riflettere Richis – che

l'assassino fosse un simile collezionista di bellezza e agisse per creare l'immagine della perfezione, foss'anche soltanto nella fantasia del suo cervello malato; posto inoltre che fosse un uomo di gusto sublime e con un metodo perfetto, come in effetti sembrava essere, non si poteva supporre che rinunciasse all'elemento più prezioso che esisteva sulla terra per completare quell'immagine, alla bellezza di Laure. Tutto il suo lavoro omicida fino a oggi non avrebbe avuto senso senza di lei. Lei era l'elemento conclusivo della sua costruzione.

Mentre formulava quest'orrendo pensiero, Richis era seduto sul suo letto in camicia da notte e si stupiva della propria calma. Non rabbrividiva e non tremava più. La paura indeterminata, che lo aveva tormentato per settimane, era scomparsa per dar luogo alla consapevolezza di un pericolo concreto: le intenzioni e le mire dell'assassino erano dirette con estrema chiarezza verso Laure, fin dall'inizio. E tutti gli altri assassinii erano stati accessori di quest'ultimo delitto, quello culminante. In verità lo scopo materiale dei delitti e comunque l'esistenza di un tale scopo restavano oscuri. Ma l'essenziale, cioè il metodo sistematico dell'assassino e il suo movente ideale, Richis l'aveva intuito. E quanto più vi rifletteva, tanto più gli piacevano entrambe le cose e tanto più cresceva la sua considerazione per l'assassino: una considerazione, certo, che subito riverberava come da un nitido specchio anche su di lui, perché comunque era stato lui, Richis, con la sua mente sottile e analitica, a scoprire i trucchi dell'avversario.

Se anche lui, Richis, fosse stato un assassino e fosse stato ossessionato dalle stesse idee passionali dell'assassino, non avrebbe potuto agire altrimenti, e come l'assassino avrebbe arrischiato tutto per coronare l'opera della sua follia con la splendida, incomparabile Laure.

Quest'ultimo pensiero in particolare lo affascinava. Infatti, che lui fosse in grado di trasferirsi col pensiero nella condizione del futuro assassino di sua figlia lo rendeva di gran lunga superiore all'assassino stesso. Questi infatti, senza alcun dubbio, con tutta la sua intelligenza non era in grado di mettersi nelle condizioni di Richis... foss'anche soltanto perché certo non poteva sospettare che da tempo Richis si era messo nella condizione di lui, dell'assassino. In fondo era così anche nel mondo degli affari... *mutatis mutandis*, si capisce. Uno era superiore a un concorrente di cui aveva indovinato le intenzioni; non si lasciava più mettere a terra da lui; non quando si chiamava Antoine Richis, che ne sapeva una più del diavolo ed era dotato di una natura combattiva. Alla fin fine il più grande commercio di Francia di sostanze aromatiche, la sua ricchezza e la carica di secondo console non gli erano piovuti dal cielo come una grazia, ma li aveva ottenuti lottando, con l'ostinazione, con l'inganno, poiché aveva subodorato i rischi a tempo debito, indovinato con astuzia i piani dei concorrenti e scavalcato gli avversari. E avrebbe raggiunto anche le sue mete future, il potere e la nobiltà dei suoi discendenti. E non altrimenti avrebbe sventato i progetti di quell'assassino, del suo concorrente per il possesso di Laure... non foss'altro perché Laure rappresentava l'elemento conclusivo anche nella costruzione dei piani personali suoi, di Richis. L'amava, certo, ma ne aveva anche bisogno. E ciò che gli serviva per realizzare le sue più alte ambizioni non se lo lasciava togliere da nessuno, lo teneva ben stretto con unghie e con denti.

Ora stava meglio. Dopo essere riuscito a portare le sue riflessioni notturne circa la lotta con il demone sul campo più ristretto di una disputa commerciale, si sentì pieno di coraggio, addirittura di baldanza. Era svanito l'ultimo residuo di paura, scomparso lo scoramento e scomparsa l'ansia struggente, che lo avevano tormentato come se fosse stato un vecchio tremebondo, dileguata la nebbia dei foschi presentimenti, in cui brancolava da settimane. Si trovava su un terreno familiare, e si sentiva all'altezza di qualsiasi sfida.

43

Sollevato, quasi divertito, saltò fuori del letto, tirò il nastro del campanello e ordinò al suo domestico assonnato di preparare abiti e provviste, perché sul far del giorno pensava di partire per Grenoble in compagnia della figlia. Poi si vestì e cacciò fuori dei letti il resto del personale.

Nel cuore della notte la casa di Rue Droite si ridestò a una vita operosa. In cucina si accesero i fuochi, le serve correvano agitate per i corridoi, il domestico si affrettava su e giù per le scale, nelle volte delle cantine risuonava il clangore delle chiavi del magazziniere, in cortile ardevano le fiaccole, alcuni servi correvano a prendere i cavalli e altri tiravano fuori i muli dalle stalle, era tutto un imbrigliare, un sellare, un correre e un caricare: si sarebbe potuto credere che stessero avanzando le orde austrosarde, saccheggiando e bruciando tutto come nell'anno 1746, e che il padrone di casa, in preda al panico, si preparasse a una rapida fuga. Ma niente di tutto questo! Il padrone di casa era seduto sovranamente, come un Maresciallo di Francia, allo scrittoio del suo ufficio, beveva caffellatte e dava istruzioni ai domestici che irrompevano uno dopo l'altro. Nel frattempo scriveva lettere al *maire* e al primo console, al suo notaio, al suo avvocato, al suo banchiere di Marsiglia, al barone di Bouyon e a diversi soci d'affari.

Verso le sei aveva sbrigato la corrispondenza e completato tutte le disposizioni necessarie per realizzare i suoi piani. Prese con sé due piccole pistole da viaggio, si affibbiò la cintura con il denaro e chiuse a chiave lo scrittoio. Poi andò a svegliare sua figlia.

Alle otto la piccola carovana si mise in moto. Richis cavalcava in testa, splendido a vedersi con una veste rossovino gallonata d'oro, redingote nera e cappello nero dal baldanzoso pennacchio. Lo seguiva sua figlia, vestita più discretamente, ma di una bellezza così radiosa che la gente per strada e alle finestre aveva occhi soltanto per lei, tra la folla giravano solenni « ah » e « oh » e gli uomini si toglievano il cappello: in apparenza davanti al secondo console, ma in realtà davanti a lei, la donna regale. Poi, quasi inosservata, veniva la cameriera, quindi il domestico di Richis con due cavalli da soma – lo stato notoriamente cattivo della strada per Grenoble non consentiva l'uso di una carrozza – e a chiusura del corteo c'erano una dozzina di muli caricati con tutte le possibili mercanzie, sorvegliati da due servi. Alla Porte du Cours le guardie presentarono le armi e le riabbassarono soltanto dopo il passaggio dell'ultimo mulo. Qualche bambino corse dietro al corteo ancora per un certo tempo, poi salutò a lungo con cenni il seguito che si allontanava lentamente salendo per il sentiero ripido e tortuoso verso i monti.

Alla gente la partenza di Antoine Richis con sua figlia fece una strana, profonda impressione. Era come se avessero assistito a un sacrificio arcaico. Si era diffusa la voce che Richis fosse diretto a Grenoble, cioè nella città in cui ultimamente dimorava il mostro che assassinava le fanciulle. La gente non sapeva che cosa pensare. Quella di Richis era un'imperdonabile leggerezza o un'azione coraggiosa degna di ammirazione? Voleva sfidare o placare gli dèi? C'era il vago e confuso presentimento di avere appena visto la bella fanciulla dai capelli rossi per l'ultima volta. Il presentimento che Laure Richis fosse perduta.

Questa sensazione si sarebbe rivelata giusta, sebbene si fondasse su presupposti totalmente sbagliati. Perché Richis non era diretto a Grenoble. La pomposa partenza non era stata altro che una finta. Fece fermare il corteo a un miglio e mezzo di distanza da Grasse in direzione nord-ovest, nei pressi del villaggio di Saint-Vallier. Consegnò al suo cameriere le procure e una lettera di accompagnamento, e gli ordinò di condurre a Grenoble soltanto il convoglio con i muli e i servi.

Quanto a lui, si avviò con Laure e la domestica verso Cabris, dove si concesse una pausa per il mezzogiorno, poi, attraverso i monti del Tanneron, cavalcò in direzione obliqua verso sud. Il percorso era estremamente disagevole, ma permetteva di aggirare Grasse e la conca di Grasse descrivendo un ampio arco a ovest e di raggiungere la costa entro sera in incognito... Il giorno seguente – tale era il piano di Richis – avrebbe preso il traghetto con Laure per le isole Lérins, nella più piccola delle quali si trovava il convento fortificato di Saint-Honorat. Esso era amministrato da pochi monaci, vecchi ma ancora pieni d'energia, che Richis conosceva bene, perché acquistava e rivendeva già da anni tutta la produzione del convento di liquore d'eucalipto, pinoli e olio di cipresso. E per prima cosa pensava di sistemare sua figlia proprio lì, nel convento di Saint-Honorat, che assieme al penitenziario di Château d'If e al carcere statale dell'isola di Sainte-Marguerite era senz'altro il luogo più sicuro della Provenza. Lui poi sarebbe tornato senza indugio in terraferma, questa volta avrebbe aggirato Grasse via Antibes e Cagnes, e la sera del giorno stesso sarebbe arrivato a Vence. Là aveva già convocato il suo notaio per stipulare un accordo definitivo con il barone de Bouyon circa le nozze dei loro figli Laure e Alphonse. A Bouyon intendeva fare un'offerta che questi non avrebbe potuto rifiutare: assunzione dei suoi debiti nella misura di 40.000 lire, dote consistente in una somma della stessa entità, come pure diverse grosse proprietà terriere e un frantoio presso Maganosc, nonché una rendita annua di 3000 lire per la giovane coppia. L'unica condizione di Richis era che il matrimonio avvenisse entro dieci giorni e fosse consumato il giorno stesso delle nozze, e che successivamente la coppia si stabilisse a Vence.

Richis sapeva che con un procedimento così affrettato avrebbe alzato il prezzo per l'unione della sua casa con quella dei de Bouyon in misura del tutto sproporzionata. Se avesse potuto aspettare, l'avrebbe ottenuta a minor prezzo. Il barone avrebbe mendicato in ginocchio di poter elevare il rango della figlia di un grande commerciante borghese tramite il matrimonio con suo figlio, perché la fama della bellezza di Laure era senz'altro destinata ad accrescersi, esattamente come la ricchezza di Richis e la miseria di

Bouyon! Ma fosse pure! In questa transazione commerciale il suo avversario non era il barone, bensì l'assassino sconosciuto. L'importante per lui era rovinargli l'affare. Una donna sposata, deflorata e se possibile già ingravidata, non era più adatta alla galleria esclusiva dell'assassino. L'ultimo pezzo del mosaico sarebbe stato falso, Laure avrebbe perso qualsiasi valore per l'assassino, la cui opera sarebbe fallita. E doveva sentire tutto il peso di questa sconfitta! Richis voleva celebrare le nozze a Grasse, con gran pompa e davanti a tutti. E anche se non conosceva e non avrebbe mai conosciuto il suo avversario, sarebbe pur stato un piacere per Richis sapere che quello assisteva all'avvenimento ed era costretto a vedere con i propri occhi che la sua preda più ambita gli veniva portata via sotto il naso.

Il piano era ben escogitato. E di nuovo dobbiamo ammirare il fiuto di Richis, che l'aveva portato così vicino alla verità. Poiché in effetti il matrimonio di Laure Richis con il figlio del barone de Bouyon avrebbe significato una sconfitta totale per l'assassino delle fanciulle di Grasse. Ma il piano non era ancora stato realizzato. Richis non aveva ancora messo in salvo sua figlia con il matrimonio. Non l'aveva ancora portata fino al convento sicuro di Saint-Honorat. I tre cavalieri stavano ancora attraversando le montagne inospitali del Tanneron. I sentieri erano così difficoltosi che talvolta bisognava scendere da cavallo. Tutto procedeva molto lentamente. Speravano di raggiungere il mare presso La Napoule, una piccola località a ovest di Cannes, verso sera.

4 4

Nel momento in cui Laure Richis lasciava Grasse con suo padre, Grenouille si trovava dall'altra parte della città nel laboratorio di Madame Arnulfi, e macerava giunchiglie. Era solo, ed era di buon umore. Il suo periodo di Grasse si avviava alla fine. Il giorno del trionfo era imminente. Nella capanna là fuori, in una cassettina foderata d'ovatta, c'erano ventiquattro minuscoli flaconi con l'aura condensata in gocce di ventiquattro vergini: le essenze più preziose che Grenouille aveva ottenuto l'anno prima mediante l'*enfleurage* a freddo dei corpi, la macerazione dei capelli e dei vestiti, il lavaggio e la distillazione. E quel giorno Grenouille si sarebbe impossessato della venticinquesima, la più preziosa e la più importante. Per quest'ultimo colpo aveva già preparato un piccolo recipiente con grasso depurato più volte, una pezza di lino finissimo e un pallone di alcool ad alta gradazione. Il terreno era stato sondato con estrema precisione. Era il periodo della luna nuova.

Sapeva che un tentativo di irruzione improvvisa nell'edificio ben custodito di Rue Droite era assurdo. Per questo voleva insinuarsi e nascondersi in qualche angolo della casa già all'inizio del tramonto, prima ancora che chiudessero le porte della città, protetto dalla propria mancanza di odore, che, come una cappa magica, lo sottraeva alla percezione di uomini e animali. Più tardi, mentre tutti dormivano, sarebbe salito fino alla stanza del suo tesoro, guidato nell'oscurità dalla bussola del suo naso. Avrebbe eseguito il lavoro sul luogo con la pezza imbevuta di grasso. Avrebbe portato via, come d'abitudine, soltanto capelli e vestiti, dal momento che queste parti si potevano trattare direttamente in alcool etilico, un'operazione che era più comodo portare a termine in laboratorio. Per l'elaborazione finale della pomata e la sua distillazione in concentrato aveva calcolato una seconda notte. E se tutto andava bene – e non aveva motivo di dubitare che tutto sarebbe andato bene – due giorni dopo sarebbe stato in possesso di tutte le essenze atte a comporre il miglior profumo del mondo, e avrebbe lasciato Grasse come l'uomo dall'odore migliore del mondo.

Verso mezzogiorno finì il suo lavoro con le giunchiglie. Spense il fuoco, mise il coperchio al paiolo con il grasso e uscì dal laboratorio per rinfrescarsi. Il vento arrivava da ovest.

Già alla prima inspirazione s'accorse che qualcosa non andava. L'atmosfera non era la solita. Nella cappa odorosa della città, questo velo intessuto di migliaia di fili, mancava il filo d'oro. Durante le ultime settimane questo filo odoroso era diventato così intenso che Grenouille l'aveva percepito con chiarezza persino oltre la città, nella sua capanna. Ora se n'era andato, sparito, non si avvertiva più nemmeno fiutando con la massima energia. Grenouille era come paralizzato dallo spavento.

È morta, pensò. Poi, ancora più orribile: un altro è arrivato prima di me. Un altro ha strappato il mio fiore e si è impadronito del suo profumo! Non si mise a gridare, era troppo sconvolto per farlo, ma arrivò alle lacrime, che salirono agli angoli dei suoi occhi e subito scivolarono giù ai lati del naso.

In quel momento Druot, di ritorno dai Quatre Dauphins, tornava a casa per il pranzo, e *en passant* raccontò che la mattina di buon'ora il secondo console era partito per Grenoble con sua figlia e dodici muli. Grenouille ricacciò le lacrime e si allontanò di corsa, attraversando la città fino alla Porte du Cours. Sulla piazza antistante la porta si fermò e fiutò. E in effetti, nel vento puro dell'ovest, incontaminato dagli odori della città, ritrovò il suo filo d'oro, sia pure esile e fievole, ma tuttavia inconfondibile. Comunque l'amato aroma non proveniva da nord-ovest, dove c'era la strada per Grenoble, bensì dalla direzione di Cabris, se non addirittura da sud-ovest.

Grenouille chiese alla guardia che strada avesse imboccato il secondo console. La sentinella indicò il nord. Non la strada per Cabris? O l'altra, che portava a sud verso Auribeau e La Napoule? No di certo, disse la sentinella, l'aveva visto con i suoi occhi.

Grenouille tornò indietro di corsa per la città fino alla sua capanna, mise nella sua sacca da viaggio la pezza di lino, il recipiente con la pomata, la spatola, le forbici e una piccola clava liscia di legno d'ulivo e si mise subito in cammino: non sulla strada per Grenoble, bensì sulla via che gli indicava il suo naso: verso sud.

Questa strada, la via diretta per La Napoule, passava lungo le propaggini del Tanneron attraverso gli avvallamenti fluviali di Frayère e Siagne. Era un percorso comodo. Grenouille procedette rapidamente. Quando alla sua destra emerse Auribeau, aggrappata in alto, sulle cime tondeggianti, il suo olfatto gli disse che aveva quasi raggiunto i fuggitivi. Poco dopo si trovò più o meno alla loro altezza. Ora sentiva l'odore di ognuno di loro, sentiva persino l'esalazione dei loro cavalli. Potevano essere non più di mezzo miglio a ovest, da qualche parte nelle foreste del Tanneron. Si dirigevano a sud, verso il mare. Esattamente come lui.

Verso le cinque del pomeriggio Grenouille raggiunse La Napoule. Entrò nella locanda, mangiò e chiese una sistemazione economica per la notte. Era un garzone conciatore di Nizza, disse, diretto a Marsiglia. Poteva pernottare nella stalla, risposero. Là si stese in un angolo e si mise a riposare. Il suo olfatto gli disse che i tre cavalieri erano in arrivo. Ormai si trattava soltanto di aspettare.

Due ore dopo – era già il tardo crepuscolo – i tre arrivarono. Per proteggere il loro incognito si erano cambiati i vestiti. Ora le due donne indossavano abiti scuri e un velo, e Richis una giacca nera. Diede a intendere d'essere un gentiluomo proveniente da Castellane, l'indomani voleva recarsi alle isole Lérins, il locandiere doveva trovare una barca che stesse pronta all'alba. Oltre a lui e ai suoi c'erano forse altri ospiti alla locanda? No, disse il locandiere, soltanto un garzone conciatore di Nizza, che pernottava nella stalla.

Richis mandò le donne nelle camere. Quanto a lui, andò nella stalla a prendere ancora qualcosa dalle bisacce, così disse. Dapprima non riuscì a vedere il garzone conciatore, dovette farsi dare una lanterna dallo stalliere. Poi lo scorse disteso in un angolo, su una vecchia coperta sopra la paglia, la testa appoggiata contro la sua sacca da viaggio,

profondamente addormentato. Aveva un aspetto così totalmente insignificante, che Richis per un attimo ebbe l'impressione che non esistesse affatto, ma fosse soltanto un'immagine illusoria creata dalle ombre oscillanti della lanterna. Comunque Richis stabilì subito che quell'essere inno-
cuo in modo persino commovente non poteva rappresen-
tare il minimo pericolo, si allontanò pian piano per non di-
sturbarne il sonno e rientrò nella locanda.

Cenò assieme alla figlia in camera. Non le aveva spiega-
to lo scopo e la meta dello strano viaggio, e non lo fece
neanche ora, sebbene lei glielo chiedesse con insistenza.
L'indomani gliel'avrebbe rivelato, disse, e poteva star certa che tutto ciò che lui progettava e faceva sarebbe stata
la cosa migliore per lei e per la sua felicità futura.

Dopo cena giocarono alcune partite a « L'hombre », che
lui perse tutte, perché anziché guardare le proprie carte
guardava di continuo il volto della figlia, per godere della
sua bellezza. Verso le nove la condusse nella sua stanza,
che si trovava di fronte alla propria, le diede il bacio della
buonanotte e chiuse a chiave la porta dall'esterno. Poi andò
a coricarsi anche lui.

D'un tratto si sentì molto stanco per le fatiche del giorno e della notte precedente, e nello stesso tempo molto contento di sé e di come andavano le cose. Senza la minima
preoccupazione, senza quei foschi presentimenti che l'avevano tormentato e tenuto sveglio fino al giorno prima ogni
volta che spegneva la lampada, si addormentò subito, e dor-
mì un sonno senza sogni, senza lamenti, senza sussulti spa-
smodici e senza girarsi e rigirarsi nervosamente nel letto.
Per la prima volta dopo molto tempo Richis ebbe un sonno profondo, tranquillo, ristoratore.

Nello stesso momento Grenouille si alzò dal suo giaciglio nella stalla. Anche lui era contento di sé e di come
andavano le cose e si sentiva estremamente riposato, sebbene non avesse dormito un istante. Quando Richis era
venuto a cercarlo nella stalla, aveva soltanto finto di dormire, per rendere ancora più manifesta quell'impressione

di innocenza che già dava soltanto grazie al suo odore insignificante. D'altronde, diversamente da Richis nei suoi confronti, egli aveva decifrato Richis con estrema precisione, naturalmente dal punto di vista olfattivo, e non gli era affatto sfuggito il sollievo di Richis alla sua vista.

E così entrambi, durante il loro breve incontro, si erano reciprocamente convinti della rispettiva innocenza, a torto e a ragione, ed era giusto così, pensò Grenouille, perché la sua innocenza apparente e quella reale di Richis alleggerivano il lavoro a lui, a Grenouille: un modo di vedere le cose, del resto, che nel caso opposto Richis avrebbe pienamente condiviso.

45

Con cautela professionale Grenouille si mise all'opera. Aprì la sacca da viaggio, ne tolse la pezza di lino, la pomata e la spatola, allargò la pezza sulla coperta su cui si era steso, e cominciò a spalmarla con la pasta grassa. Era un lavoro che richiedeva tempo, perché era importante applicare il grasso in uno strato ora più spesso, ora più sottile, a seconda dei punti del corpo con cui le rispettive parti della pezza dovevano venire a contatto. Bocca e ascella, petto, sesso e piedi davano quantità di profumo maggiori che non ad esempio tibie, schiena e gomiti; i palmi ne davano più dei dorsi della mano; le sopracciglia più delle palpebre, ecc... e di conseguenza per queste parti bisognava usare più grasso. Quindi Grenouille modellò quasi un diagramma odoroso del corpo da trattare sulla pezza di lino, e in realtà questa era per lui la parte più soddisfacente del lavoro, perché si trattava di una tecnica artistica che occupava in egual misura sensi, fantasia e mani, e inoltre anticipava idealmente il piacere del risultato finale che ci si aspettava.

Dopo aver usato tutto il recipiente della pomata, picchiettò ancora la pezza qua e là, tolse il grasso in un punto, lo aggiunse in un altro, diede qualche ritocco, esaminò ancora una volta il paesaggio di grasso che aveva modellato... con il naso peraltro, non con gli occhi, perché tutto il lavoro si svolgeva nella totale oscurità, il che forse contribuiva a rasserenare ulteriormente l'animo di Grenouille. In quella notte di luna piena nulla lo distraeva. Il mondo non era altro che odore e un lieve brusio proveniente dal mare. Grenouille era nel suo elemento. Poi ripiegò la pezza come un tappeto, in modo che le superfici spalmate di grasso si trovassero l'una sull'altra. Questa era un'operazione dolorosa per lui, perché sapeva bene che così facendo, pur con tutta la cautela possibile, parte dei rilievi cui aveva dato forma si sarebbero appiattiti e spostati. Ma non c'era altro modo di trasportare la pezza. Dopo averla piegata quel tanto da poterla portare senza troppa difficoltà stesa sull'avambraccio, prese con sé la spatola, le forbici e la piccola clava di legno d'ulivo e scivolò fuori della stalla.

Il cielo era coperto. Nella casa non c'era più un lume acceso. L'unica scintilla di luce in quella notte nera come la pece guizzava a est sul faro del fortino nell'isola di Sainte-Marguerite a un miglio di distanza, una minuscola, lucente punta di spillo sulla pezza nera. Dalla baia giungeva una brezza leggera dal sentore di pesce. I cani dormivano.

Grenouille si diresse verso il finestrino del granaio, su cui era appoggiata una scala a pioli. Sollevò la scala e, tenendola dritta in equilibrio, con tre pioli incastrati sotto il braccio destro libero e la parte superiore che premeva sulla spalla destra, attraversò il cortile finché arrivò sotto la finestra di Laure. La finestra era semiaperta. Mentre saliva sulla scala a pioli, comodamente come su una scala normale, si rallegrò della circostanza di poter cogliere l'aroma della fanciulla a La Napoule. A Grasse, con le finestre munite di inferriate e la casa rigidamente sorvegliata, sarebbe stato tutto molto più difficile. Lì dormiva persino sola. Non occorreva neppure eliminare la cameriera.

Aprì le imposte con una spinta, scivolò nella camera e

depose la pezza. Poi si girò verso il letto. Il profumo dei capelli di Laure era predominante, perché era distesa sul ventre, e il suo viso, incorniciato dal braccio piegato, era affondato nel cuscino, dimodoché la sua nuca si presentava in modo addirittura ideale per ricevere il colpo di clava.

Il rumore del colpo fu sordo e stridente. Grenouille lo odiò. Lo odiò soltanto perché era un rumore, un rumore nel corso del suo lavoro che altrimenti era silenzioso. Riuscì a sopportare quel rumore disgustoso soltanto a denti stretti, e quando esso cessò, restò fermo ancora un poco, rigido e teso con la mano contratta attorno alla clava quasi temendo che il rumore potesse tornare indietro da qualche punto come un'eco risonante. Ma non tornò indietro, tornò invece il silenzio nella stanza, un silenzio persino accresciuto, poiché adesso non c'era più nemmeno il lieve fruscio del respiro della fanciulla. E subito la tensione di Grenouille (che forse si sarebbe potuta interpretare anche come un atteggiamento di profondo rispetto o come un autoimposto minuto di silenzio) si sciolse, e il suo corpo si rilassò e si ammorbidì.

Grenouille mise da parte la clava e si dedicò con solerzia al suo lavoro. Per prima cosa spiegò la pezza da profumare, la stese mollemente dal rovescio sul tavolo e sulle sedie e fece ben attenzione a non toccare la parte grassa. Poi alzò la coperta del letto. L'aroma meraviglioso della fanciulla, che sgorgò all'improvviso caldo e concentrato, non lo colpì in modo particolare. Lo conosceva già, e soltanto dopo, quando fosse diventato veramente suo, l'avrebbe goduto, goduto fino a ubriacarsene. Ora si trattava di prenderne il più possibile e di lasciarne sfuggire il meno possibile, era il momento in cui occorrevano concentrazione e velocità.

Con rapidi colpi di forbice tagliò la camicia da notte di Laure, gliela tolse, afferrò la pezza spalmata di grasso e la gettò sul suo corpo nudo. Poi sollevò il corpo e lo fece passare sotto la parte pendente della pezza, che arrotolò come fa un panettiere con lo strudel; piegò le parti termi-

nali della pezza e avvolse tutto il corpo, dalle dita dei piedi
fino alla fronte. Soltanto i capelli spuntavano da quella fa-
sciatura da mummia. Li tagliò rasente alla pelle della testa
e li avvolse nella camicia da notte, che annodò come un fagotto. Da ultimo coprì il cranio rasato con un pezzo di tela
che aveva tenuto da parte, lisciò con le mani il bordo so-
vrapposto alla testa e picchiettò per farlo aderire con leggeri colpetti delle dita. Esaminò l'involucro da cima a fondo. Non c'era più una fessura, non un forellino, non una
minima piega da cui potesse sfuggire l'aroma della fanciulla. Era imballata alla perfezione. Non restava altro che
aspettare, sei ore, fino alle prime luci dell'alba.

Prese la poltroncina su cui erano stesi i vestiti di Laure,
la portò vicino al letto e si sedette. Nell'ampia veste nera
aleggiava ancora l'effluvio delicato del profumo della ragazza misto all'odore dei pasticcini all'anice che aveva messo
in tasca come provvista per il viaggio. Appoggiò i piedi sul
bordo del letto, accanto ai piedi di Laure, si coprì con la
veste nera di lei e mangiò i pasticcini all'anice. Era stanco.
Ma non voleva dormire, perché non era decoroso dormire
durante il lavoro, anche se il lavoro consisteva soltanto
nell'attendere. Ricordò le notti passate a distillare nel laboratorio di Baldini: l'alambicco annerito dalla fuliggine,
la fiamma tremolante, il lieve rumore come di sputo con
cui il distillato colava a gocce dal tubo di raffreddamento
nella bottiglia fiorentina. Di tanto in tanto era stato necessario sorvegliare il fuoco, aggiungere altra acqua per
distillare, cambiare la bottiglia fiorentina, sostituire il prodotto da distillare ormai esaurito. E tuttavia gli era sempre sembrato che si dovesse vegliare non soltanto per sbrigare le operazioni che di volta in volta si rendevano necessarie, ma che la veglia fosse importante di per sé. Anche lì
in quella stanza – dove il procedimento dell'*enfleurage* si
compiva in modo totalmente autonomo, anzi, dove esaminare, rivoltare e toccare il pacco odoroso avrebbe potuto
addirittura nuocere al processo –, anche lì Grenouille aveva l'impressione che la sua presenza vigile fosse importan-

te. Il sonno avrebbe potuto mettere in pericolo il buon esito dell'operazione.

Del resto non faceva fatica a vegliare e ad aspettare, nonostante la sua stanchezza. *Questa* attesa gli piaceva. Gli era piaciuta anche con le altre ventiquattro fanciulle, perché non era un'attesa passiva e ottusa, né un'attesa cocente e febbrile, bensì un'attesa partecipante, ricca di significato, in un certo modo attiva. Si realizzava qualcosa durante quest'attesa. Si realizzava l'essenziale. E anche se non era lui ad agire, esso si realizzava per suo tramite. Aveva dato il meglio di sé. Aveva impiegato tutta la sua abilità. Non un particolare gli era sfuggito. L'opera era unica nel suo genere. Sarebbe stata coronata dal successo... doveva attendere ancora qualche ora. Lo appagava profondamente, quest'attesa. In vita sua non si era mai sentito così bene, così tranquillo, così equilibrato, così tutt'uno con se stesso – neppure quand'era stato sulla sua montagna – come in queste ore di pausa del lavoro, quando a notte fonda sedeva accanto alle sue vittime e aspettava vegliando. Erano gli unici momenti in cui il suo cervello malinconico formulava pensieri quasi lieti.

Stranamente questi pensieri non erano rivolti al futuro. Non pensava al profumo che avrebbe raccolto fra qualche ora, non al profumo fatto dell'aura di venticinque fanciulle, non a progetti futuri, alla felicità e al successo. No, pensava al suo passato. Ricordava le tappe della sua vita, dalla casa di Madame Gaillard con davanti la catasta di legna calda e umida fino al suo viaggio di quel giorno nel piccolo villaggio di La Napoule, odoroso di pesce. Ripensò al conciatore Grimal, a Giuseppe Baldini, al marchese de la Taillade-Espinasse. Ripensò alla città di Parigi, alle sue esalazioni cattive fatte di mille odori, ripensò alla fanciulla dai capelli rossi in Rue des Marais, alla campagna aperta, alla brezza leggera, ai boschi. Ripensò anche alla montagna dell'Auvergne – non volle evitare questo pensiero –, alla sua caverna, all'aria priva di odore umano. Ripensò anche ai suoi sogni. E ripensò a tutte queste cose col massimo piacere. Sì, ricordando il passato gli sembrava di essere un uomo particolarmente favorito dalla fortuna, e che il suo destino l'avesse guidato per vie molto tortuose, ma alla fin fine giuste... come sarebbe stato possibile altrimenti che lui fosse arrivato fin lì, in quella stanza buia, alla meta dei suoi desideri? Se ci rifletteva fino in fondo, era davvero un individuo toccato dalla grazia.

Si sentì sopraffatto da commozione, umiltà e gratitudine. « Ti ringrazio », disse a bassa voce, « ti ringrazio, Jean-Baptiste Grenouille, di essere come sei! » A tal punto era preso da se stesso.

Quindi abbassò le palpebre, non per dormire, ma per dedicarsi tutto alla pace di quella Notte Sacra. La pace gli riempiva il cuore. Ma gli sembrava che regnasse anche tutt'attorno. Annusò il sonno pacifico della cameriera nella stanza accanto, il sonno profondamente soddisfatto di Antoine Richis dall'altra parte del corridoio, annusò il sonno quieto e leggero del locandiere e dei servi, dei cani, delle bestie nella stalla, di tutto il luogo e del mare. Il vento era calato. Ovunque c'era silenzio. Nulla turbava la pace.

Una volta piegò il piede di lato e toccò appena il piede di Laure. Non proprio il suo piede, bensì la pezza che lo avvolgeva, con lo strato sottile di grasso dall'altra parte che si stava impregnando del profumo di lei, quel profumo squisito, il profumo di Grenouille.

46

Quando gli uccelli cominciarono a cantare – cioè ancora molto prima dell'inizio dell'alba – si alzò e terminò il suo lavoro. Fece srotolare la pezza e la tirò via come un cerotto dal corpo della morta. Il grasso si staccava bene dalla pelle. Soltanto sui rilievi rimase attaccato qualche residuo che dovette togliere con la spatola. Gli altri resti di pomata li tolse con la maglietta di Laure, con cui alla fine sfregò ancora tutto il corpo da capo a piedi, così a fondo che persino il grasso dei pori si staccò dalla pelle in piccoli grumi, portando con sé gli ultimi filamenti e frammenti di profumo. Soltanto ora per lui Laure era davvero morta, avvizzita, scialba e flaccida come gli scarti dei fiori.

Gettò la maglietta di Laure dentro la grande pezza per l'*enfleurage*, nella quale soltanto avrebbe continuato a vivere, vi aggiunse la camicia da notte con i capelli e avvolse il tutto strettamente formando un pacchettino compatto, che mise sotto il braccio. Non si dette neppure la pena di ricoprire il cadavere sul letto. E, sebbene il nero della notte si fosse già trasformato nel grigio-blu dell'alba e gli oggetti della stanza cominciassero a prendere forma, non diede neppure un'occhiata al letto, per vedere la ragazza, almeno una volta in vita sua, con gli occhi. La sua persona non lo interessava. Per lui Laure non esisteva più come corpo, bensì soltanto come profumo privo di corpo. Ed era questo che teneva sotto il braccio e che portò con sé.

Si issò pian piano sul davanzale della finestra e scese dalla scala a pioli. Fuori si era levato il vento, e il cielo si schiariva e riversava sulla campagna una luce fredda color azzurro scuro.

Mezz'ora dopo la serva accese il fuoco in cucina: quando uscì di casa per prendere la legna, vide la scala appoggiata alla finestra, ma era ancora troppo assonnata per riuscire a spiegarselo. Poco dopo le sei si levò il sole. Si levò dal mare, enorme e rosso-oro tra le due isole Lérins. In cielo non c'era una nuvola. Era l'alba di uno splendido giorno di primavera.

Richis, che aveva la stanza rivolta a ovest, si svegliò alle sette. Per la prima volta da mesi aveva dormito in modo davvero splendido, e contrariamente al suo solito rimase a letto ancora un quarto d'ora, si stiracchiò e sospirò di piacere e ascoltò il gradevole rumore che saliva dalla cucina. Poi, quando si alzò e spalancò la finestra e vide il bel tempo fuori e inspirò l'aria fresca e frizzante del mattino e udì il rumore della risacca, il suo buon umore non ebbe più limiti: sporse in fuori le labbra e fischiò un'allegra melodia.

Mentre si vestiva continuò a fischiare, e fischiava ancora quando lasciò la stanza e attraversò il corridoio con passo leggero fino alla porta della camera di sua figlia. Bussò. Bussò di nuovo, molto piano, per non svegliarla di soprassalto. Non giunse risposta. Sorrise. Era comprensibile che dormisse ancora.

Girò la chiave con cautela nella serratura e fece ruotare il chiavistello, adagio, molto adagio, cercando di non svegliarla, quasi bramoso di sorprenderla ancora nel sonno, dal quale voleva svegliarla con un bacio, ancora una volta, l'ultima prima di doverla dare a un altro uomo.

La porta si aprì di scatto, egli entrò, e la luce del sole gli piovve in pieno viso. Era come se la camera fosse piena d'argento lucente, tutto risplendeva, e per un momento l'impatto gli fece chiudere gli occhi.

Quando li riaprì, vide Laure che giaceva sul letto, nuda e morta, con i capelli rasati e il corpo d'un bianco accecante. Era come nell'incubo che aveva avuto due notti prima a Grasse e poi dimenticato, e il cui contenuto ora passò come un lampo per la sua memoria. D'un tratto tutto era estremamente preciso, come in quel sogno, soltanto molto più chiaro.

47

La notizia dell'assassinio di Laure Richis si diffuse rapidamente nel territorio di Grasse, come se fosse stata una voce del tipo « Il re è morto! » o « C'è la guerra! » oppure « I pirati sono sbarcati sulla costa! » e scatenò paure analoghe, anche peggiori. D'un tratto la paura che si erano sforzati di dimenticare era ancora là, virulenta come nell'autunno precedente, con tutti i fenomeni a essa collegati: panico, ribellione, ira, sospetti isterici, disperazione. Di notte gli uomini restavano in casa, rinchiudevano le loro figlie, si barricavano, diffidavano l'uno dell'altro e non dormivano più. Ognuno pensava che adesso sarebbe stato come prima, ogni settimana un assassinio. Sembrava che il tempo fosse tornato indietro di sei mesi.

La paura era ancor più paralizzante che non sei mesi prima, perché il ritorno del pericolo che si credeva superato da tempo diffuse un senso d'impotenza tra gli uomini. Se aveva fallito perfino la maledizione del vescovo! Se Antoine Richis, il grande Richis, il più ricco dei cittadini, il secondo console, un uomo potente, avveduto, con tutti i mezzi possibili a sua disposizione, non era riuscito a proteggere la propria figlia! Se la mano dell'assassino non era indietreggiata neppure davanti alla sacra bellezza di Laure! (Poiché in effetti Laure appariva come una santa a tutti coloro che l'avevano conosciuta, soprattutto adesso, a posteriori, dopo la sua morte.) Che speranza c'era ormai di sfuggire all'assassino? Era più crudele della peste, perché alla peste ci si poteva sottrarre, ma a quest'assassino no, come dimostrava l'esempio di Richis. Evidentemente possedeva doti soprannaturali. Si era certo alleato con il diavolo, posto che il diavolo non fosse lui stesso. E così molti, soprattutto gli animi più semplici, non seppero far altro che andare in chiesa a pregare. Ogni categoria professionale pregò il proprio patrono, i fabbri sant'Aloisio, i tessitori san Crispino, gli ortolani sant'Antonio, i profumieri san Giuseppe. E condussero con sé le loro mogli e figlie, pregarono insieme, mangiarono e dormirono in chiesa, non la lasciarono più neppure di giorno, convinti di trovare, in seno alla comunità disperata e al cospetto della Madonna, l'unica sicurezza possibile di fronte al mostro, se pure una sicurezza c'era ancora.

Altri, più smaliziati, dal momento che la chiesa aveva già fallito una volta, si riunirono in associazioni occultistiche, ingaggiarono per una grossa somma di denaro una strega abilitata di Gourdon, si rifugiarono in una delle tante grotte di calcare del sottosuolo di Grasse e allestirono messe nere al fine di propiziarsi il Maligno. Altri ancora, principalmente membri dell'alta borghesia e della nobiltà colta, puntarono sui metodi scientifici più moderni, magnetizzarono le loro case, ipnotizzarono le loro figlie nei salotti, tennero sedute fluidali in cerchio e, in silenzio, con emissioni di pensiero prodotte in comune, tentarono di bandire telepaticamente lo spirito dell'assassino. Le corporazioni organizzarono una processione di penitenza da Grasse a La Napoule e ritorno. I monaci dei cinque conventi della città istituirono una messa supplicatoria permanente con canti continui, dimodoché ora in uno, ora in un altro punto della città si sentiva risuonare un lamento incessante, giorno e notte. Quasi più nessuno lavorava.

Così il popolo di Grasse aspettava in ozio febbrile, quasi con impazienza, il prossimo attentato omicida. Che fosse imminente, nessuno ne dubitava. E in segreto ognuno desiderava che arrivasse la spaventosa notizia, con l'unica speranza che non riguardasse lui, bensì un altro.

Comunque le autorità della città, della zona e della provincia questa volta non si lasciarono contagiare dall'isteria della popolazione. Per la prima volta da quando era comparso l'assassino delle fanciulle, si arrivò a una collaborazione pianificata e vantaggiosa tra i baliati di Grasse, Draguignon e Tolone, e tra magistrati, polizia, intendente, Parlamento e Marina.

Il motivo di quest'azione solidale da parte dei potenti fu da un lato il timore di una rivolta popolare generale, dall'altro il fatto che soltanto dopo l'assassinio di Laure Richis si scoprirono indizi che resero possibile un perseguimento sistematico dell'assassino. L'assassino era stato visto. Evidentemente si trattava di quell'infausto garzone conciatore che aveva trascorso la notte del delitto nella stalla della locanda di La Napoule, e la mattina seguente era scomparso senza lasciar traccia. Secondo le indicazioni concordi del locandiere, dello stalliere e di Richis, era un uomo insignificante di bassa statura, con una giacca sul marrone e una sacca da viaggio di tela grezza. Sebbene per il resto la dichiarazione dei tre testimoni restasse stranamente vaga – ad esempio non avrebbero saputo descrivere il viso, il colore dei capelli o il modo di parlare dell'uomo – il locandiere seppe ancora dire che, se non sbagliava, aveva notato nell'atteggiamento e nel modo di camminare dello sconosciuto qualcosa di maldestro, come se zoppicasse a causa di una lesione alla gamba o di un piede deforme.

Muniti di questi indizi, già nella tarda mattinata del giorno del delitto due reparti di cavalleria della *maréchaussée* si misero all'inseguimento dell'assassino in direzione di Marsiglia, uno lungo la costa, l'altro per la via dell'interno. Il rastrellamento dei dintorni immediati di La Napoule fu affidato a volontari. Due commissari del tribunale di Grasse partirono per Nizza, per eseguire indagini in loco sul garzone conciatore. Nei porti di Fréjus, Cannes e Antibes furono controllate tutte le navi in partenza, ai confini con la Savoia furono bloccate tutte le strade, i viaggiatori furono costretti a provare la propria identità. Un mandato di cattura con descrizione del ricercato apparve, per quelli che sapevano leggere, su tutte le porte delle città di Grasse, Vence, Gourdon e sui portali delle chiese dei villaggi. Tre volte al giorno ne veniva data pubblica lettura. Naturalmente la storia del presunto piede varo rafforzò l'opinione che il colpevole fosse il demonio in persona, e quindi fomentò il panico tra la popolazione, anziché procurare indicazioni utili.

Soltanto quando il presidente della corte di Grasse, per incarico di Richis, offrì una ricompensa di non meno di duecento lire per la cattura del colpevole, ci furono delazioni che portarono all'arresto di alcuni garzoni conciatori a Grasse, Opio e Gourdon, uno dei quali in effetti aveva la sfortuna di zoppicare. Quest'ultimo, nonostante il suo alibi confermato da più testimoni, era già destinato alla tortura, quando, il decimo giorno dopo il delitto, una delle guardie cittadine si presentò alla magistratura e rilasciò ai giudici la seguente deposizione: alle dodici di mattina del giorno in questione, lui, Gabriele Tagliasco, capitano della guardia in servizio come di consueto alla Porte du Cours, era stato interpellato da un individuo al quale, come ora sapeva, si adattava notevolmente la descrizione del mandato di cattura, e dal medesimo era stato richiesto più volte e con insistenza sulla via presa dal secondo console e dal suo seguito la mattina, quando avevano lasciato la città. Né allora né in seguito aveva attribuito importanza alcuna all'avvenimento, e anche di quell'individuo, per quanto lo riguardava, certo non si sarebbe più ricordato – era così totalmente insignificante –, se il giorno innanzi non l'avesse rivisto per caso, e proprio lì a Grasse, in Rue de la Louve, davanti al laboratorio di Maître Druot e di Madame Arnulfi, e in quella circostanza l'aveva colpito il fatto che l'uomo, il quale stava ritornando in bottega, zoppicava visibilmente.

Un'ora dopo Grenouille fu arrestato. Il locandiere e lo stalliere di La Napoule, che si trovavano a Grasse per l'identificazione degli altri sospetti, lo riconobbero subito come il garzone conciatore che aveva pernottato presso di loro: era lui e nessun altro, lui doveva essere l'assassino che si cercava.

Perquisirono il laboratorio, perquisirono la capanna nell'uliveto dietro al convento dei francescani. In un angolo, neppure ben nascosti, trovarono la veste tagliuzzata, la maglietta e i capelli rossi di Laure Richis. E quando scavarono nel terreno, a poco a poco vennero alla luce i vestiti e i capelli delle altre ventiquattro fanciulle. Trovarono la clava di legno con cui erano state uccise le vittime e la sacca da viaggio di tela. Le prove erano schiaccianti. Il presidente della corte rese noto con un bando e con manifesti che il famigerato assassino delle fanciulle, ricercato da quasi un anno, era stato finalmente catturato ed era ben custodito.

48

Dapprima la gente non credette all'annuncio. Pensarono tutti che fosse una finta, con cui le autorità volevano nascondere la loro incapacità e placare lo stato d'animo peri colosamente eccitato della popolazione. Era ancora troppo recente il ricordo del periodo in cui si diceva che l'assassino si fosse spostato a Grenoble. Questa volta la paura si era radicata troppo a fondo nell'animo della gente.

Soltanto il giorno seguente, quando sul sagrato davanti alla Prévôté furono esposti al pubblico gli argomenti di prova – era un'immagine orrenda vedere allineati sul fronte della piazza i venticinque abiti con le venticinque ciocche di capelli, messi su pali come spaventapasseri –, l'opinione pubblica mutò.

Molte centinaia di persone sfilarono davanti alla macabra esposizione. Parenti delle vittime, che riconobbero i vestiti, si misero a urlare e subirono un tracollo. Il resto della folla, in parte per avidità di sensazioni, in parte per convincersi del tutto, pretese di vedere l'assassino. Presto le grida si fecero così violente e l'agitazione sulla piccola piazza ondeggiante di gente divenne così minacciosa, che il presidente decise di far uscire Grenouille dalla sua cella e di esibirlo a una finestra della Prévôté.

Quando Grenouille si accostò alla finestra, le grida cessarono. D'un tratto ci fu un silenzio pari a quello di un torrido mezzogiorno estivo, quando tutti sono fuori sui campi o si rintanano all'ombra delle case. Non si udiva più un passo, non uno schiarirsi di voce, non un respiro. Per qualche minuto la folla fu soltanto una massa d'occhi e di bocche aperte. Nessuno riusciva a immaginare che quel piccolo uomo insicuro e ingobbito lassù alla finestra, quel poveraccio, quel miserabile mucchietto d'ossa, quel nonnulla, potesse aver commesso più di ventiquattro delitti. Semplicemente non assomigliava a un assassino. In verità nessuno avrebbe potuto affermare *come* in realtà si era immaginato l'assassino, quel demonio, ma tutti erano d'accordo su una cosa: non in quel modo! E tuttavia – benché l'assassino così com'era non corrispondesse affatto alle idee della gente, e quindi sia lecito pensare che la sua esibizione non fosse troppo convincente – paradossalmente soltanto per il fatto di aver visto quella persona in carne e ossa alla fine-

stra e perché soltanto lui e non un altro era stato presentato come l'assassino, l'effetto fu convincente. Tutti pensavano: non può essere vero! e nello stesso momento sapevano che doveva essere vero.

Certo, soltanto quando le guardie riportarono quel piccolo uomo nella parte in ombra della stanza – dunque soltanto quando non fu più presente e visibile, bensì esistette
unicamente ancora, sia pur per brevissimo tempo, come
ricordo, si potrebbe quasi dire come concetto nelle menti
degli uomini –, soltanto allora lo stupore abbandonò la
folla per dar luogo a una reazione adeguata: le bocche,
aperte per lo sbalordimento, si chiusero, i mille occhi si
rianimarono. E in quel momento risuonò un unico grido
d'ira e di vendetta: « Lo vogliamo! » E tutti si accinsero
a invadere la Prévôté per strangolarlo, dilaniarlo e squar-
tarlo con le loro mani. Le guardie fecero molta fatica a
barricare il portone e a respingere la plebaglia. Grenouille
fu condotto al più presto nella sua segreta. Il presidente si
affacciò alla finestra e promise un procedimento esemplare, rapido e severo. Ciò nonostante ci vollero ancora giorni
prima che in città ritornasse una certa calma.

In effetti il processo contro Grenouille si svolse in modo
estremamente rapido, perché non soltanto le prove erano
schiaccianti, ma l'accusato stesso durante gli interrogatori
confessò senza ambagi i delitti imputatigli.

Solo alla domanda sulle ragioni per cui l'aveva fatto non
seppe dare una risposta soddisfacente. Si limitò a ripetere
di continuo che le fanciulle gli erano servite, e per questo
le aveva uccise. A che scopo gli erano servite e che cosa
significasse « gli erano servite »... su questo non disse una
parola. Di conseguenza lo misero alla tortura, lo tennero
ore appeso per i piedi, gli pomparono in corpo sette pinte
d'acqua, gli applicarono le morse ai piedi... senza il minimo
risultato. Quell'essere sembrava insensibile al dolore fisico,
non emise un grido, e quando gli chiesero ancora perché
l'avesse fatto, non disse altro se non: « Mi servivano ». I
giudici lo ritennero malato di mente. Smisero di torturarlo

e decisero di por fine al processo senza ulteriori interrogatori.

L'unico rinvio che si verificò ancora fu dovuto a una diatriba giuridica con la magistratura di Draguignan, nel cui baliato si trovava La Napoule, e con il Parlamento di Aix, poiché entrambi volevano condurre il processo. Ma i giudici di Grasse non se lo lasciarono strappare di mano. Erano stati loro a catturare il colpevole, la maggior parte dei delitti era stata commessa nella zona di loro competenza, e se avessero affidato l'assassino a un altro tribunale, l'ira popolare accumulata si sarebbe riversata su di loro. Il suo sangue doveva scorrere a Grasse.

Il 15 aprile 1766 fu pronunciato il verdetto, e ne fu data lettura all'accusato nella sua cella: « Il garzone profumiere Jean-Baptiste Grenouille », così suonava il giudizio, « sarà condotto al Cours davanti alle porte della città, dove, con il viso rivolto al cielo, sarà legato a una croce di legno, riceverà da vivo dodici colpi con una spranga di ferro, che gli spaccherà le articolazioni delle braccia, delle gambe, delle anche e delle spalle, quindi sarà issato sulla croce, finché morte non sopravvenga ». La prassi di grazia consueta, cioè lo strangolamento del delinquente con un laccio dopo la rottura delle articolazioni, fu espressamente vietata al carnefice, anche nel caso in cui la lotta con la morte si fosse trascinata per giorni. Il cadavere doveva essere seppellito di notte allo scorticatoio, il luogo doveva restare anonimo.

Grenouille accettò la sentenza con impassibilità. L'usciere giudiziario gli chiese se avesse un ultimo desiderio. « Nulla », disse Grenouille; aveva tutto ciò che gli serviva.

Un sacerdote si recò nella cella per raccogliere la sua confessione, ma ne riuscì dopo un quarto d'ora con un nulla di fatto. Alla menzione del nome di Dio, il condannato l'aveva guardato con un'incomprensione così totale che pareva avesse udito quel nome per la prima volta, quindi si era steso sul suo tavolaccio ed era subito piombato in un sonno molto profondo. Qualsiasi ulteriore discorso era stato privo di effetto.

Nei due giorni seguenti vennero molte persone per vedere da vicino il famoso assassino. I guardiani permisero loro di dare un'occhiata attraverso lo spioncino a ribalta della porta della cella, e chiesero sei soldi per ogni occhiata. Un incisore di stampe, che voleva eseguire uno schizzo, dovette pagare due franchi. Ma il soggetto fu piuttosto deludente. Il prigioniero, incatenato ai polsi e alle caviglie, era sempre disteso sul tavolaccio e dormiva. Teneva il viso rivolto verso la parete, e non reagiva né quando bussavano né quando lo chiamavano. Ai visitatori era severamente vietato l'accesso alla cella, e nonostante le offerte allettanti, i guardiani non osavano infrangere questo divieto. Si temeva che il prigioniero potesse essere assassinato anzitempo da qualche parente delle sue vittime. Per lo stesso motivo era vietato introdurre nella sua cella qualsiasi cibo. Avrebbe potuto essere avvelenato. Durante tutta la sua prigionia Grenouille ricevette il cibo dalla cucina della servitù del palazzo vescovile, e il sovrintendente del carcere doveva assaggiarlo prima. Naturalmente gli ultimi due giorni Grenouille non mangiò nulla. Stava disteso sul tavolaccio e dormiva. Di tanto in tanto le sue catene tintinnavano, e quando il guardiano accorreva allo spioncino della porta, lo vedeva prendere un sorso d'acqua dalla bottiglia, ributtarsi sul giaciglio e continuare a dormire. Sembrava che quell'uomo fosse così stanco della sua vita, da non voler condividere con essa neppure le ultime ore in stato di veglia.

Nel frattempo il Cours fu preparato per l'esecuzione. I falegnami costruirono un patibolo di tre metri per tre, alto due metri, munito di parapetto e di una solida scala: Grasse non ne aveva mai avuto uno così lussuoso. Costruirono inoltre una tribuna di legno per i notabili e un recinto per contenere la gente comune, che doveva restare a una certa distanza. I posti alle finestre nelle case a destra e a sinistra della Porte du Cours e nell'edificio del corpo di guardia erano stati affittati da tempo a prezzi esorbitanti. Perfino alla Charité, che si trovava un po' più di lato, l'aiutante del carnefice aveva ottenuto contrattando le camere dei malati, e le aveva riaffittate ai curiosi traendone un lauto guadagno. I venditori di limonata miscelavano a bricchi succo di liquirizia di scorta, l'incisore stampò in molte centinaia di esemplari lo schizzo dell'assassino che aveva fatto in prigione e che la sua fantasia aveva raffigurato un po' più scattante di quanto non fosse, i venditori ambulanti affluirono in città a dozzine, i panettieri fecero cuocere al forno pasticcini commemorativi.

Il carnefice, Monsieur Papon, che da anni non aveva più avuto delinquenti cui spezzare le ossa, si fece forgiare dal fabbro una pesante spranga di ferro a sezione quadrata e con questa si recò al macello per esercitarsi su carcasse di animali. Gli erano concessi soltanto dodici colpi, con i quali doveva spaccare le dodici articolazioni senza danneggiare le parti più importanti del corpo, come ad esempio il petto o il capo: un compito difficile, che richiedeva la massima sensibilità nella punta delle dita.

I cittadini si prepararono all'avvenimento come a un giorno di gran festa. Era ovvio che nessuno avrebbe lavorato. Le donne stirarono il loro abito festivo, gli uomini spolverarono le giacche e si fecero lucidare gli stivali fino a renderli splendenti. Chi possedeva un grado militare o una carica, chi era capo di una corporazione, avvocato, notaio, direttore di una confraternita o comunque una persona importante, preparò l'uniforme e il costume ufficiale con decorazioni, sciarpe, catene e la parrucca incipriata col bianchetto. I credenti decisero di riunirsi *post festum* per la messa, i seguaci di Satana per una piccante messa luciferina di ringraziamento, la *noblesse* colta per una seduta spiritico-magnetica nei palazzi dei Cabris, dei Villeneuve e dei Fontmichel. Nelle cucine già si cuoceva e si arrostiva, dalle cantine si portava su il vino, al mercato si acquistavano fiori da decorazione, nella cattedrale l'organista e il coro della chiesa facevano le prove.

A casa Richis, in Rue Droite, c'era quiete. Richis non tollerava nessun preparativo per il « giorno della liberazione », come il popolo chiamava il giorno dell'esecuzione dell'assassino. Tutto lo nauseava. La paura degli uomini risorta d'un tratto l'aveva nauseato, la loro attesa gioiosa e febbrile lo nauseava. Loro stessi, gli uomini, tutti quanti, lo nauseavano. Non aveva presenziato all'esposizione del colpevole e delle sue vittime sulla piazza davanti alla cattedrale, né al processo, né alla ripugnante sfilata degli avidi di sensazioni davanti alla cella del condannato. Per identificare gli abiti e i capelli di sua figlia aveva convocato la corte a casa sua, aveva fatto la propria deposizione brevemente e con calma e aveva pregato la corte di affidargli gli oggetti della figlia come reliquie, cosa che aveva ottenuto. Li portò nella stanza di Laure, depose sul suo letto la camicia da notte tagliuzzata e la maglietta, sparse sul cuscino i suoi capelli rossi e si sedette di fronte al letto, senza più lasciare la stanza né di giorno né di notte, come se, con quella guardia insensata, avesse voluto ricuperare ciò che aveva perso nella notte trascorsa a La Napoule. Era così colmo di nausea, nausea per il mondo e per se stesso, che non riusciva a piangere.

Anche per l'assassino provava nausea. Non voleva più vederlo come uomo, bensì soltanto come vittima, quando l'avessero massacrato. Soltanto durante l'esecuzione voleva vederlo, quando fosse stato sulla croce e i dodici colpi l'avessero schiantato: allora voleva vederlo, allora voleva vederlo molto da vicino, si era fatto riservare un posto in prima fila. E quando la gente si fosse dispersa, dopo un paio d'ore, sarebbe salito sul patibolo, si sarebbe seduto accanto a lui e avrebbe montato la guardia, per notti, per giorni, se fosse stato necessario, e intanto l'avrebbe guardato negli occhi, l'assassino di sua figlia, e gli avrebbe versato negli occhi a goccia a goccia tutta la nausea che provava, avrebbe rovesciato tutta la sua nausea nell'agonia di quel mostro come un acido ardente, a lungo, finché fosse crepato...

E poi? Che cosa avrebbe fatto poi? Non lo sapeva. Forse avrebbe ripreso la sua solita vita, forse si sarebbe sposato, forse avrebbe generato un figlio, forse non avrebbe fatto nulla, forse sarebbe morto. Gli era del tutto indifferente. Pensarci gli sembrava assurdo come pensare a quello che avrebbe fatto dopo la propria morte: naturalmente nulla. Nulla che già fin d'ora potesse sapere.

4 9

L'esecuzione era fissata per le cinque del pomeriggio. Già la mattina giunsero i primi curiosi, e si assicurarono i posti. Portarono sedie e panchette, cuscini per sedersi, cibo, vino e anche i propri figli. Verso mezzogiorno, quando la popolazione rurale affluì in massa da tutte le direzioni possibili, il Cours era già talmente stipato che i nuovi arrivati dovettero accamparsi in alto, nei giardini e nei campi a terrazza al di là della piazza e sulla strada per Grenoble. I mercanti facevano già buoni affari, si mangiava, si beveva, c'erano un ronzio e un'animazione come alla fiera annuale. Presto si radunarono circa diecimila persone, più che per la festa della reginetta dei gelsomini e per la processione più importante, più di quante ce ne fossero mai state a Grasse. Affollavano anche i pendii più alti. Erano salite sugli alberi, erano sedute sui muri e sui tetti, si accalcavano a dieci, a dodici per finestra. Soltanto al centro del Cours, protetta da un recinto, nella massa della folla spiccava una zona libera per la tribuna e per il patibolo, che d'un tratto appariva molto piccolo, come un giocattolo o come la scena di un teatro di marionette. Ed era stata tenuta libera una via che dal luogo dell'esecuzione conduceva alla Porte du Cours e in Rue Droite.

Poco dopo le tre comparvero Monsieur Papon e i suoi aiutanti. Li accolse uno scroscio di applausi. Portarono sul patibolo la croce di sant'Andrea, fatta di travi di legno, e la sistemarono all'altezza giusta per lavorare, appoggiandola su quattro pesanti cavalletti. Un garzone di falegname la inchiodò. Ogni manovra degli aiutanti del boia e del falegname era accolta dalla folla con applausi. Quando poi Papon girò attorno alla croce con la spranga di ferro, contò i passi e fece il gesto di tirare colpi ora da un lato ora dall'altro, scoppiarono vere e proprie grida di giubilo.

Verso le quattro la tribuna cominciò a riempirsi. C'era molta gente elegante da ammirare, ricchi signori con lacchè e buone maniere, belle signore, grandi cappelli, abiti luccicanti. Tutta la nobiltà cittadina e campagnola era presente. I signori del Consiglio comparvero in un tiro chiuso, guidato dai due consoli. Richis indossava abiti neri, calze nere, cappello nero. Dietro al Consiglio marciava la magistratura, guidata dal presidente della corte. Da ultimo veniva il vescovo sulla portantina aperta, in veste viola splendente e mitra verde. Chi ancora era a capo coperto, in quel momento si tolse il berretto. Il clima si fece solenne.

Poi per circa dieci minuti non accadde nulla. I signori avevano preso posto, il popolo attendeva immobile, nessuno più mangiava, tutti aspettavano. Papon e i suoi aiutanti erano come inchiodati alla piattaforma del patibolo. Grande e giallo, il sole era sospeso sull'Esterel. Dalla conca di Grasse veniva una tiepida brezza, e portava con sé il profumo dei fiori d'arancio. Faceva molto caldo, e c'era un silenzio addirittura inverosimile.

Infine, quando già sembrava che la tensione non potesse durare oltre senza erompere in un grido generale, in un tumulto, in una rivolta o in qualche altra manifestazione di massa, si udirono nel silenzio un calpestio di cavalli e uno stridore di ruote.

Da Rue Droite scendeva una carrozza chiusa a due cavalli, la carrozza del tenente di polizia. Attraversò la porta della città e apparve, ormai visibile a tutti, nel vicolo che portava al luogo dell'esecuzione. Il tenente di polizia aveva insistito per procedere in questo modo, perché altrimenti non avrebbe potuto garantire la sicurezza del delinquente. La procedura non era affatto usuale. La prigione era distante cinque minuti appena dal luogo dell'esecuzione, e se un condannato, per qualsivoglia ragione, non percorreva più a piedi questo breve tratto, un carretto scoperto tirato da un asino sarebbe stato più che sufficiente. Che uno arrivasse in carrozza per la propria esecuzione, con cocchiere, servi in livrea e seguito a cavallo, finora non s'era mai visto.

Ciò nonostante la folla non manifestò inquietudine o malumore, tutt'altro. Si rallegrò che avvenisse comunque qualcosa, considerò il particolare della carrozza un'idea riuscita, proprio come a teatro, quando si apprezza che un pezzo noto sia presentato in modo sorprendentemente nuovo. Molti trovarono persino che quell'entrata in scena fosse proprio adeguata. Un delinquente così straordinariamente ripugnante meritava un trattamento fuori del comune. Non si poteva trascinarlo incatenato in piazza e ammazzarlo come un comune brigante. In questo non ci sarebbe stato niente di sensazionale. Ma farlo uscire da un'elegante carrozza imbottita per metterlo sulla croce di sant'Andrea... era di una crudeltà incomparabilmente ingegnosa.

La carrozza si arrestò tra il patibolo e la tribuna. I lacchè saltarono a terra, aprirono la portiera e fecero ribaltare la scaletta fino a terra. Scese il tenente di polizia, dopo di lui un ufficiale della guardia e infine Grenouille. Indossava una giacca blu, una camicia bianca, calze di seta bianche e scarpe nere con fibbia. Non era incatenato. Nessuno lo teneva per il braccio. Scese dalla carrozza come un uomo libero.

E poi accadde un miracolo. O qualcosa di simile a un miracolo, cioè qualcosa di talmente incomprensibile, inaudito e incredibile, che in seguito tutti i testimoni l'avrebbero definito un miracolo, se mai comunque fossero ancora riusciti a parlare, il che non avvenne, dal momento che poi tutti si vergognarono già soltanto per aver preso parte all'avvenimento.

Accadde cioè che le diecimila persone presenti sul Cours e sui pendii circostanti da un momento all'altro si sentirono invadere dall'assoluta certezza che il piccolo uomo in giacca blu appena sceso dalla carrozza *non poteva essere un assassino*. Non che dubitassero della sua identità! Era lo stesso uomo che, dalla piazza della chiesa, avevano visto pochi giorni prima alla finestra della Prévôté, e che allora avrebbero linciato con odio feroce, se l'avessero avuto tra le mani. Lo stesso che due giorni prima era stato condannato legalmente in base a prove schiaccianti e alla propria confessione. Lo stesso che solo un minuto prima avevano desiderato ardentemente di vedere ucciso dal carnefice. Era lui, senz'alcun dubbio!

E tuttavia... nello stesso tempo non era lui, non poteva esserlo, non poteva essere un assassino. L'uomo che si trovava sul luogo dell'esecuzione era l'innocenza in persona. In quel momento lo sentirono tutti, dal vescovo al venditore di limonata, dalla marchesa alla piccola lavandaia, dal presidente della corte al ragazzo di strada.

Anche Papon lo sentì. E le sue mani, avvinghiate alla mazza di ferro, tremarono. D'un tratto le sue braccia forti erano diventate deboli, le ginocchia molli, il cuore pieno d'ansia come se fosse stato un bambino. Non avrebbe potuto sollevare la mazza, per nulla al mondo avrebbe trovato la forza di sollevarla contro quel piccolo uomo innocente, ahimè, temeva il momento in cui sarebbe stato condotto fino a lui, tremava, era costretto ad appoggiarsi alla sua mazza omicida per non cadere in ginocchio dalla debolezza, il grande, il forte Papon!

Non diversamente avvenne ai diecimila uomini e donne e bambini e vecchi raccolti sul luogo: si sentirono deboli come giovanette che subiscono il fascino del loro innamorato. Furono sopraffatti da un sentimento possente di affetto, di tenerezza, di folle innamoramento infantile, sì, incredibile, d'amore per quel piccolo assassino, e non potevano, non volevano opporvisi. Era come un pianto al quale non si può resistere, come un pianto a lungo trattenuto che sale dallo stomaco e annulla come per miracolo qualsiasi resistenza, scioglie e dilava ogni cosa. Liquido puro erano ormai tutti, sciolti dentro nello spirito e nell'anima, un unico amorfo fluire, soltanto il loro cuore si muoveva all'interno come un debole grumo, e ognuno di essi, ognuna di esse, lo depose tra le mani del piccolo uomo in giacca blu, nella buona e nella cattiva sorte: lo amavano.

Già da parecchi minuti Grenouille stava accanto alla portiera della carrozza senza muoversi. Il lacchè accanto a lui era caduto in ginocchio, e continuò ad abbassarsi sino ad assumere quell'atteggiamento di prosternazione totale che si usa in Oriente davanti al sultano e davanti ad Allah. E persino in questo atteggiamento continuava a tremare e a vacillare, e tentava di abbassarsi ancor più, fino a stendersi contro la superficie della terra, fino a entrarvi, fino a sotterrarvisi. La sua devozione l'avrebbe fatto sprofondare fino all'altro capo del mondo. L'ufficiale della guardia e il tenente di polizia, entrambi uomini imponenti, che ora avrebbero dovuto condurre il condannato sul patibolo e affidarlo al boia, non riuscivano più a coordinare i loro gesti. Piangevano e si toglievano il cappello, se lo rimettevano, si buttavano a terra, si gettavano l'uno tra le braccia dell'altro, si staccavano, agitavano le braccia in aria come insensati, si torcevano le mani, sussultavano e facevano smorfie come se fossero stati colti dal ballo di san Vito.

I notabili che si trovavano un poco più distanti si abbandonavano alla loro emozione in modo non molto più discreto. Ognuno lasciava via libera all'impulso del proprio cuore. C'erano signore che alla vista di Grenouille si premevano i pugni contro il ventre e sospiravano di piacere; e altre, che, colte da struggente desiderio per lo splendido giovane – poiché tale appariva a esse –, cadevano silenziosamente in deliquio. C'erano signori che d'un tratto schizzavano via dai loro sedili e poi si lasciavano ricadere giù e saltavano su di nuovo, ansimando violentemente e serrando i pugni sull'elsa della spada, come se volessero sguainarla e, mentre già la stavano sguainando, la ricacciavano nel fodero, cosicché c'era soltanto un gran strepitare e stridere; e altri, che muti volgevano gli occhi al cielo e torcevano le mani in preghiera; e monsignore, il vescovo, che,

come se si sentisse male, si rovesciava in avanti con la parte
superiore del corpo e batteva la testa sulle ginocchia, finché la sua mitra verde rotolò giù dalla testa; e non stava affatto male, bensì per la prima volta in vita sua si beava
di un'estasi religiosa, poiché un miracolo era avvenuto dinanzi agli occhi di tutti, il Signore Iddio in persona aveva
fermato il braccio del carnefice, mostrando colui che per il
mondo era un assassino sotto forma di un angelo: oh, che
cose simili accadessero ancora nel diciottesimo secolo! Co-
m'era grande il Signore! E com'era piccolo e vano lui stesso, che aveva pronunciato una scomunica senza credervi,
soltanto per placare la popolazione! Oh, quale presunzione,
quale pusillanimità! E ora il Signore operava un miracolo!
Quale splendida umiliazione, quale dolce mortificazione,
quale grazia per un vescovo essere castigato in tal modo
da Dio!

Nel frattempo il popolo, al di là della barricata, si abbandonava all'ebbrezza sempre più folle e sfrenata che
Grenouille aveva scatenato con la sua apparizione. Chi da
principio alla sua vista aveva provato soltanto pietà e commozione adesso era traboccante di nuda concupiscenza, chi
dapprima aveva provato soltanto ammirazione e desiderio
ora si sentiva in preda all'estasi. Tutti pensavano che l'uomo in giacca blu fosse l'essere più bello, più attraente e
perfetto che si potesse immaginare: alle monache appariva
come il Salvatore in persona, ai seguaci di Satana come il
Signore splendente delle tenebre, agli uomini colti come
l'Essere Sublime, alle fanciulle come un principe da fiaba,
agli uomini come il ritratto ideale di loro stessi. E tutti
si sentirono riconosciuti e toccati da lui nel loro punto più
sensibile, colpiti nel centro del loro eros. Era come se quel-
l'uomo possedesse diecimila mani invisibili e le avesse posate sul sesso di ciascuna delle diecimila persone che lo
circondavano, accarezzandolo proprio in quel modo che
ognuno, uomo o donna, bramava ardentemente nelle sue
più segrete fantasie.

La conseguenza fu che la prevista esecuzione di uno dei

delinquenti più esecrabili del suo tempo degenerò nel più gran baccanale che fosse stato dato di vedere dal secondo secolo avanti Cristo in poi: donne morigerate si strapparono la blusa, si denudarono i seni tra urla isteriche, si gettarono a terra con le gonne sollevate, uomini incespicarono con sguardi folli in quel mare di carne lasciva stesa dinanzi a loro, estrassero di furia dai pantaloni con dita frementi il loro membro, come irrigidito da un gelo invisibile, si lasciarono cadere ansimanti nel punto in cui si trovavano e copularono in posizioni e accoppiamenti impossibili, il vecchio con la vergine, il bracciante con la moglie dell'avvocato, l'apprendista con la monaca, il gesuita con la moglie del framassone, tutti alla rinfusa, come capitava. L'aria era greve del sudore dolciastro del piacere e colma delle grida, dei grugniti e dei gemiti delle diecimila belve umane. Era infernale.

Grenouille stava a guardare e sorrideva. A coloro che lo vedevano, il suo sorriso sembrava il più innocente, il più affascinante e il più seducente del mondo. Ma in verità sulle sue labbra non c'era un sorriso, bensì un sogghigno orrendo, cinico, che rifletteva tutto il suo trionfo e tutto il suo disprezzo. Lui, Jean-Baptiste Grenouille, nato senza odore nel luogo più puzzolente del mondo, che proveniva dai rifiuti, dagli escrementi e dalla putrefazione, cresciuto senza amore, che viveva senza una calda anima umana, unicamente per ostinazione e con la forza del disgusto, piccolo, gobbo, zoppo, brutto, evitato da tutti, un mostro sia di dentro sia di fuori, era riuscito a farsi benvolere dal mondo. Ma che benvoluto! Amato! Adorato! Idolatrato! Aveva compiuto l'impresa di Prometeo. Con infinita raffinatezza era riuscito a produrre la scintilla divina che altre persone ricevono fin dalla culla senza colpo ferire, e di cui lui solo era stato privato. Più ancora! Se l'era creata da sé lottando, nell'interno del suo sé. Era ancora più grande di Prometeo. Si era creato un'aura più splendida e potente di quella di qualsiasi altro uomo prima di lui. E non la doveva a nessuno – non a un padre, non a una madre, e meno che mai a un Dio benevolo – ma unicamente a *se stesso*. In realtà era il Dio di se stesso, ed era un Dio ben più grande di quel dio puzzolente d'incenso che dimorava in chiesa. Di fronte a lui c'era un vescovo in ginocchio che guaiva di piacere. Ricchi e potenti, fieri signori e signore si consumavano dall'ammirazione, mentre tutt'intorno il popolo, tra cui c'erano padri, madri, fratelli e sorelle delle sue vittime, celebrava orge in suo onore e in suo nome. Un suo cenno, e tutti avrebbero rinnegato il loro Dio e adorato lui, il Grande Grenouille.

Sì, *era* il Grande Grenouille! Adesso era evidente. Lo era, come un tempo nelle sue fantasie d'innamoramento di sé, così ora nella realtà. In questo momento viveva il più grande trionfo della sua vita. E sentì che era orribile.

Era orribile, perché non riusciva a goderne neppure per un secondo. Nel momento in cui era sceso dalla carrozza sulla piazza illuminata dal sole, con indosso il profumo che induce gli uomini ad amare chi lo porta, con il profumo cui aveva lavorato per due anni, il profumo che aveva sognato di possedere tutta la vita... nel momento in cui vide e percepì con l'olfatto come esso agiva in modo irresistibile e come, diffondendosi con la rapidità del vento, catturava le persone che gli stavano attorno... in quel momento tutto il disgusto per l'umanità si ridestò in lui e avvelenò il suo trionfo così profondamente che non solo non provò gioia alcuna, ma neppure il minimo senso di compiacimento. Ciò che aveva sempre agognato, e cioè che gli uomini lo amassero, nel momento del suo successo gli era intollerabile, perché lui stesso non li amava, li odiava. E d'un tratto seppe che non avrebbe mai tratto soddisfazione dall'amore, bensì sempre e soltanto dall'odio, dall'odiare e dall'essere odiato.

Ma l'odio che provava per gli uomini non trovava eco in loro. Quanto più in quell'istante li odiava, tanto più essi lo idolatravano, perché di lui non percepivano altro se non la sua aura usurpata, la maschera del suo odore, il suo profumo rubato, che in realtà era divinamente buono.

Ora avrebbe voluto estirparli tutti dalla terra, quegli uomini stupidi, puzzolenti, erotizzati, proprio come un tempo, nelle contrade della sua anima nera, aveva estirpato gli odori estranei. E si augurava che essi sapessero quanto li odiava, e che per questo, per questo suo unico sentimento vero mai provato, ricambiassero il suo odio e lo estirpassero a loro volta, come già si erano proposti di fare all'inizio. Voleva liberarsi per *una* volta nella vita. Per una volta nella vita voleva essere uguale agli altri e liberarsi di ciò che aveva dentro: come essi si liberavano del loro amore e della loro stupida adorazione, così lui del suo odio. Voleva essere conosciuto per una volta, una sola volta, nella sua vera esistenza, e ricevere una risposta da un altro uomo sul suo unico sentimento vero, l'odio.

Ma non avvenne nulla. Non poteva avvenire nulla. E quel giorno meno che mai. Poiché si era mascherato con il miglior profumo del mondo, e sotto questa maschera non aveva un volto, non aveva nulla se non la sua totale assenza di odore. D'un tratto cominciò a star male, poiché sentì che le nebbie salivano di nuovo attorno a lui.

Come allora, nella caverna in sogno nel sonno nella sua fantasia, salirono d'un tratto le nebbie, le nebbie spaventose del suo odore che non riusciva a sentire, poiché ne era privo. E come allora provò un'immensa paura e angoscia, e credette di soffocare. Ma diversamente da allora questo non era un sogno né un sonno, bensì la cruda realtà. E diversamente da allora non si trovava solo in una caverna, bensì su una piazza, davanti a diecimila persone. E diversamente da allora non poteva aiutarlo un grido, che l'avrebbe svegliato e liberato, né poteva fuggire tornando nel buon mondo caldo, che l'avrebbe salvato. Poiché questo, qui e ora, *era* il mondo, e questo, qui e ora, era il suo sogno divenuto realtà. E lui stesso aveva voluto così.

Le orribili nebbie soffocanti salivano di nuovo dalla palude della sua anima, mentre attorno a lui il popolo gemeva in estasi orgiastiche e orgasmiche. Un uomo si mise a correre verso di lui. Si era alzato di scatto dalla prima fila dei notabili, con tale impeto che il cappello nero gli era caduto dalla testa, e ora si precipitava verso il luogo dell'esecuzione con la giacca nera svolazzante, come un corvo o come un angelo vendicatore. Era Richis.

Mi ucciderà, pensò Grenouille. È l'unico uomo che non si lascia ingannare dalla mia maschera. Non può lasciarsi ingannare. Ho addosso il profumo di sua figlia, chiaro e rivelatore come il sangue. Deve riconoscermi e uccidermi. Deve farlo.

E allargò le braccia per accogliere l'angelo che volava verso di lui. Già pensava di sentire contro il petto l'urto del pugnale o della spada come un colpo stupendamente eccitante, e la lama che penetrava attraverso la sua corazza di profumo e la nebbia soffocante fino al centro del suo cuore freddo... finalmente, finalmente qualcosa nel suo cuore, qualcosa che non fosse lui stesso! Già si sentiva redento.

Ma poi d'un tratto Richis gli si buttò al petto, non un angelo vendicatore, ma un Richis sconvolto, che singhiozzava da far pietà, e lo abbracciò, si avvinghiò a lui con tutte le sue forze, come se non avesse trovato altro appiglio in un mare di beatitudine. Non una pugnalata liberatrice, non una stoccata al cuore, neppure una maledizione o anche soltanto un grido d'odio. C'era invece la guancia umida di lacrime di Richis contro la sua e una bocca tremante, che gli sussurrava piangendo: « Perdonami, figlio mio, mio figliolo caro, perdonami! »

In quel momento sentì dall'interno che tutto dileguava davanti ai suoi occhi, e il mondo circostante si oscurò totalmente. Le nebbie dentro di lui si trasformarono in un flusso impetuoso, simile a latte bollente, schiumeggiante. Lo inondarono, premettero con forza spaventosa contro la pelle del suo corpo senza trovare una via d'uscita. Tentò di fuggire, di fuggire per l'amor di Dio, ma dove... Voleva scoppiare, esplodere voleva, per non essere soffocato dal suo sé. Infine cadde a terra e perse i sensi.

50

Quando tornò in sé, si trovava nel letto di Laure Richis. Le reliquie di Laure, abiti e capelli, erano state portate via. Sul comodino ardeva una candela. Attraverso le imposte socchiuse udiva in lontananza il giubilo della città in festa. Antoine Richis era seduto su uno sgabello accanto al letto e vegliava. Teneva una mano di Grenouille tra le proprie e l'accarezzava.

Ancora prima di aprire gli occhi, Grenouille saggiò l'atmosfera. In lui tutto era tranquillo. Più nulla ribolliva e premeva. Nella sua anima regnava la consueta notte fredda, che gli serviva per rendere la sua coscienza lucida e indifferente, e per dirigerla verso l'esterno: là annusò il suo profumo. Era cambiato. Le punte si erano lievemente smussate, cosicché soltanto la nota fondamentale dell'odore di Laure risultava evidente, una fiamma soave, intensa, sfavillante. Si sentì sicuro. Sapeva che sarebbe rimasto inattaccabile ancora per ore, e aprì gli occhi.

Lo sguardo di Richis era fisso su di lui. C'era una benevolenza infinita in quello sguardo, c'erano tenerezza, commozione e la profondità vuota e sciocca di chi ama.

Sorrise, strinse più forte la mano di Grenouille e disse: « Ora andrà tutto bene. La magistratura ha annullato la sentenza a tuo riguardo. Tutti i testimoni hanno ritrattato la loro deposizione. Sei libero. Puoi fare ciò che vuoi. Ma io voglio che tu resti con me. Ho perso una figlia, voglio avere in te un figlio. Tu le somigli. Sei bello come lei, i tuoi capelli, la tua bocca, le tue mani... ho stretto la tua mano per tutto questo tempo, la tua mano è come quella di Laure. E quando ti guardo negli occhi è come se mi guardasse lei. Tu sei suo fratello, e voglio che tu diventi mio figlio, la mia gioia, il mio orgoglio, il mio erede. Vivono ancora i tuoi genitori? »

Grenouille scosse il capo, e il viso di Richis divenne purpureo dalla felicità. « Allora vuoi essere mio figlio? » balbettò, e balzò in piedi dallo sgabello per sedersi sul

bordo del letto, stringendo anche l'altra mano di Grenouille. « Vuoi esserlo? Vuoi? Vuoi accettarmi come padre? Non
dire nulla! Non parlare! Sei ancora troppo debole per parlare. Fa' soltanto un cenno! »

Grenouille fece un cenno. Allora la felicità di Richis
eruppe da tutti i pori, ed egli, rosso e sudato in volto, si
chinò su Grenouille e lo baciò sulla bocca.

« Dormi, ora, mio caro figliolo! » disse rialzandosi. « Io
veglierò accanto a te finché ti addormenterai. » E dopo
averlo contemplato a lungo con muta beatitudine, aggiunse: « Tu mi rendi molto, molto felice ».

Grenouille piegò lievemente gli angoli della bocca, come
aveva imparato a fare osservando la gente che sorride. Poi
chiuse gli occhi. Attese un momento per rendere il suo
respiro più regolare e più profondo, come quello di chi
dorme. Sentiva lo sguardo amorevole di Richis sul proprio
viso. A un tratto sentì che Richis si chinava ancora una
volta su di lui per baciarlo, e poi si tratteneva per timore
di svegliarlo. Infine la candela fu spenta con un soffio, e
Richis scivolò in punta di piedi fuori della stanza.

Grenouille rimase a letto finché non udì più alcun rumore né in casa né in città. Quando si alzò, era già l'alba.
Si rivestì e si allontanò senza far rumore per il vestibolo,
scese piano piano la scala e attraverso il salotto uscì sulla
terrazza.

Da lì c'era una vista fin oltre le mura della città, oltre
la conca del territorio di Grasse, e quando era limpido
anche fino al mare. In quel momento una nebbia rada, quasi una foschia, era sospesa sui campi, e i profumi che arrivavano da quella parte, d'erba, di ginestre e di rose, erano
come lavati, puri, elementari, semplici e confortanti.

Risalendo il Cours dovette farsi strada ancora una volta
tra le esalazioni umane, prima di raggiungere l'aperta campagna. Tutta la piazza e i pendii circostanti sembravano un
immenso accampamento militare devastato. Tutt'attorno
erano stese a terra migliaia di persone ubriache, sfinite dagli eccessi della festa notturna, molte nude, molte seminu-

de e semicoperte da vestiti, sotto i quali erano scivolate come sotto una coltre. C'era un puzzo di vino acido, di acquavite, di sudore e di orina, di escrementi di bambini e di carne alla brace. Qua e là fumavano ancora i resti dei fuochi sui quali avevano cucinato e attorno ai quali avevano bevuto e ballato. Di tanto in tanto, tra il russare continuo e generale, si sentiva gorgogliare un balbettio o uno scoppio di risa. Forse qualcuno era ancora sveglio, e si beveva il cervello con gli ultimi brandelli di coscienza. Ma nessuno vide Grenouille, che passava al di sopra dei corpi sparpagliati, cauto e veloce a un tempo, come attraverso una palude. Non emanava più odore. Il miracolo aveva avuto fine.

Giunto alla fine del Cours, non imboccò la strada di Grenoble né quella di Cabris, ma si diresse a ovest attraverso i campi, senza guardare indietro neppure una volta. Quando si levò il sole, grande e giallo e infuocato, Grenouille era sparito da tempo.

Gli abitanti di Grasse si svegliarono con un terribile mal di testa. Anche coloro che non avevano bevuto avevano la testa pesante come piombo e stavano malissimo di stomaco e di spirito. Sul Cours, in piena luce solare, onesti contadini cercavano gli abiti che avevano gettato lontano da sé negli eccessi dell'orgia, donne morigerate cercavano i loro mariti e figli, persone del tutto estranee fra loro si staccavano orripilate da abbracci più che intimi, conoscenti, vicini, coniugi d'un tratto si trovavano l'uno di fronte all'altro in una nudità estremamente penosa, davanti agli occhi di tutti.

Per molti quest'esperienza fu così atroce, così totalmente inspiegabile e inconciliabile con le loro vere concezioni morali, che nello stesso istante in cui ebbe luogo la cancellazione dalla memoria, e di conseguenza anche in seguito, non riuscirono davvero più a ricordarla. Altri, che non dominavano così sovranamente il loro apparato percettivo, tentavano di non guardare, di non ascoltare e di non pensare... cosa non del tutto semplice, perché la vergogna era stata troppo evidente e troppo generale. Chi aveva trovato i suoi averi e i suoi congiunti si allontanò il più rapidamente possibile senza dar nell'occhio. Verso mezzogiorno la piazza era vuota come se avessero spazzato via tutto.

In città la gente uscì di casa, se uscì, solo verso sera, per sbrigare le commissioni più urgenti. Tutti si salutavano appena, incontrandosi, parlavano soltanto di cose senza importanza. Non una sola parola fu detta sugli avvenimenti del giorno e della notte precedenti. Tanto erano apparsi disinibiti e vivaci il giorno prima, altrettanto timidi erano adesso. E tutti erano così, perché tutti erano colpevoli. Mai ci fu accordo tra i cittadini di Grasse come in quel momento. Si viveva come nell'ovatta.

Naturalmente alcuni, a causa del proprio lavoro, dovettero occuparsi più direttamente di ciò che era accaduto. La continuità della vita pubblica, l'irremovibilità della giustizia e dell'ordine richiedevano rapide misure. Quel pomeriggio stesso si riunì il Consiglio municipale. I membri, tra i quali anche il secondo console, si abbracciarono in silenzio, come se con quel gesto da congiurati fosse possibile ricostituire il Consiglio. Quindi, *una anima*, senza neppure far menzione degli avvenimenti e meno che mai del nome di Grenouille, decisero di « far sgombrare senza indugio la tribuna e il patibolo dal Cours, e di far riportare all'ordine precedente la piazza e i campi circostanti devastati ». A tale scopo furono stanziate centosessanta lire.

Contemporaneamente la corte si riunì nella Prévôté. Senza alcun dibattito, la magistratura convenne di considerare risolto il « caso G. », di chiudere la pratica e di archiviarla senza registrarla, aprendo un nuovo procedimento contro l'assassino, ancora sconosciuto, di venticinque vergini nel distretto di Grasse. Al tenente di polizia fu impartito l'ordine di riprendere subito le indagini.

L'assassino fu trovato già il giorno dopo. In base a indizi inequivocabili, arrestarono Dominique Druot, *maître parfumeur* in Rue de la Louve, nella cui capanna dopo tutto erano stati rinvenuti gli abiti e i capelli di tutte le vittime. I giudici non si lasciarono sviare dai suoi dinieghi iniziali. Dopo quattordici ore di tortura, Druot confessò tutto, e implorò addirittura di essere giustiziato il più presto possibile, cosa che gli fu accordata già il giorno seguente. Lo impiccarono alle prime luci dell'alba, senza scalpore, senza patibolo né tribune, unicamente alla presenza del boia, di alcuni membri della magistratura, di un medico e di un sacerdote. Quando subentrò la morte, dopo averla constatata e messa regolarmente a verbale, seppellirono subito il cadavere. Con ciò il caso fu risolto.

Comunque la città l'aveva già dimenticato, e così totalmente che i viaggiatori che giunsero nei giorni seguenti e s'informarono casualmente del famigerato assassino delle fanciulle di Grasse non trovarono una sola persona ragionevole che fosse in grado di dar loro informazioni. Solo alcuni ospiti della Charité, ben noti malati mentali, balbettarono ancora qualcosa a proposito di una grande festa sulla Place du Cours, a causa della quale erano stati costretti a sgombrare le camere.

E ben presto la vita si normalizzò del tutto. La gente lavorava con impegno e dormiva tranquilla e badava ai propri affari e si comportava bene. L'acqua traboccava come sempre dalle varie sorgenti e fontane e trascinava il fango per i vicoli. La città si ergeva sempre, logora e fiera, sulle alture al di sopra della fertile conca. Il sole splendeva caldo. Presto giunse maggio. Ci fu la raccolta delle rose.

PARTE QUARTA

51

GRENOUILLE camminava di notte. Come all'inizio del suo viaggio, evitava le città, evitava le strade, si fermava a dormire sul far del giorno, si alzava la sera e proseguiva. Mangiava quello che trovava per via: erbe, funghi, fiori, uccelli morti, vermi. Attraversò la Provenza, passò dall'altra parte del Rodano su una barca rubata a sud di Orange, seguì il corso dell'Ardèche fin nel cuore delle Cevenne e poi l'Allier verso nord.

Nell'Auvergne arrivò vicino al Plomb du Cantal. Lo vide a ovest, grande e grigio-argento alla luce della luna, e sentì l'odore del vento freddo che veniva di là. Ma non provò il desiderio di andarci. Non aveva più voglia di vivere in una caverna. Aveva già fatto questa esperienza e si era rivelata invivibile. Proprio come l'altra esperienza, quella di vivere tra gli uomini. Si soffocava in entrambi i modi. Semplicemente non voleva più vivere. Voleva andare a Parigi e morire. Questo voleva.

Di tanto in tanto metteva la mano in tasca e stringeva il flacone di vetro che conteneva il suo profumo. La bottiglietta era ancora quasi piena. Per la sua comparsa a Grasse ne aveva usata soltanto una goccia. Il resto sarebbe bastato per ammaliare il mondo intero. Se avesse voluto, avrebbe potuto farsi festeggiare a Parigi non da diecimila persone soltanto, ma da centomila; o andare a passeggio a Versailles per farsi baciare i piedi dal re; scrivere al papa una lettera profumata e rivelarsi come il nuovo messia; a Notre-Dame, davanti a re e imperatori, ungersi imperatore supremo, anzi addirittura Dio in terra, ammesso che ci si potesse ancora ungere come Dio...

Poteva fare tutte queste cose, se solo l'avesse voluto. Aveva il potere di farlo. L'aveva in mano. Un potere più forte del potere del denaro o del potere del terrore o del potere della morte: il potere invincibile di suscitare l'amore negli uomini. Solo una cosa non riusciva a fare, questo potere: non riusciva a fargli sentire il proprio odore. E anche se il suo profumo di fronte al mondo lo faceva apparire come un Dio, se non riusciva a sentire il proprio odore e se quindi era condannato a non sapere mai chi egli fosse, se ne infischiava, se ne infischiava del mondo, di se stesso, del suo profumo.

La mano con cui stringeva il flacone emanava un profumo molto delicato, e quando la portava al naso e la fiutava, diventava malinconico, e per un attimo smetteva di camminare e si fermava ad annusare. Nessuno sa com'è buono in realtà questo profumo, pensava. Nessuno sa com'è *fatto* bene. Gli altri si limitano a subirne l'effetto, anzi non sanno neppure che è un profumo che agisce su di loro e li affascina. L'unico che l'abbia mai conosciuto nella sua reale bellezza sono io, perché io stesso l'ho creato. E sono anche l'unico che non può esserne affascinato. Sono l'unico per il quale questo profumo non ha senso.

E un'altra volta – era già arrivato in Borgogna – si chiese: quando ero vicino al muro sotto il giardino in cui giocava la fanciulla dai capelli rossi, e il vento mi portava il suo profumo – o piuttosto la promessa del suo profumo, poiché in realtà il suo profumo sarebbe nato in seguito, non esisteva ancora – ciò che provavo allora era forse qualcosa di simile a quello che ha provato la folla sul Cours, quando l'ho inondata col mio profumo? Ma poi respinse quel pensiero: no, era qualcosa di diverso. Poiché io sapevo di desiderare il profumo, non la fanciulla. Invece la folla pensava di desiderare *me*, e ciò che desiderava in realtà non lo saprà mai.

Poi smise di pensare, perché pensare non era il suo forte, e inoltre era già arrivato nella zona di Orléans.

Attraversò la Loira nei pressi di Sully. Il giorno dopo gli giunse alle narici l'odore di Parigi. Il 25 giugno 1767 entrò in città da Rue Saint-Jacques, alle sei di mattina.

Era un giorno molto caldo, il più caldo di tutto quell'anno. Migliaia di odori e puzze sgorgavano come da migliaia di ascessi scoppiati. Non c'era un alito di vento. La verdura sui banchi del mercato appassì prima di mezzogiorno. Carne e pesci marcivano. Nei vicoli stagnava un'aria pestifera. Sembrava che anche il fiume non scorresse più, ma si limitasse a stare immobile e puzzare. Come il giorno in cui era nato Grenouille.

Attraverso il Pont Neuf passò sulla riva destra, e proseguì fino alle Halles e al Cimetière des Innocents. Nelle arcate degli ossari lungo Rue aux Fers si mise a sedere. L'area del cimitero si stendeva davanti a lui come un campo di battaglia distrutto dalle cannonate, pieno di buche, di solchi, attraversato da fosse, disseminato di ossa e di teschi, senza un albero, un cespuglio o un filo d'erba: una discarica della morte.

Non si vedeva anima viva. Il puzzo dei cadaveri era così forte che persino i becchini erano spariti. Ritornarono soltanto al tramonto, a scavare fosse alla luce delle fiaccole fino a notte inoltrata per i morti del giorno seguente.

Soltanto dopo mezzanotte – i becchini erano già andati via – il luogo si popolò di tutte le canaglie possibili, ladri, assassini, accoltellatori, prostitute, disertori, giovani desperados. Accesero un fuocherello all'aperto, per cucinare e per disperdere il puzzo.

Quando Grenouille si mosse dalle arcate e si mescolò al gruppo, in un primo tempo non lo notarono affatto. Poté avvicinarsi al fuoco inosservato, come se fosse uno di loro. Questo fatto in seguito confermò la loro idea che probabilmente si fosse trattato di uno spirito o di un angelo o comunque di una creatura soprannaturale. Infatti di solito erano estremamente sensibili alla vicinanza di uno sconosciuto.

Ma quel piccolo uomo con la sua giacca blu si era semplicemente trovato lì come se fosse spuntato dal terreno, con una boccetta in mano, che aveva stappato. Questa fu la prima cosa che tutti riuscirono a ricordare: che un tale era lì e stappava una boccetta. E poi si era spruzzato tutto con il contenuto di questa boccetta e tutt'a un tratto era apparso circonfuso di bellezza, come di una fiamma raggiante.

Per un attimo indietreggiarono, con rispetto e profondo

stupore. Ma nello stesso istante sentirono che il loro indietreggiare equivaleva già a un prender l'avvio, che il loro rispetto si trasformava in desiderio, il loro stupore in entusiasmo. Si sentirono attratti da quel piccolo uomo angelico. Un turbine di passione emanava da lui, un flusso trascinante, al quale nessuno riusciva a opporsi – tanto più che nessuno avrebbe voluto opporvisi – poiché era quello stesso a smuovere la volontà e a sospingerla verso quell'uomo.

Avevano formato un cerchio attorno a lui, venti, trenta persone, e questo cerchio si stringeva sempre più. Presto il cerchio non riuscì più a contenerle tutte, ed esse cominciarono a premere, a spingere e a incalzare, ognuno voleva essere più vicino al centro.

E poi d'un tratto crollò in loro l'ultima inibizione, il cerchio si sfasciò. Si precipitarono su quell'angelo, si avventarono su di lui, lo gettarono a terra. Ognuno voleva toccarlo, ognuno voleva una parte di lui, una piccola piuma, un'ala, una scintilla della sua fiamma meravigliosa. Gli strapparono dal corpo i vestiti, i capelli, la pelle, lo fecero a brandelli, affondarono unghie e denti nella sua carne, gli si buttarono addosso come iene.

Ma il corpo di un uomo è tenace, e non si lascia squartare così facilmente, persino per i cavalli costituisce un'enorme fatica. E così, presto lampeggiarono i pugnali, e affondarono nella carne e la squarciarono, e asce e lame robuste si abbatterono sibilando sulle sue giunture, gli schiantarono le ossa. In brevissimo tempo l'angelo fu smembrato in trenta parti, e ogni membro della masnada ne afferrò avidamente un pezzo, si tirò indietro in preda a una brama voluttuosa, e lo divorò. Dopo mezz'ora anche la più piccola fibra di Jean-Baptiste Grenouille era sparita dalla terra.

Quando i cannibali alla fine del pasto si ritrovarono insieme accanto al fuoco, nessuno disse una parola. Di tanto in tanto qualcuno ruttava leggermente, sputava un ossicino, faceva schioccare pian piano la lingua, spingeva col piede un residuo della giacca blu tra le fiamme: tutti provavano un lieve imbarazzo e non osavano guardarsi. Ognuno di loro, uomo o donna, aveva già commesso una volta un delitto o qualche altro crimine abietto. Ma divorare un uomo intero? Mai e poi mai avrebbero pensato di poter compiere un gesto tanto orribile. E tuttavia si meravigliavano di come fosse stato facile per loro, e di non avvertire neppure un'ombra di rimorso, pur con tutto l'imbarazzo. Al contrario! Nonostante lo stomaco fosse pesante, il cuore era straordinariamente leggero. Nelle loro anime tenebrose si agitava d'un tratto un'ombra di gaiezza. E sui loro volti aleggiava un tenero, timido barlume di felicità. Per questo forse avevano timore di alzare lo sguardo e di guardarsi negli occhi.

Quando poi trovarono il coraggio di farlo, dapprima con circospezione e in seguito senza più riserve, dovettero sorridere. Erano straordinariamente fieri. Per la prima volta avevano compiuto un gesto d'amore.

INDICE

Parte prima   7

Parte seconda   119

Parte terza   169

Parte quarta   253

LA GRANDE TRILOGIA DEL MARE

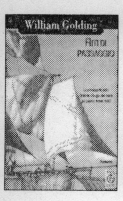  

William Golding
Riti di passaggio

Ai primi dell'Ottocento un vecchio vascello da guerra disarmato lascia le coste dell'Inghilterra diretto in Australia. A bordo, tra la folla multiforme dei passeggeri c'è il giovane Edmund Talbot, destinato a importanti incarichi nell'amministrazione di Sua Maestà nel Nuovissimo Mondo. Il suo lungo viaggio sarà denso di vicende, incontri e rivelazioni, scandito dal trascorrere delle stagioni e dalla infinita mutevolezza del mare.

William Golding
Calma di vento

Fiaccata da una bonaccia estenuante, la nave di Edmund Talbot sembra intrappolata nella torrida zona equatoriale. A bordo, l'atmosfera già carica di continue tensioni divampa tra amori, gelosie e inimicizie. Sarà il mare, con la sua forza dirompente e imprevedibile, a sciogliere la situazione ormai prossima al punto di rottura. E il viaggio continua...

William Golding
Fuoco sottocoperta

Il viaggio di Talbot si avvia alla conclusione; e l'uomo che osserva con sottile disincanto la piccola folla dei suoi compagni di navigazione è ormai lontano dal giovane imbarcatosi qualche anno prima. Quando scenderà a terra, il suo spirito sarà ancora inquieto ma porterà con sé, nella sua nuova vita, la lezione indimenticabile del mare: eternità, potenza, mistero.

TEADUE

Alain De Botton
Il piacere di soffrire

Quando Alice ed Eric
s'incontrano è subito
Amore, quello con la
«A» maiuscola.
Poi, però, arrivano
anche le abitudini,
affiorano alcune
piccole verità,
la passione si attenua.
E il sogno di Alice
si appanna, lasciando
spazio a tormentose
domande: che cos'è
il vero amore? Che
cosa significa davvero
conoscersi? Fino a che
punto bisogna cedere
all'altro? Che legame
c'è, realmente,
tra sesso e amore?

Patrick Augustus
Ragazzo padre

Gussie, Beres, Johnny
«Dollar», Linvall:
quattro uomini
con un serio
«problema di donne».
A fare da sfondo alle
vicende tragicomiche
di questi quattro
giovanotti sull'orlo
di una crisi di nervi,
c'è l'inconfondibile
Londra scatenata,
disinibita e multietnica,
che mescola il reggae
alla techno, il rum
alla Diet Coke,
il paradiso all'inferno.

Irvine Welsh
Trainspotting

La vita, le avventure,
gli amori, il sesso,
le sofferenze, la rabbia
di un gruppo di ragazzi
e ragazze nella
Edimburgo di oggi.
Il ritratto di una
generazione senza
scampo che nella
droga sembra trovare
l'unica risposta
al vuoto esistenziale
in cui si dibatte.
Una storia aggressiva,
«infernale», narrata
con feroce umorismo,
straordinario realismo
e senza falsi moralismi
e pregiudizi.

TEADUE

Finito di stampare
nel mese di luglio 1999
per conto della TEA S.p.A.
dalla Arnoldo Mondadori Editore S.p.A.
Stabilimento N.S.M. - Cles (TN)
Printed in Italy

TEADUE
Periodico settimanale del 24.6.1992
Direttore responsabile: Mario Spagnol
Registrazione del Tribunale di Milano n. 565 del 10.7.1989